ZANNA E DISGUSTO:
UNA COMMEDIA VAMPIRICA

DESTINO, MORDIMI

JON SMITH

DESTINO, MORDIMI

Pubblicato da Balkon Media
ISBN edizione paperback: 978-1-916970-43-4
Disponibile anche in formato e-book

Illustrazione e progettazione della copertina: Balkon Media

www.vossiverse.com

ALTRI LIBRI DI JON SMITH

FICTION

The Fifth Horseman

Destiny Can Bite Me (Fang & Loathing #1)

The Stakeout Diaries (Fang & Loathing #2)

Rewrite the Dead (Fang & Loathing #3)

YOUNG ADULT

The Arb

CHILDREN'S FICTION

Toytopia

NON-FICTION

Once Upon A Brand

Founder Mode

The Bloke's Guide To Pregnancy

The Bloke's Guide To Babies

Get Into Bed With Google

Google Adwords That Work

Smarter Business Start-Ups

Start An Online Business

Digital Marketing For Businesses

UNO

Se la cucina di Vincent Lupo aveva mai conosciuto un'epoca d'oro, doveva essere stata prima dell'invenzione della penicillina, perché entro il ventunesimo secolo era sprofondata in una pensione di lenta e fetida sconfitta. La linoleum del pavimento, con una fantasia di quelli che un tempo potevano essere limoni allegri, ora si increspava e deformava in ogni direzione, come se fosse sopravvissuta a un terremoto di lieve entità e avesse deciso di darsi alla danza interpretativa. Il frigorifero, un Kelvinator d'epoca che si era fatto spedire da Boston negli anni Cinquanta, rantolava come un pensionato in preda a una crisi esistenziale, perdendo freon e un misterioso icore marrone in egual misura. Da qualche parte, un'unica lampadina sfarfallava dietro il paralume di vetro ingiallito dalla nicotina, illuminando valorosamente l'equivalente culinario di una scena del crimine pre-micotica.

Vincent si fece strada a piedi nudi nel disordine, con le dita che schivavano i batuffoli di carta assorbente umida che la settimana prima aveva usato come arma contro un'epidemia di qualcosa di verdastro nell'angolo più lontano. Indossava una maglietta che pubblicizzava una band heavy metal passata di moda fin dalla

Guerra Fredda, e un paio di pantaloni della tuta di colore indeterminato, essendo tutti gli altri suoi vestiti soggiogati a quello che in privato chiamava l'Abisso della Lavanderia. Aveva borse sotto gli occhi così profonde che, se avessero avuto delle cerniere, avrebbe potuto riporvi il suo bagaglio emotivo.

Aprì il frigorifero e subito indietreggiò. Non, come ci si potrebbe aspettare, per l'orrore che conteneva — il rapporto di Vincent con l'orrore era quello di una vecchia coppia sposata, annoiata ma co-dipendente — ma perché si era aspettato di trovare del latte e non ce n'era.

«Beh, questo è un tradimento personale» borbottò, fissando le profondità del frigorifero come se i cartoni potessero rimaterializzarsi per puro senso di colpa.

Poi notò la testa.

Non era la prima volta che Vincent si imbatteva in una testa umana mozzata. Non era nemmeno la prima volta in questo secolo. Si aspettava, tuttavia, che si sforzassero un po' di più con la presentazione. La testa, appartenente a un uomo pallido con un naso semi-regale e un'attaccatura dei capelli in ritirata avanzata, era stata spiacccicata direttamente su un quadrato di carta oleata, e posizionata accanto a una vaschetta di margarina economica. Un rivolo di sangue denso e rappreso aveva iniziato a colare sull'hummus sottostante, creando un effetto marmorizzato e rubicondo che persino lui trovava un po' troppo esplicito.

Vincent si accovacciò finché i suoi occhi non furono a livello con il ripiano del frigorifero. «Bene» disse, con la voce di un uomo il cui cervello reggeva un cartello con su scritto «Davvero?» e sfidava la sua bocca a contraddirlo. La testa, da parte sua, non fece nulla se non fissare ciecamente le olive scadute, apparendo vagamente mortificata.

Poi gli occhi si spostarono su Vincent.

«La storia finisce quando la dissangui» sussurrò la testa.

«Bene» disse Vincent, aspettandosi altri commenti, o almeno una presentazione formale, ma non ne arrivarono. Vincent studiò i lineamenti cerosi in cerca di indizi. Le guance, rubizze e butterate, tradivano una predilezione per spiriti più forti di quelli che infestavano la sua cucina. Le labbra, bluastre ma ancora debolmente incurvate, suggerivano che la vittima se n'era andata con una specie di dignità raffazzonata. E poi c'era il marchio sulla fronte: un glifo, profondamente inciso, il sangue congelato in una ragnatela di fratture. Anche nella fioca luce del frigorifero, Vincent lo riconobbe all'istante.

Chiuse il frigorifero e appoggiò la fronte contro lo smalto ammaccato. «Sarà una di quelle settimane.»

Riempì il bollitore, versò due cucchiaini di caffè istantaneo in una tazza con un pipistrello dei cartoni animati sbiadito, e sedette al tavolo traballante, ascoltando il rantolo del frigo e il lento gocciolio del sangue che cadeva, con regolarità chirurgica, in una tomba di Tupperware. Resistette all'impulso di cercare su Google «significato testa mozzata in frigo», ma a malapena.

La signora Barley, la governante, si materializzò sulla soglia della cucina con la silenziosa minaccia di un fronte temporalesco in avvicinamento. Portava i capelli raccolti in uno chignon severo che sarebbe sopravvissuto a un inverno nucleare, e la sua vestaglia era stirata con una piega così netta da poterci eseguire un intervento chirurgico. Vincent non aveva idea di come riuscisse a vivere nel suo appartamento e a proiettare comunque l'aria di chi lo giudicava da una distanza più sicura.

Lo fulminò con *quello* sguardo. Non quello riservato ai toast bruciati o alle tazze abbandonate, ma quello più profondo, quello che suggeriva che l'universo avesse offeso personalmente il suo senso dell'ordine. «Vincent» disse, «apprezzo il fatto che tu abbia gusti poco convenzionali, ma l'igiene alimentare in questo locale è ormai attivamente criminale.»

Vincent fece un cenno verso il frigo. «Ti converrà evitare il ripiano superiore finché non sistemo. O finché non chiamo la polizia. O un prete.»

La signora Barley lo ignorò e si diresse a grandi passi verso il frigorifero. Aprì lo sportello, sbirciò dentro, ed emise un suono così britannico nella sua disapprovazione che la temperatura della stanza scese di tre gradi. «Non potevi lasciarla sullo zerbino come un pazzo qualunque?»

«Era già dentro quando mi sono svegliato» disse Vincent. «Credo che potrebbe essere per me.»

La signora Barley lo guardò in un modo che implicava che lo considerasse del tutto plausibile, se non inevitabile. «Hai chiuso a chiave la porta d'ingresso ieri sera?»

«Può darsi» disse Vincent. «Nel senso che ci ho pensato, poi mi sono distratto e ho versato del gin sui miei cornflakes.»

«Vincent. Non puoi semplicemente invitare dentro parti di corpo mozzate, crea un precedente. Un attimo dopo ti ritrovi le interiora nella pentola a cottura lenta e l'ASL alla porta.»

Allungò una mano, afferrò la testa per un ciuffo di capelli radi e la sollevò fuori con il disprezzo clinico di una campionessa di composizioni floreali che valuta un bouquet scadente. Il glifo sulla fronte brillò umido nella luce fredda.

La signora Barley inarcò un sopracciglio. «Questo lo conosci?»

Vincent si incurvò sul suo caffè. «Non di persona. Ma il simbolo è della Profezia di Carmine. Quella che ho contribuito a scrivere. Secoli fa.»

Lei ruotò la testa in modo che lo fissasse, accusatoria. «Ho sempre detto che i tuoi hobby ti avrebbero presentato il conto.»

«Tecnicamente, fare il ghostwriter è una vocazione, non un hobby.»

«Tecnicamente, mettere il tuo nome su una scrittura apocalittica per vampiri è una richiesta di attenzioni.»

«È un'attività secondaria di tutto rispetto.» Guardò di nuovo il glifo. Era impossibile sbagliarsi: tre mezzelune intersecate, con una scheggia d'osso incastonata all'asse. Carmine l'aveva chiamato 'il sigillo dell'inevitabile' — non che qualcuno gli avesse chiesto di essere poetico al riguardo, ma Carmine era un esibizionista e non riusciva mai a resistere. «Hanno usato il disegno originale. Nessuno lo aggiorna da secoli.»

La signora Barley emise un suono di disapprovazione. «I copioni sono sempre così pigri.» Lasciò cadere la testa in una ciotola di ceramica, poi cominciò a pulire il ripiano del frigorifero con uno spruzzo di candeggina e un batuffolo di carta da cucina.

«Pensi che sia un avvertimento?» chiese Vincent, cercando di apparire noncurante e approdando da qualche parte vicino al disagio esistenziale.

«Se lo è, non è molto creativo.» Non lo guardò. «Probabilmente è solo un promemoria. Hai delle questioni in sospeso e non stai ringiovanendo.»

«Neanche lui» fece notare Vincent. «È una testa.»

«Non fare l'ottuso. Ti si addice, ma mi complica la serata.»

La guardò lavorare, meravigliato come sempre dell'efficienza con cui riusciva a esorcizzare il caos che lui accumulava senza scomporsi. Il nuovo prodotto per la pulizia che aveva reperito da qualche catalogo di forniture occulte emanava un fetore di lavanda e cannella che riusciva a sovrastare persino il retrogusto di formaldeide nell'aria. Probabilmente avrebbe liberato il frigo dai residui spirituali entro mezzanotte.

Vincent sorseggiò il caffè, considerò la testa ronzante nella ciotola e il modo in cui i movimenti della signora Barley sembravano coreografati per le crisi. Non riusciva a ricordare di averla assunta. Era apparsa nella sua vita il giorno dopo il Secondo Massacro Mantico, trasferendosi nella stanza degli ospiti con nient'altro che una valigia malconcia e la promessa che avrebbe «mandato avanti la baracca». Lui era troppo post-sbornia per discutere, e dopo una settimana si rese conto che era sia impossibile da licenziare sia, a suo modo terrificante, indispensabile.

Sospettava anche che potesse essere un'ex militare, ma su questo punto era evasiva.

La signora Barley finì le pulizie e si voltò verso di lui. «Dovremo sbarazzarci di questa prima che i netturbini si insospettiscano.»

«Pensavo di lasciarla per i vampiri. Sai, riciclarla come regalo.»

Incrociò le braccia. «Non essere volgare. È chiaramente intesa a ottenere una reazione. La domanda è, chi l'ha mandata?»

Vincent picchiettò sul tavolo, tamburellando un piccolo ritmo. «Potrebbe essere chiunque. La cricca di Carmine aveva un sacco di ammiratori.»

«Intendi nemici.»

«Intendo estimatori di divergenze creative.»

La signora Barley alzò gli occhi al cielo così platealmente che fu quasi udibile. «Se non hai intenzione di prendere questa cosa sul serio, almeno cerca di sembrare sorpreso quando arriverà la prossima.»

«Pensi che ci sarà una prossima?»

Lei lo guardò, e la risposta non detta aleggiò nell'aria come l'odore del detergente: ovviamente.

Vincent aprì di nuovo il frigorifero, controllò di nuovo se ci fosse del latte e sospirò. Avrebbe dovuto berlo amaro. «Sai, quando ho iniziato a fare il ghostwriter di manifesti apocalittici, pensavo che sarebbe stato tutto groupie e colazioni continentali. Nessuno ha mai menzionato la parte amministrativa.»

La signora Barley posò la ciotola sul bancone, stese un panno sul viso della testa e cominciò ad affettare un pompelmo con l'efficienza di un medico legale. «Questo perché leggi solo le copertine. Devo prenderti una sacca di sangue per dopo, o sei di nuovo a digiuno?»

«Me la caverò» disse Vincent, e finse che il nodo che aveva allo stomaco fosse dovuto alla caffeina.

Guardò ancora una volta la testa avvolta nel panno, il glifo ancora visibile attraverso il tessuto, e si chiese, non per la prima volta, come sarebbe stato avere una vita che non implicasse ripulire i disastri di antichi errori.

Sospettò che sarebbe stata intollerabilmente noiosa.

La signora Barley versò acqua bollente nel lavandino, il vapore che sbocciava appannando la finestra. «Cosa farai?»

«Niente» disse Vincent. «È quasi sicuramente uno scherzo.»

«Quasi sicuramente non è sicuramente.»

Lui si strinse nelle spalle e si alzò. «Se mi vogliono, sanno dove abito. Di questo passo, si presenteranno in una scatola di Amazon Prime.»

La signora Barley emise un suono sottile e scettico. «Molto bene. Mi aspetterò una consegna entro venerdì.»

Lui rise, e non era sicuro se fosse per la battuta o per quanto non lo fosse.

Quando lasciò la cucina, il frigorifero era vuoto tranne per l'essenziale: acqua tonica, batterie, mezza vaschetta di hummus (ora perfettamente marmorizzato), e una collezione di contenitori Tupperware che non avrebbe mai più aperto senza un senso di trepidazione.

Sarebbe stata una di quelle settimane, pensò, mentre lasciava la testa mozzata e la profezia in cucina, insieme alla pungente certezza che il passato non aveva ancora finito con lui.

Lo studio di Vincent — ufficialmente designato come il "salottino per la scrittura" nel contratto di locazione e ufficiosamente come "il ghetto di carta" dalla signora Barley — aveva un odore difficile da definire, ma a metà tra una frizione bruciata e l'interno di una libreria antiquaria. Era un tipo di conforto strano e terroso, sebbene il conforto fosse per lo più psicologico e probabilmente dannoso a dosi massicce. Ogni superficie aveva perso la battaglia contro i suoi appunti e le sue bozze anni fa: la scrivania era scomparsa sotto una valanga di stampe, libri con copertina rigida a metà lettura e le ultime bozze del suo editore (che gli mandava aggiornamenti nella convinzione del tutto errata che a lui importasse). Dei post-it si raggruppavano come licheni gialli sul bordo del suo monitor, ognuno con una frase criptica che era o un punto della trama, o una lista della spesa, o una minaccia.

Sedeva ingobbito alla sua scrivania malconcia, facendo rotolare una penna a sfera tra le dita e cercando di decidere se fosse più dignitoso finire il capitolo successivo o gettarsi dalla finestra. Il portatile lo fissava con un documento vuoto intitolato "ZANNE_DEL_DESIDERIO_LIBRO_9".

L'agente di Vincent una volta aveva descritto la serie *Zanne del Desiderio* come «Twilight per chi ha un'intelligenza emotiva, ma con sesso vero». Vincent considerava questo sia un insulto che una sfida, motivo per cui il personaggio principale — un vampiro di nome Lord Sanguinius — era un'autoparodia a malapena mascherata e, a detta di tutti, il vampiro letterario di maggior successo dai tempi della banda di degenerati di Bram Stoker.

Digitò, e cancellò, poi digitò di nuovo:

—*Lord Sanguinius scrutava dal balcone immerso nell'ombra, il suo cuore vuoto come le vene della sua ultima conquista. La città scintillava, indifferente. Sotto, i mortali fremevano di vita urgente, mentre lui rimaneva sospeso, senza età, solo.*—

Rilesse, accigliandosi, e massacrò il tasto Canc finché la frase non giacque in pezzi.

Dall'altra parte del muro, i vicini sembravano eseguire una sorta di rituale percussivo che coinvolgeva stivali e quello che suonava come una tromba. Vincent si chiese se stessero comunicando con i morti. Aprì una nuova scheda e controllò la sua email d'autore, un rituale masochistico che eseguiva a intervalli di un'ora.

Hai 3 nuove recensioni per 'Zanne del Desiderio: Tokyo Drac'.

Lesse la prima. «Assurdo e troppo spinto, ma l'ho letto tutto d'un fiato. Sanguinius è così triste, lol. 3 stelle.»

La seconda: «Non abbastanza posta in gioco emotiva per un libro di vampiri. Celeste Evermoon è sopravvalutata.»

Vincent si mise la testa tra le mani e gemette. Scriveva da decenni — diavolo, da secoli, se si contavano i trattati sotto pseudonimo e la Profezia di Carmine — ma niente lo aveva preparato all'aggressione psichica di una recensione di un lettore su Goodreads. «Non abbastanza posta in gioco emotiva» borbottò. «Prova a passare l'eternità a nutrirti solo dei sentimenti altrui e poi vedi un po' come ti piace.»

Si fece scrocchiare le nocche e fissò lo schermo, come se il cursore fosse responsabile di tutte le sue scelte di vita.

Aveva conosciuto Carmine, ovviamente. L'originale, il prototipo, il vampiro il cui nome aveva generato un culto e una profezia e, alla fine, una serie di deplorevoli graphic novel. Erano stati amici, rivali, co-autori di sventura. Il glifo del frigorifero era un disegno di Carmine, e la stessa mano di Vincent ne aveva tracciato la prima iterazione in un appartamento di Londra non troppo diverso da questo, macchie di sangue a parte. A volte si chiedeva se fosse destinato a passare tutta l'eternità a ripulire i disastri di quel singolo, catastrofico brainstorming.

Si udì un rumore nel corridoio. All'inizio, Vincent lo ignorò, presumendo che la signora Barley avesse intensificato la sua crociata notturna contro le colonie di polvere. Ma poi le assi del pavimento scricchiolarono secondo uno schema che suggeriva passi deliberati, e un familiare sentore di disinfettante e ferrea risolutezza entrò nella stanza prima della sua proprietaria.

La signora Barley entrò con la risolutezza di una donna che considerava le maniglie delle porte superflue. Portava una tazza in una mano (tè, nero come il vuoto) e un foglio piegato nell'altra. «Hai lasciato questo in cucina» disse, posando il foglio sulla sua tastiera come una citazione del Consiglio di Guerra. «La prossima volta, ricorda di portare fuori la spazzatura. O almeno non lasciare le prove sul piano di lavoro.»

Vincent afferrò il foglio e lo scorse. Era la stampa di un post su una bacheca — uno dei forum clandestini dove i detriti soprannaturali si scambiavano appunti su infestazioni, profezie e le migliori offerte sul sangue umano. Il post recitava: «Sigillo di Carmine in SE10. Occhi aperti. Letteralmente.»

Sbuffò. «Vedo che lo stile comico dei non morti non si è evoluto negli ultimi duecento anni.»

La signora Barley si appollaiò sul bordo di una cassa con la scritta "ricevute fiscali 1984-2011" e lo osservò con la fredda valutazione di un artificiere veterano. «Non è uno scherzo, Vincent. Le teste non spuntano fuori con quei glifi a meno che qualcuno non voglia mandare un messaggio.»

Lui alzò gli occhi al cielo. «Il messaggio probabilmente è 'Vincent Lupo è uno scherzo tragico e dovrebbe riconsiderare il suo percorso di carriera'.»

La signora Barley ignorò l'esca. «Un tempo eri una leggenda, sai. Nella cerchia giusta. Avevi una coscienza e un dizionario dei sinonimi, il che ti poneva molte leghe sopra la concorrenza.»

«Davvero? Guarda dove mi ha portato.»

Lei sorseggiò il suo tè, osservandolo da sopra il bordo della tazza. «Ci sono destini peggiori dell'oscurità. Avresti potuto essere come Carmine. O peggio, come la nuova genia.»

Vincent rabbrividì. La "nuova genia" era l'eufemismo della signora Barley per l'ultima generazione di vampiri, tutti meme e gel per capelli e nessun senso della storia. «Almeno loro sanno come farsi pubblicare» disse.

La bocca della signora Barley ebbe un tic. «Essere ricordati è sopravvalutato. Fidati di me.»

Tamburellò le dita sulla scrivania. «Preferirei essere dimenticato che diventare un ammonimento vivente.»

Si sporse in avanti. «Il glifo significa che sta arrivando qualcosa. Forse per te, forse per tutti noi. Qualsiasi cosa Carmine abbia iniziato, è incompiuta.»

Vincent fece un cenno verso il mucchio di bozze incompiute. «Unisciti al club.»

Lei allungò una mano e chiuse il suo portatile, delicatamente ma con fermezza. «Devi concentrarti. Se stanno cercando di farti uscire allo scoperto, è perché sei importante. Non fingere che non ti importi.»

Cercò di protestare, ma si ritrovò a fissare il muro, pensando alla profezia e agli infiniti circoli di sventura che aveva generato. Non voleva essere importante, non nel modo in cui lo era stato Carmine. Non nel modo che portava a cadaveri nei frigoriferi e a minacce criptiche.

Si strinse nelle spalle, prese la penna e la lanciò da una mano all'altra. «Se qualcuno sta cercando di uccidermi, potrebbe almeno avere la decenza di mandare dei fiori.»

«Non durerebbero in questo appartamento» disse la signora Barley, alzandosi. «Mi assicurerò che l'ingresso sia chiuso a chiave. Nel caso il tuo ammiratore segreto faccia una visita.»

Se n'era andata prima che potesse rispondere, lasciando il fantasma del suo disinfettante al profumo di limone e le sue parole sospese nell'aria.

Vincent riaprì il portatile e fissò il cursore lampeggiante. Le parole non venivano. Rilesse l'ultimo paragrafo che era riuscito a scrivere prima dell'implosione esistenziale:

—*Si aggrappò a lui al chiaro di luna, tremando mentre lui scopriva le zanne. «Fallo» lo supplicò. «Voglio sentirmi viva, anche se significa morire un po'.» Sanguinius esitò. Il peso dei secoli gli opprimeva le spalle. Fame e dolore, indistinguibili.*—

Cancellò tutto, poi aprì il browser e cercò "Profezia di Carmine" per pura, masochistica noia. I risultati erano desolanti come sempre: blog marginali, siti di cospirazione, link a video sgranati di "prove" degli ultimi momenti di Carmine, e un'unica, illeggibile scansione del manoscritto originale. Il suo nome appariva in diversi punti, sempre sepolto sotto titoli acchiappaclick o sproloqui sugli "Illuminati vampiri".

Stava per chiudere la scheda quando suonò il campanello.

Vincent non era sicuro se ignorarlo o fingere di non essere in casa. Optò per alzarsi e stiracchiarsi — ogni vertebra scricchiolò — e si diresse con passo dinoccolato verso l'atrio. Le scale erano fioche, l'unica luce proveniva da una finestra ricoperta di sporcizia e disperazione.

Aprì la porta di uno spiraglio, del tutto pronto a mandare a quel paese un Testimone di Geova, solo per non trovare nessuno.

Si sporse, scrutando il pianerottolo. Niente. Poi guardò in basso.

Ai suoi piedi c'era una donna. Sembrava umana, il che era già motivo di sospetto da queste parti. Aveva i capelli neri, annodati con quello che pensò potesse essere sangue secco. Indossava una giacca di due taglie più grande, le maniche strappate e irrigidite dal sangue rappreso. Lo guardò con un occhio castano — l'altro era chiuso dal gonfiore — e mostrò i denti in un gesto che poteva essere un sorriso, o forse un avvertimento.

Vincent stava per parlare quando lei si accasciò in avanti, atterrando esattamente sui suoi piedi con la grazia disossata di chi ha perso di recente una quantità significativa di sangue.

Si accovacciò, le controllò il polso. Debole, ma c'era.

«Fantastico» disse. «Proprio quello di cui avevo bisogno. Un'altra randagia.»

Dietro di lui, apparve la signora Barley, a braccia conserte. «Hai chiuso a chiave la porta, vero?»

«Ovviamente» mentì Vincent.

La signora Barley sospirò, il suono quasi affettuoso. «Portala dentro. Vado a prendere il kit di primo soccorso.»

Vincent trascinò la donna nell'atrio, lasciando dietro di sé una scia rossa. Alzò lo sguardo verso la finestra del pianerottolo e pensò, con una sorta di irritazione rassegnata, che era sempre così che iniziava: con uno straniero, un messaggio, e un casino che la signora Barley avrebbe dovuto ripulire con la candeggina.

Riuscì a fare un mezzo sorriso, scoprendo le zanne. «Non abbastanza posta in gioco emotiva» ripeté, a bassa voce, e si mise a sistemare il nuovo disastro.

DUE

Il salotto di Vincent aveva una sorta di dignità, ma solo nel senso in cui un condannato a morte potrebbe vestirsi a festa per la propria impiccagione. I mobili – pesanti, vittoriani, acquistati quasi nuovi per un tozzo di pane dalla tenuta di qualche parente defunto – se ne stavano imbronciati lungo il perimetro come fantasmi in disaccordo. I ritratti degli antenati guardavano torvi dalle pareti, tutti zigomi e aggressività passiva, e le librerie avevano da tempo rinunciato al loro scopo, soppiantate da pile traballanti di tascabili con le orecchie e bottiglie di gin vuote. Un tempo il tappeto aveva aspirato al color borgogna, ma ora era della sfumatura cupa di vecchie ferite.

Le sfilarono il cappotto e deposero la ragazza sul divano, che sospirò sotto il suo peso come se mal sopportasse la compagnia extra. Vincent si accovacciò accanto a lei, accigliato di fronte alla costellazione di lesioni che già le violavano le braccia e la mascella. Dimostrava circa diciassette anni, diciotto a voler essere generosi, sebbene il taglio della bocca suggerisse qualcuno che era stato costretto a crescere in fretta e furia, per poi venirne ripetutamente travolto.

Mrs Barley passò indaffarata, lasciandosi dietro una zaffata di lozione antisettica e qualcosa di pungente: salvia, forse, o l'odore di un rituale andato leggermente storto. Gettò una bracciata di asciugamani sul tavolino da caffè e squadrò l'ospite priva di sensi con la gelida imparzialità di un'infermiera del pronto soccorso alla fine di un doppio turno.

«Hai un nome, tesoro?» chiese Mrs Barley, senza aspettarsi davvero una risposta.

La ragazza emise un suono che proveniva da un limbo a sud della coscienza, poi sprofondò ancor di più tra i cuscini. Le nocche erano scorticate e la sua felpa portava le insegne di sangue e sporcizia di un recente diverbio di strada. Vincent le frugò le tasche con discrezione consumata e non trovò nulla, a parte una tessera della biblioteca (nome: Ren B), una gomma da masticare senza involucro e un telefono così irrimediabilmente crepato da sembrare una ragnatela.

Mrs Barley si inginocchiò vicino alla testa della ragazza, le strinse il mento tra due dita e le ispezionò gli occhi. «Riflessi pupillari nella norma. Niente trauma cranico, o comunque niente che non ti sia meritata.» Lo disse con una sorta di rude compassione che riusciva a essere al contempo offensiva e stranamente rassicurante. «Passami quella tazza.»

Vincent le porse il recipiente meno macchiato a portata di mano. Mrs Barley estrasse una fiaschetta dalle pieghe del grembiule, versò un goccio di un liquido smeraldino e scintillante e lo mescolò con il manico di un cucchiaio fino a ottenere una pasta.

«Sembra una roba che potrebbe sciogliere la vernice di una Ford Fiesta» disse Vincent, osservando con un misto di orrore e fascino.

Mrs Barley annuì, brusca. «È quello lo scopo. Pulisce le ferite, apre i canali. È una vecchia ricetta dell'esercito. Bevi questo e puoi marciare per tre giorni con una caviglia rotta.» Pizzicò il naso alla ragazza, le fece leva sulla mascella e le versò la medicina nell'apertura. La gola della ragazza si mosse, deglutendo per riflesso, poi tossì, si girò e fulminò Mrs Barley con lo sguardo minaccioso di chi, nonostante tutto, si aspettava ancora di essere rapinato.

«Dove sono?» gracchiò la ragazza, con la voce raschiata dal dolore e dalla sorpresa.

Vincent le rivolse il suo miglior tentativo di fare la parte dello zio comprensivo. «Sei al sicuro. Non toccare il telecomando, resetta l'universo.» Fece un gesto verso la stanza, come se quello spiegasse tutto.

La ragazza si asciugò la bocca con il dorso della mano, poi si mise a sedere così bruscamente che Vincent rischiò di rompersi il naso. «Chi cazzo siete?»

Mrs Barley, imperterrita, tamponò lo squarcio sulla guancia della ragazza con uno strofinaccio imbevuto dell'intruglio verde. «Contegnosa» disse. «C'è una bambina.»

«Sono io la bambina» sbottò la ragazza.

Mrs Barley si limitò a sorridere, un sorriso sottile e soddisfatto. «Esatto.»

Vincent si appollaiò sul bordo del tavolino. «Io sono Vincent, lei è Mrs Barley. Ti sei presentata alla nostra porta che colavi come un setaccio. Ti succede spesso o è un'occasione speciale?»

Ren valutò la domanda, poi scrollò le spalle, un gesto così difensivo che avrebbe potuto benissimo essere accompagnato da un giubbotto ad alta visibilità. «Succede. Di solito senza comitato di benvenuto.» Si guardò intorno, esaminando la stanza, la finestra bloccata, il crocifisso sul muro che era stato modificato per fungere da apribottiglie. I suoi occhi indugiarono sullo scaffale di sacche di sangue nell'angolo più lontano, poi tornarono saettando su Vincent, socchiudendosi.

«Sei un vampiro?»

Vincent sogghignò, mostrando un accenno di canino. «Solo il lunedì e nei giorni festivi.»

Ren emise un suono scettico. «Grandioso. Sono stata salvata dalla Famiglia Addams.»

Mrs Barley le porse un bicchiere d'acqua e un biscotto, quest'ultimo dall'aspetto letale ma al contempo casereccio. «Sopravviverai. A meno che tu preferisca di no?»

La ragazza ignorò la domanda, punzecchiando invece la ferita incrostata sul braccio con distacco clinico. «Avete chiamato un'ambulanza?»

Mrs Barley scosse la testa. «Non ti servirebbe a niente. Hai a che fare con un tipo diverso di ferita.» Le tamponò il sangue, e Vincent lo vide: sotto la crosta impiastricciata, un piccolo tatuaggio, guarito a metà e di un rosso rabbioso. Tre mezzelune, intrecciate, e al loro nesso una linea di minuscoli punti color osso. Era il glifo della testa mozzata, reimmaginato da qualcuno con la mano più ferma e meno pazienza.

Vincent allungò la mano verso il polso di lei. Ren si ritrasse di scatto, ma non abbastanza in fretta da impedirgli di vedere il marchio. «Dove te lo sei fatto fare?»

Lei si riprese la mano e la nascose sotto la felpa. «Non sono affari tuoi.»

«Al contrario» disse Vincent, improvvisamente molto stanco, «sono precisamente affari miei. Quel simbolo non compare su adolescenti a caso per divertimento. È il genere di cose che si trova su gente molto vecchia e molto morta. O peggio, su gente che sta per diventare molto morta.»

L'espressione di Ren – che già tendeva ad "avrebbe potuto mordere il cemento armato" – si chiuse completamente. «È solo un tatuaggio. Me l'ha fatto una mia amica. Ha detto che era una specie di protezione.»

Mrs Barley sbuffò. «La tua amica è una bugiarda. O ha un senso dell'umorismo molto nero.»

Ren fulminò con lo sguardo Mrs Barley, poi Vincent, e per un momento l'unico suono nella stanza fu il ticchettio dell'orologio sopra il camino, che scandiva il tempo come una guardia carceraria.

Vincent guardò di nuovo il marchio, stavolta cogliendo un debole luccichio lungo il bordo. L'aveva già visto, in un retrobottega a Cracovia, e di nuovo all'indomani del massacro di Carmine. Non era inchiostro, non del tutto; qualcos'altro si muoveva sotto la pelle, come se il glifo stesso si stesse metabolizzando.

Indietreggiò, cauto. «Ti sei sentita... strana? Da quando ce l'hai?»

Ren scrollò le spalle, ma c'era qualcosa di fragile in quel gesto. «Definisci "strana".»

«Qualunque cosa. Incubi. Fame. Rabbia. La voglia di recitare poesie al contrario.»

Lei roteò gli occhi. «Ho diciassette anni. Quello è un martedì qualunque.»

Mrs Barley le diede una pacca sulla spalla, quasi gentile. «Andrà tutto bene. Basta che non te lo stuzzichi.»

Vincent voleva insistere, ma lo sguardo che Mrs Barley gli lanciò diceva «lascia perdere», e così fece.

Ren sorseggiò l'acqua e subito si strozzò. «Cosa c'è qui dentro?»

«Essenza di onestà» rispose Mrs Barley. «Non è contagiosa, ma non si sa mai.»

Ren si asciugò la bocca e si afflosciò contro il divano, apparendo di colpo più giovane e più stanca di prima. Vincent la studiò, cercando di ricostruire la logica della sua apparizione. Il glifo, la tempistica, la vecchia profezia che faceva tintinnare le catene nella sua memoria. Non poteva essere una coincidenza. La coincidenza aveva smesso di rispondergli al telefono secoli prima.

Mrs Barley cominciò a riporre gli asciugamani e le bottiglie, con movimenti bruschi e definitivi. Vincent incrociò il suo sguardo, vide la domanda che non stava pronunciando e rispose con un cenno del mento: «Dopo.»

Ren cercò di alzarsi in piedi, fallì e si lasciò ricadere sulla tappezzeria malconcia. «Posso andare?»

Mrs Barley ci pensò su. «Domattina. Devi riposare. E c'è qualcosa nell'aria stasera.»

Ren la guardò torva. «Questo è un verso di una canzone di Phil Collins.»

Le labbra di Mrs Barley ebbero un fremito, quasi impercettibile. «È un verso della vita, cara.»

Scese un silenzio teso e imbarazzante. Vincent lo riempì nell'unico modo che conosceva: con una storia. «Ti ho mai raccontato di quella volta che mi sono fatto fare un tatuaggio dall'assassino personale del papa?»

Ren lo guardò come se lo stesse sfidando a continuare.

«Non ha attecchito» disse Vincent. «Ma ho imparato tre nuove parolacce e l'assassino ci ha guadagnato un piercing al lobo gratis. A volte le cose semplicemente vanno a posto da sole.»

Ren chiuse gli occhi, e un attimo dopo dormiva di nuovo, la mascella serrata in quella stessa linea combattiva.

Mrs Barley le rimboccò una coperta con cura professionale. «Non è posseduta, sai.»

Vincent osservò il glifo pulsare, una luce debole ma inconfondibile che si muoveva sotto la pelle. «No» disse, a bassa voce. «Ma qualcosa si sta facendo strada dentro di lei scrivendo.»

La risposta di Mrs Barley si perse nello scricchiolio dell'edificio che si assestava, mentre i ritratti degli antenati li fissavano dall'alto con muto giudizio.

Vincent si mise a sedere, improvvisamente consapevole di quanto fosse diventata buia la stanza e di come il glifo sul polso di Ren sembrasse più luminoso di minuto in minuto. Si chiese se la profezia stesse ridendo di lui da oltre la tomba, o se fosse solo il modo dell'universo di ricordargli che i conti in sospeso, prima o poi, tornano sempre al pettine.

Si versò da bere, poi un altro bicchiere, e guardò la ragazza dormire, aspettando che il prossimo disastro bussasse alla porta.

Non avrebbe tardato ad arrivare.

La ragazza dormì come un morto, ma si svegliò la sera successiva con lo stesso sguardo sospettoso che aveva riservato a Vincent la notte prima. A colazione – un sandwich all'uovo troppo cotto e un caffè istantaneo così amaro che avrebbe potuto essere stato raccolto dall'infanzia di Vincent stesso – Ren si era ripresa abbastanza da bighellonare al tavolo della cucina con la nervosa diffidenza di un gatto selvatico attirato in casa per la prima volta.

Mrs Barley presiedeva al pasto con tutto il calore di un boia, tenendo un commento continuo sul tempo, sul programma di raccolta dei rifiuti e sulla qualità inferiore degli antibiotici moderni. Mise una ciotola di porridge davanti a Ren, che la guardò con disgusto palese.

«È biologico» disse Mrs Barley, il che era vero, se per "biologico" si intendeva "acquistato prima del divieto di fumo e lasciato a sviluppare una propria personalità".

Ren punzecchiò la pappetta, poi alzò lo sguardo su Vincent, che non aveva ancora trovato la volontà di sedersi. «Posso andare ora?»

Mrs Barley, senza scomporsi, disse: «Prima mangia. Poi vedremo.»

Vincent indugiò sulla soglia, sentendosi stranamente fuori posto nella sua misma cucina. Voleva interrogare la ragazza sul glifo – dove l'avesse preso, cosa significasse per lei, se le prudesse quando pioveva – ma qualcosa nel taglio della sua mascella gli diceva che non avrebbe ottenuto nulla se non un occhio nero in cambio del disturbo. Inoltre, sapeva che le uniche vere risposte si trovavano al piano di sopra.

Così lasciò Mrs Barley al suo personale assedio domestico e salì la stretta scalinata fino al suo studio.

La soffitta era esattamente come l'aveva lasciata: una cripta dal soffitto basso di scaffali polverosi e pile instabili, illuminata da una singola lampadina e dalla luce della luna che sbirciava attraverso una finestra incrostata. Vincent inspirò l'odore – carta vecchia, inchiostro secco e una traccia di muffa – e si sentì quasi confortato. Il disordine era tutto suo, e quindi rappresentava almeno un tipo di caos familiare.

Si mise al lavoro, frugando in scatole etichettate "Cianfrusaglie", "Decisamente non prove" e "NO". Superò un mucchio di vecchie ricevute e contratti editoriali, e andò dritto alla cassa di cartone in fondo, quella con la scritta "Carmine" scarabocchiata sul coperchio di suo pugno, con una grafia attenta e corretta dopo una sbronza.

All'interno: bozze annotate, una manciata di copie in edizione speciale con copertina rigida (in perfette condizioni, mai lette), e un sacchetto di velluto contenente il pugnale d'osso che Carmine aveva usato una volta per tagliare la gola a un ambasciatore a una festa di Capodanno. La lama luccicava ancora di una debole iridescenza oleosa, come se avesse delle opinioni sul fatto di essere stata disturbata.

Vincent mise da parte il pugnale e aprì il primo manoscritto. Il glifo era lì, sul frontespizio: tre mezzelune, le stesse del tatuaggio sul polso di Ren, anche se questo era reso nell'inchiostro più nero e affiancato da una spirale ordinata di testo latino. Le linee si curvavano e si sovrapponevano in modi che davano prurito agli occhi.

Sfogliò fino al fondo, dove Carmine una volta aveva scarabocchiato correzioni con una biro rosso sangue. A margine di un passo particolarmente vivido, il vecchio bastardo aveva scritto: *Non sottovalutare il fascino della trasformazione. È l'unica cosa che conta per loro.*

Vincent sbuffò. Tipico di Carmine ridurre settecento anni di orrore esistenziale a una frase a effetto degna di una fascetta editoriale.

Scavò più a fondo, attraverso un mucchio di corrispondenza che tracciava l'arco del suo stesso declino morale: lettere di ammiratori da parte di cultisti, lettere di odio da parte di altri cultisti, richieste sempre più disperate di rispettare le scadenze da parte del suo agente. E poi la trovò: una cartella, malconcia e macchiata di quella che avrebbe potuto essere caffè o forse sangue, etichettata "Bucarest – bozza originale".

La aprì, con le mani che tremavano quel tanto che bastava per essere fastidioso.

Lì, sulla prima pagina, c'era la stanza. Ricordava di averla scritta, o meglio, ricordava le conseguenze: il senso di fredda lucidità che era scaturito da una notte di assenzio e il bisogno vago e urgente di impressionare Carmine a tutti i costi.

—*Nel sangue comincia, ma l'inchiostro legherà / I vivi al passato avvinghiato. / Quando in gioventù il segno indossato sarà / Il tramite si desta e in verità avrà camminato.*—

All'epoca gli era sembrata un'insalata di parole, il tipo di verso criptico e vagamente minaccioso che rendeva le profezie autentiche senza significare assolutamente nulla. Ma a Carmine era piaciuta, e così era rimasta.

Vincent confrontò il glifo sul manoscritto con il ricordo del tatuaggio di Ren. Combaciavano perfettamente, fino al trattino in alto a destra. Nessun dubbio.

Si appoggiò allo schienale e lasciò che le implicazioni si depositassero, come limo in un fiume fangoso. La ragazza era un tramite. Che lo sapesse или no, qualcosa si stava facendo strada dentro ди lei, usandola come una pagina. E dato il modo in cui Carmine aveva considerato i "tramiti" in passato, il risultato probabile non sarebbe stato una foto di gruppo celebrativa.

Ci fu un movimento fuori in giardino. Sbircio attraverso la finestra e notò Ren in giardino, illuminata dalla luce di sicurezza con sensore di movimento, rannicchiata sugli scalini del retro in una coperta troppo sottile per il tempo, sorseggiando tè con entrambe le mani. Mrs Barley stava in piedi sopra di lei, a braccia conserte, la sua silhouette in qualche modo sia minacciosa che materna.

Guardò Mrs Barley dire qualcosa, e Ren ridere. Una piccola risata, acuta e improvvisa, e per un momento la diffidenza lasciò il suo volto.

Vincent rabbrividì. Aveva già visto quella scena, o qualcosa di simile: ogni volta che una profezia cominciava a dispiegarsi, ogni volta che qualche bastardo intelligente decideva che le regole non si applicavano. Cominciava sempre con una risata, e finiva sempre, sempre, con le urla.

Sfogliò il resto della cartella, ma non trovò altro che vecchie bollette e un fiore secco pressato tra le pagine. La chiuse, mise il pugnale d'osso sopra la pila e si spolverò le mani.

Dal piano di sotto, giunse la voce di Mrs Barley: «Vieni o dobbiamo cominciare senza di te?»

Vincent gettò un'altra occhiata al manoscritto, poi alla finestra e alla ragazza di sotto.

«Finirà tutto in un incendio» mormorò, e scese a raggiungerli.

TRE

Ren sedeva sul bordo di una sformata poltrona a orecchioni, stringendo una tazza sbeccata dell'intruglio nero della signora Barley. Il sapore era un misto di camomilla e qualcos'altro che le lasciava sulla lingua una sensazione di delicata esfoliazione. Il labbro, spaccatosi la notte prima, si era ben cicatrizzato formando una crosta, ma il resto del suo corpo era ancora sul chi vive: le spalle contratte, una gamba che tremava nervosamente e gli occhi che saettavano tra Vincent e il crocifisso-apribottiglie montato sopra la mensola del camino.

Vincent la osservava dal divano, con il corpo riverso ma le dita che tamburellavano un allegro nervoso sul ginocchio. Si era cambiato, indossando una camicia che da lontano sembrava fresca di bucato ma che da vicino rivelava una costellazione di macchie di caffè. Di tanto in tanto, lanciava un'occhiata a Ren, per poi distogliere lo sguardo con la studiata noncuranza di un uomo che ignora una fuga di gas in un teatro affollato.

«Allora», disse Ren, rompendo un silenzio che si era fatto pesante e sospettoso, «è questo il momento in cui mi dici che sono la prescelta, o solo che sto per morire in un modo davvero originale?»

Vincent finse di rifletterci. «Nessuna delle due. Questa è la parte in cui faccio muro e spero che ti annoi prima di chiedere qualcosa di significativo.»

Ren scoprì i denti in un sorriso che aveva tutta la cordialità di una trappola arrugginita. «Troppo tardi. Ci sei dentro fino al collo. Comincia a parlare. Che storia è quella del simbolo? Perché mi striscia sotto la pelle? E perché continuo a sognare in maledetta rima?»

«Sognare in rima non è così raro come si pensa», disse Vincent. «È un sintomo classico dell'esposizione a una profezia mal costruita. O alle scuole private.»

Lei socchiuse gli occhi. «E le voci?»

Lui sospirò, togliendo un frammento di qualcosa – vernice, forse pelle – dal bracciolo del divano. «Le voci sono la norma. Ci si abitua. Cerca solo di non discutere ad alta voce nei supermercati, rende imbarazzante il momento di pagare alla cassa.»

Ren lo fissò, incredula. «Stai scherzando? Sai che ieri ho quasi perso una mano per la tua "profezia"?»

«Tecnicamente non è la mia profezia», disse Vincent. «Solo un'opera derivata. Declino ogni responsabilità.»

Ren emise un suono che suggeriva che gli avrebbe tirato la tazza in testa se non ne stesse ancora bevendo il contenuto. «Allora di chi è questo casino?»

Vincent le lanciò un'occhiata di sbieco. «Non ha importanza. È morto. O si nasconde. O finge di essere morto in un modo molto pubblico e plateale. Carmine non è mai stato una persona discreta.»

Ren strizzò gli occhi, un barlume di riconoscimento nel suo sguardo. «Carmine, come ne La Profezia di Carmine? Esiste davvero? Pensavo fossero solo stronzate gotiche che si trovano nelle chat secondarie di Reddit.»

Vincent abbozzò un mezzo sorriso, un gesto che risultò più simile a una smorfia. «Alla fine, tutto è reale. Le profezie hanno solo un ufficio stampa migliore.»

Nel corridoio echeggiò il suono di scarpe comode e di malcelata esasperazione. La signora Barley entrò a grandi passi nella stanza, portando un vassoio con dei toast e una bottiglia di detergente, quest'ultima brandita come un manganello.

«Bevi», disse, posando il piatto davanti a Ren. «Avrai bisogno di forze. E se hai intenzione di sanguinare di nuovo sul tappeto, fammelo sapere in anticipo.»

Ren prese il toast, ma la sua attenzione era fissa sulla signora Barley. «Lei sa di questa storia della profezia, allora?»

La signora Barley pulì una macchia dal tavolo con efficienza chirurgica. «Certo. È per questo che sei qui. Stai perdendo profezia.»

Ren quasi si strozzò. «Prego?»

La signora Barley si strinse nelle spalle, impassibile. «Succede. Di solito ce ne accorgiamo prima che a qualcuno spunti un tatuaggio, ma quel che è fatto è fatto.»

Vincent si mise a studiare la parete opposta con un improvviso interesse per la carta da parati scrostata. «Non sta esattamente perdendo. È più come se... emettesse. Trasmettesse.»

Ren si voltò verso di lui, furiosa. «Che cazzo significa?»

Vincent si passò una mano tra i capelli, poi la lasciò ricadere in segno di sconfitta. «Significa che c'è qualcosa dentro di te che vuole uscire. La profezia è un po' come un parassita, o una catena di Sant'Antonio. Vieni infettata, e all'improvviso sono solo presagi, voglie strane e l'impulso irrefrenabile di scrivere.»

Ren sbatté la tazza sul tavolo. «Io non sono un parassita. E non voglio niente di tutto questo. Stavo solo...» Si interruppe, la rabbia che svaniva, sostituita da un panico soffocato e contratto. «Stavo solo cercando di scappare. Non me lo permettevano.»

La signora Barley la guardò con un'improvvisa e scomoda comprensione. «Chi?»

Ren esitò, poi disse: «Non so, una specie di setta. Credo. Non so se si definissero così, ma tutti gli altri sì. Dicevano che ero... il Ricettacolo della Penna.» Li fulminò con lo sguardo, sfidandoli a ridere, ma né Vincent né la signora Barley lo fecero.

L'espressione di Vincent non cambiò. «Classico. Sempre con questi ricettacoli.»

Ren si rannicchiò nella sua felpa. «Ci obbligavano a copiare questi libri a mano. Pagine e pagine. Dicevano che era per la "trasmissione". Ma ogni volta che scrivevo, i sogni peggioravano. E poi è comparso il glifo.»

La signora Barley le si inginocchiò davanti, tutti i suoi spigoli ammorbiditi, anche solo di poco. «Sei scappata. È stata una mossa intelligente.»

Ren annuì, i pugni stretti in grembo. «Sì. E ho fregato uno dei libri. Ho pensato che se l'avessi avuto io, non avrebbero potuto portare a termine qualsiasi rituale stessero pianificando.»

Vincent inclinò la testa. «Che ne hai fatto del libro?»

«L'ho bruciato», disse Ren. «O almeno ci ho provato. Ha sanguinato. Poi ha urlato.»

Un silenzio così denso da poterlo imburrare calò sulla stanza. Vincent chiuse gli occhi, si strinse la radice del naso e allungò la mano verso un bicchiere di vino rimasto dalla sera prima. Sorseggiò, fece una smorfia, poi sorseggiò di nuovo, come se con la perseveranza potesse migliorare.

«Certo che l'ha fatto», disse, così piano da sembrare che parlasse tra sé e sé.

Ren lo guardò, aspettando la battuta finale.

Vincent aprì gli occhi, stanco. «Libri del genere sono difficili da uccidere. Di solito hanno delle contingenze. Dei meccanismi di sicurezza. A volte nella rilegatura, a volte nella persona che li brucia.»

Il viso di Ren perse quel poco colore che le era rimasto. «E quindi? Mi trasformerò in un libro?»

La signora Barley rispose per prima, con voce gentile e insolitamente materna. «No, cara. Tu sei la storia. Il libro è solo il vettore.»

Ren guardò Vincent in cerca di conferma, ma il suo volto era bloccato in una maschera di rassegnazione. «Non è così male come sembra», disse lui, ma nemmeno lui sembrava convinto.

Lei si sporse in avanti, la voce bassa e dura. «Come la fermo?»

Vincent fece roteare la feccia del vino, osservando i sedimenti formare una spirale. «Non la fermi», disse. «Le sopravvivi. Se sei fortunata, riesci a scriverne tu il finale.»

Un silenzio con la forza di una condanna si strinse attorno a loro, interrotto solo dal ticchettio implacabile dell'orologio e dal gracchiare lontano di corvi che litigavano in giardino.

Ren diede un morso al toast, masticando con deliberata aggressività. «E se non ci riesco?»

Vincent la guardò dritta negli occhi, per la prima volta da quando era arrivata. «Allora sarà lei a finire di scrivere te. E in quella versione, non sei tu la protagonista.»

Lei lo fissò, desiderando che lui sussultasse o distogliesse lo sguardo, ma lui resse il suo sguardo con la stanca spavalderia di un uomo che aveva già perso quella discussione in passato.

La signora Barley si alzò, raccolse il vassoio e lanciò a entrambi un'occhiata che riusciva a combinare esasperazione, orgoglio e la netta impressione che avesse già iniziato a pianificare la via di fuga di Ren e il funerale di Vincent. «Mangiate», disse. «Avremo bisogno di forze.»

Uscì dalla stanza, e gli echi della sua pratica risolutezza rimasero sospesi nell'aria.

Ren abbassò lo sguardo sulle mani, il marchio sul polso che pulsava debolmente con una sua logica.

Vincent finì il suo vino, con gli occhi ancora fissi nel vuoto.

«Sono sempre i più intelligenti», disse, a nessuno in particolare, e poi – per abitudine o per speranza – si riempì di nuovo il bicchiere e si preparò a ciò che sarebbe venuto dopo.

Il pranzo, come concetto, non aveva mai veramente attecchito nell'appartamento di Vincent, in parte perché la sua ora di pranzo era la mezzanotte, e a quell'ora era sempre nel bel mezzo di qualcosa. In parte perché l'aveva sempre considerato un'affettazione, come la meditazione o l'igiene dentale. Ma la signora Barley era una fanatica della routine, e così, cinque minuti dopo la mezzanotte, aveva radunato Vincent e Ren in cucina, aveva messo una pagnotta e un barattolo di qualcosa sottaceto sul tavolo, e aveva proferito severi avvertimenti sulle conseguenze del «non finire quello che hai nel piatto, signorina.»

La cucina era meno una stanza e più una cella di detenzione per verdure ribelli ed elettrodomestici defunti. La finestra, rigata dalle colature di mille esperimenti falliti, si affacciava sul giardino: un piccolo rettangolo di erbacce e rosmarino selvatico, delimitato da una recinzione inclinata a quarantacinque gradi, come se cercasse di vedere cosa cresceva dall'altra parte.

Vincent sedeva con le spalle alla porta, affettando il pane con il coltello dal manico d'osso che un tempo era stato usato per sacrifici rituali (e, più spesso, per il salame). Il coltello sembrava leggermente offeso dalla banalità del suo compito. La signora Barley versò il tè da una teiera sbeccata; l'infuso era così denso che a malapena sciaguattava nella tazza.

Ren era appollaiata sul bordo di una sedia, con le braccia conserte e la felpa chiusa con la zip fino al mento. Il tatuaggio sul suo polso — tre mezzelune e la catena di punti d'osso — sembrava quasi un livido, la pelle violacea contro le sue nocche. Guardava Vincent, senza battere ciglio.

«Allora», disse, «questa storia della profezia. Quale delle due? Morirò, o perderò solo il senno?»

Vincent imburrò il pane con la grave concentrazione di un uomo che sta evitando completamente l'argomento. «Entrambe le cose sono possibili», disse. «Ma non corriamo troppo. A volte queste cose semplicemente... svaniscono.»

La signora Barley emise un suono secco e sprezzante. «Smettila di raccontare cazzate. Se leggessi le tue stesse opere, sapresti che non svanisce mai.»

Ren puntò la sua fetta di pane verso Vincent. «Visto? Perfino la tua governante ti ha inquadrato.»

Vincent trasalì, poi posò il coltello e si appoggiò allo schienale, scrutando il soffitto come se lassù, tra le crepe, potesse esserci scritta una risposta. «La Profezia di Carmine non doveva essere una cosa reale», disse. «Doveva essere una satira. Ero giovane, ero ubriaco, e Carmine pensava che il mondo avesse bisogno di una nuova Apocalisse per l'era postmoderna.»

«Lasciami indovinare», disse Ren. «Sei stato tu a scriverla?»

Lui si strinse nelle spalle. «L'ho scritta io per conto suo, tecnicamente. Carmine ci ha solo messo il nome. E un sacco di sangue non necessario.»

La signora Barley riempì di nuovo le tazze con un gesto enfatico che suggeriva che avrebbe potuto usare il liquido come arma da un momento all'altro. «Fa il modesto. La profezia è una sua creatura. Come tutti gli uomini, se ne pente subito dopo il parto.»

Vincent le lanciò un'occhiataccia, ma il viso della signora Barley era puro granito.

Ren sorseggiò il tè e fece una smorfia. «Non hai risposto alla mia domanda.»

Vincent incontrò il suo sguardo, e per una volta la sua evasività era svanita. «Non si tratta di morire. Si tratta di essere sovrascritti. La profezia è... virale. Vuole essere raccontata, e non le importa chi sia a farlo.»

La signora Barley annuì. «Come un'infezione fungina molto entusiasta.»

Ren assimilò l'informazione. «Quindi mi riscriverà per inserirmi nella sua storia.»

Vincent annuì, la bocca ridotta a una linea sottile. «Se sei fortunata, riesci a tenerti i pezzi che ti piacciono. Altrimenti... be', hai mai letto una fanfiction così fuori personaggio da farti star male?»

Ren gli rivolse uno sguardo piatto. «Tutte le fanfiction sono fuori personaggio. È questo il punto.»

La signora Barley scoppiò in una risata secca. «Non ha torto.»

Vincent sbuffò, un suono a metà tra frustrazione e ammirazione. «D'accordo. Sì. Tu sei la pagina. Qualcosa cercherà di scriverci sopra. O resisti, o la guidi. È il massimo che chiunque sia riuscito a fare finora.»

Ren abbassò lo sguardo sul polso, poi lo rialzò. «Come la si guida?»

Vincent si strinse nelle spalle. «Resta in movimento. Sii imprevedibile. Non lasciare che ti inchiodi. Se ti fermi, se lasci che la storia ti raggiunga, ti scrive dentro al copione. È successo all'ultimo Ricettacolo. È finita per diventare una leggenda metropolitana a Budapest, mezza donna, mezza allegoria, interamente insopportabile.»

Ren sbatté le palpebre, poi rise: una risata breve, secca, provocatoria. «Dovrebbe spaventarmi?»

«No», disse Vincent. «Dovrebbe incoraggiarti. La profezia non sopporta l'ironia.»

Ren scolò il suo tè, posando la tazza con un colpo secco. «E se mi facessi rimuovere il tatuaggio?»

La signora Barley scosse la testa. «È sotto la pelle. Dovresti scuoiare tutto il braccio.»

Ren guardò Vincent, la cui faccia diceva, *non pensarci nemmeno*.

Il pasto proseguì in un silenzio imbarazzato, scandito solo dal masticare ritmico e da qualche grido occasionale proveniente dal giardino. Fuori, il vento si stava alzando e la recinzione scricchiolava, come se qualcosa di più grosso di una volpe si stesse muovendo.

Vincent finì il pane e impilò il suo piatto, poi cominciò a raccogliere i frammenti di carta sparsi sul tavolo: vecchi appunti, bozze della Profezia di Carmine, alcune con correzioni in inchiostro rosso, altre con singole parole scarabocchiate in una grafia che assomigliava in modo allarmante a quella di Ren.

La signora Barley si sporse in avanti, gli occhi fissi su Vincent. «Dovrai dirle il resto.»

Vincent esitò. «Non è necessario. Non a meno che—»

«Diglielo», disse la signora Barley, con la voce che una volta aveva convinto un demone a scusarsi per la sua maleducazione.

Vincent guardò Ren, che si era immobilizzata. «La profezia si auto-replica», disse lui, a bassa voce. «Se sei infetta, puoi trasmetterla. A volte con le parole, a volte con il sangue, a volte solo trovandoti nel posto sbagliato al momento sbagliato. Vuole un pubblico.»

Ren si portò le ginocchia al petto. «Quindi ce ne sono altri come me?»

«Probabilmente», ammise Vincent. «Ma non durano a lungo. La maggior parte si esaurisce, o viene inghiottita dalla storia.»

Lei rimase in silenzio per un momento, poi: «Perché io?»

La risposta di Vincent fu una risatina amara. «Perché chiunque? Eri nel posto sbagliato, hai letto il libro sbagliato, sei scappata al momento sbagliato. L'universo non ha buon gusto.»

La signora Barley si alzò, raccolse i piatti e li depositò nel lavandino con più forza del necessario. «Basta autocommiserazione per un pasto. Ha bisogno di sapere cosa sta per succedere.»

Vincent guardò fuori dalla finestra. Il cielo era diventato nero, le nuvole si ammassavano come panni bagnati sopra i tetti. In giardino, qualcosa si mosse: solo un'ombra, ma si soffermò più a lungo del dovuto.

Si alzò. «Bene. Ecco cosa succede ora. La profezia si intensificherà. Ci saranno dei segni. Le persone che incontrerai cercheranno di spingerti in una direzione o nell'altra: a raccontare la storia, o a fermarla per sempre. Nessuna delle due fazioni è particolarmente gentile.»

La signora Barley si asciugò le mani, poi si avvicinò a Ren. «Ma non sei sola. Possiamo fare da interferenza. Guadagnarti del tempo.»

Ren li guardò entrambi, e per la prima volta, parte della sua combattività svanì. «E se mi raggiunge?»

Vincent sorrise, un sorriso desolato ma sincero. «Allora almeno sarà una storia pazzesca.»

Misero in ordine, con la signora Barley che riportava la cucina alla sua versione di ordine: candeggina, acqua bollente, l'odore persistente di rosmarino e perdita.

Mentre Vincent andava a buttare le briciole fuori dalla porta, la signora Barley lo intercettò sulla soglia. Mantenne la voce bassa. «Non sta solo perdendo profezia. È una pagina bianca. Qualcosa ha già cominciato.»

Vincent incrociò il suo sguardo. «Cosa vuoi dire?»

La signora Barley si voltò a guardare il tavolo, dove Ren sedeva con il mento tra le mani. «Guarda i suoi appunti. La grafia non è la sua.»

Vincent deglutì, la consapevolezza e un vecchio terrore che si scontravano nel suo petto. «Pensi che sia Carmine?»

La signora Barley annuì, una sola volta. «O qualcosa di più

malvagio. In ogni caso, devi risolvere la cosa. Stavolta, come si deve.»

Vincent osservò Ren, il tatuaggio che le bruciava sul polso come una scadenza. Sentì la vecchia, profonda certezza della storia che si ripeteva, e si chiese cosa fosse peggio: la profezia, o la sua parte in essa.

QUATTRO

Bussarono alla porta con la precisione di un cecchino: tre colpi, poi due, poi di nuovo tre, così forti e cadenzati che avrebbero potuto essere un messaggio in Morse per «aprite o continuo a bussare». Tutti e tre si immobilizzarono. Il primo pensiero di Vincent fu «ufficiali giudiziari», seguito a ruota da «setta della profezia» e poi, come terza e più remota possibilità, «postino».

Mrs Barley si alzò, la sua postura era quella di una donna in procinto di notificare uno sfratto alla Morte in persona. Estrasse uno spelucchino dalla tasca del grembiule, serrò la mascella e si diresse a grandi passi verso la porta. «Parlate tra di voi» borbottò, «torno subito».

Vincent scambiò un'occhiata con Ren. Lei fece spallucce, versò altro tè e tenne d'occhio il corridoio come una volpe che osserva un pollaio pieno di fuochi d'artificio.

Il corridoio era stretto e ostile ai visitatori. La sua unica lampadina tremolò quando Mrs Barley aprì la porta. «Sì?»

Sulla soglia si trovava una donna sulla quarantina, con i capelli cortissimi, come chi riteneva che asciugarli con il fon fosse una perdita di tempo e di pazienza. Indossava un pesante caban nero sopra un maglione che sembrava fatto a mano, ma progettato per tenere caldo, e portava a tracolla una borsa da corriere con la disinvoltura di chi era pronto a usarla come arma improvvisata. I suoi occhi, di una tonalità troppo chiara per mettere a proprio agio, catalogarono Mrs Barley in un secondo, prima di scartarla perché ritenuta non abbastanza minacciosa.

«Zara Delacourt» disse la donna. «Sono attesa. O dovrei esserlo.» Il suo accento era un inglese impeccabile, ma sintonizzato sulla frequenza di un'operatrice del pronto intervento di città: efficiente, impossibile da ingannare, studiato per sovrastare il caos.

Mrs Barley fece un passo indietro; il coltello era ancora visibile, ma ormai era più un suggerimento che una promessa. «Entra, allora.»

Zara entrò nell'appartamento come un'esperta che attraversa un territorio ostile. Ignorò il disordine e il fatto che il soffitto minacciasse di decapitare chiunque superasse il metro e settantacinque. Con un'occhiata colse la cucina e i suoi abitanti, poi si fermò sulla soglia, imponendo la propria presenza come una bibliotecaria rancorosa.

«Lupo» disse a Vincent, con un sorriso che sembrava provato allo specchio per situazioni imbarazzanti esattamente come quella.

Vincent tentò un gesto d'accoglienza che risultò a metà strada con delle scuse rassegnate. «Zara. Pensavo fossi in Svezia.»

«Stoccolma è stata un vicolo cieco. Sono tornata.» Lanciò un'occhiata a Ren, poi alla teiera, poi a Mrs Barley, che era tornata al suo posto dietro al bancone e ora squadrava la borsa di Zara come se potesse essere piena di cobra vivi. «Adesso capisco perché ci vediamo sempre da me.»

Vincent grugnì. «È accogliente. Facile da tenere pulito.»

«Per chi?» lo squadrò Mrs Barley.

«Lei è Mrs Barley, la mia governante.» Indicò Ren. «E lei è Ren. È il, ehm...»

«Il Ricettacolo» suggerì Mrs Barley. «O l'ospite. Stiamo ancora definendo la qualifica.»

Zara si concentrò su Ren, che rispose allontanando la tazza e alzando lo sguardo in cagnesco. La tensione nella stanza si acuì, come se qualcuno avesse appena annunciato l'inizio di una gara di lancio di coltelli.

Zara si rivolse direttamente a Ren, addolcendo la voce di un millimetro. «Come va la profezia?»

Ren sbuffò. «Ancora virale. Ma gli effetti collaterali sono una figata, direi. Tu sei il medico?»

Zara sorrise, stavolta sinceramente. «Sono il dipartimento di ricerca.» Si sbottonò il cappotto, rivelando una maglietta lisa con il logo di un'oscura rivista di fantascienza. «Facevo ricerche per i libri di Vincent, per assicurarmi che fossero storicamente e geografica-mente accurati. Prima che decidesse di inventarsi tutto.»

Vincent fece una smorfia. «Qualcuno deve pur pagare l'affitto. E ai miei lettori non importa, purché ci sia una rottura al terzo atto e un lieto fine.»

Zara lo ignorò e si rivolse di nuovo a Mrs Barley. «Avete qual-cosa di più forte del tè? Ho camminato dalla stazione.»

«Non consiglierei il gin» disse Mrs Barley. «Lo usiamo come diluente per vernici.»

«Correrò il rischio» replicò Zara, e Mrs Barley, dopo un attimo di calcolo, recuperò una bottiglia e tre bicchieri, posandoli sul tavolo con un tonfo.

Zara si sedette, senza essere invitata, e ispezionò la cucina come un investigatore forense sulla scena di una strage. Si versò un cicchetto, lo tracannò, poi espirò, come per purificare l'aria dai fantasmi degli inquilini precedenti.

«Andiamo al sodo» disse, facendo roteare il bicchiere tra i palmi. «C'è una nuova setta. Una scheggia dei seguaci di Carmine, ma più cattiva. Si fanno chiamare Apostolato Carmine.»

Vincent impallidì, o perlomeno passò a una nuova sfumatura di grigio. «Apostolato? Non è neanche una parola vera.»

«Adesso lo è» replicò Zara. «Hanno iniziato a distribuire volantini a Soho, e qualcuno ha imbrattato la National Portrait Gallery con il tuo sigillo.» Tirò fuori dalla borsa un volantino spiegazzato e lo gettò sul tavolo. La carta era lucida, il logo una tripla mezzaluna attraversata da uno spruzzo di rosso. Sotto, in un pesante carattere serif, c'era scritto: *IL RICETTACOLO DELLA PENNA SI È SVEGLIATO. TUTTA LA STORIA SI PIEGA ALLA SUA SCRITTURA.*

Ren lo lesse, impassibile. «Orecchiabile. Un po' drammatico, però.»

Zara inarcò un sopracciglio. «Non è quella la parte drammatica.» Si chinò in avanti, abbassando la voce. «Una libreria a Bloomsbury — specializzata in apocrifi e profezie rare. Bruciata fino alle fondamenta la notte scorsa. Nessun sopravvissuto, ma un sacco di ossa carbonizzate con sopra il tuo marchio, Lupo.»

Vincent tentò di mostrarsi spavaldo, ma produsse solo inerzia. «Probabilmente una truffa all'assicurazione.»

Zara si fece un altro cicchetto, stavolta versandone uno anche a Ren, che lo bevve senza battere ciglio. «Io non mi occupo di assicurazioni. Mi occupo di dati. Questa gente fa sul serio e ha già iniziato a dare la caccia al tuo 'Ricettacolo'.» Fece un cenno con il mento verso Ren, la cui postura era passata da diffidente a combattiva in meno di un minuto.

Ren prese il volantino e lo girò, come se potesse avere un messaggio segreto sul retro. «Ancora non capisco perché abbia scelto me.»

Zara fece spallucce. «Perché sei qui. Perché qualcuno doveva esserlo. La profezia ha un debole per le coincidenze.»

Mrs Barley finì il suo drink, senza preoccuparsi di nascondere il suo cipiglio. «Sappiamo gestire qualche delinquente con un ferro da marchiatura. Qual è il vero rischio?»

Zara fece scivolare un sacchetto di plastica per prove attraverso il tavolo. Dentro c'era un frammento di osso carbonizzato, o forse legno, inciso con un glifo che gelò lo stomaco a Vincent. «Hanno trasformato il testo in un'arma. Hanno iniziato a incastonarlo in ancore fisiche. L'ultima volta che ho controllato, stavano cercando di resuscitare i vecchi rituali degli archivi di Bucharest.»

Vincent, più per abitudine che per speranza, domandò: «Carmine in persona è coinvolto?»

Zara scosse la testa. «È ancora dato per morto. Ma sai com'è: le sette profetiche riciclano i leader come i papi.» Squadrò Ren, poi Vincent. «Non sono qui per nostalgia. Sono qui per assicurarmi che questa storia non diventi di nuovo virale.»

Ren tamburellò le dita sul tavolo. «Cosa ti serve da me?»

Zara la osservò con il distacco analitico di una scienziata che seziona una rana rara. «Fa' esattamente quello che faresti comunque. Rimani viva. Rimani imprevedibile. Se fai altri sogni, documentali. Confronteremo gli appunti. E se vedi qualcuno con una tonaca rossa, scappa a gambe levate.»

Ren guardò Vincent. «Tonache rosse? Sul serio?»

Vincent le rivolse un sorriso tetro. «Non giudicare. Ognuno ha le sue perversioni.»

La conversazione si frammentò, come fanno tutte le migliori. Mrs Barley si diede da fare in cucina, borbottando di «tipi accademici» e della superiorità di un buon mocio su qualsiasi teoria occulta. Zara and ReRen punzecchiarono in spirali strette ed ellittiche, entrambe godendosi palesemente la scherma intellettuale. Vincent osservava, distaccato, mentre il mondo che aveva passato anni a eludere si ricomponeva intorno a lui, pezzo per pezzo.

Provò a immaginare di scappare, di fare le valigie e fuggire dalla profezia e dalla sua bizzarra, ricorsiva attrazione. Ma non si mosse. Si versò solo un altro drink, ascoltò il ronzio statico del frigo e attese che si annunciasse il prossimo disastro.

Era solo questione di tempo.

La notte avanzava, e la cucina si riempiva gradualmente della stantia speranza di una vita normale. Ma l'aria ora era diversa. Carica, come se la profezia stesse origliando, aspettando la sua occasione per saltare da un ospite all'altro.

Zara, in un raro momento di quiete, fissò Vincent con uno sguardo. «Lo sai che sei tu l'ancora, vero?»

Lui finse ignoranza. «Per cosa?»

«Per tutto quanto. La profezia, la setta, la ragazza, la storia. Sei sempre stato tu l'ancora. Noi altri ti orbitiamo semplicemente attorno.»

Vincent le rivolse un sorriso fragile. «A nessuno piacciono i punti fissi, Zara.»

Lei fece spallucce, finì il suo drink e si alzò. «Non importa. Quando la pagina si volta, tu sei ancora lì. Tanto vale rendere la cosa interessante.»

Lasciò la cucina, con Mrs Barley alle calcagna, e Vincent le sentì confabulare a voce bassa e rapida. Ren, ancora al tavolo, ricalcava il contorno della tripla mezzaluna sul volantino. Le sue labbra si muovevano in silenzio, come se stesse provando a dare forma alla propria firma.

Dopo un lungo minuto, alzò lo sguardo. «Come faccio a sapere se sto pensando con la mia testa o se è la profezia a volere che io pensi qualcosa?»

Vincent pensò alle prove, ai sogni, al marchio sul suo polso. «Credo che tu sia l'autrice. Il resto è solo revisione.»

Ren ci rifletté, poi annuì. «Poteva andare peggio.»

E, con un tono così secco da sembrare polverizzato, aggiunse: «Almeno ho del buon materiale».

Vincent quasi rise. Quasi.

Zara rientrò in cucina e prese posto. Lo fece con la sua tipica combinazione di impazienza intellettuale e sordità sociale: un sopracciglio inarcato, entrambe le mani giunte sul tavolo come se si preparasse a tenere un TED Talk sull'inevitabilità della loro rovina collettiva.

«Hai conservato l'Archivio, vero?» disse, con gli occhi fissi su Vincent.

Vincent fece una smorfia, come se si stesse preparando a un intervento dentistico. «Intendi quello che ho promesso di bruciare dodici anni fa?»

Zara fece spallucce. «Sappiamo entrambi che il sentimentalismo ha la meglio sull'istinto di autoconservazione.»

Ren si rianimò. «Cos'è l'Archivio?»

«È dove Vincent tiene tutte le cose che preferirebbe dimenticare ma che non riesce a buttare via» disse Zara. «Prime bozze, mappe annotate, incantesimi di sangue falliti, la strana penna stilografica maledetta. Tutto ciò che riguarda i giorni di Carmine.»

Ren annuì, con gli occhi che brillavano alla prospettiva di una vera storia dell'orrore. «Voglio vederlo.»

Vincent cercò l'appoggio di Mrs Barley, ma lei si limitò a sogghignare e a indicare il soffitto. «Non far aspettare una signora.»

Lui sospirò, roteando le spalle come un condannato che si scalda per il patibolo. «E va bene. Ma dopo passi l'aspirapolvere.»

La salita allo studio era un incubo per la salute e la sicurezza. La scala aveva due luci funzionanti, nessuna delle quali sullo stesso circuito, e il tappeto del corridioio cercava di assassinarli a ogni passo. L'aria sul pianerottolo era ancora più pesante che in cucina, marinata in decenni di fumo passivo e malessere esistenziale.

Vincent aprì la strada, spalancò la porta e rivelò l'antro dell'iniquità letteraria.

Zara esaminò tutto con freddezza professionale. «Non hai ridecorato da quando la regina Vittoria era sul trono.»

«Non volevo rischiare di disturbare il chi» borbottò Vincent, dirigendosi verso la libreria dietro la scrivania. Raggiunse il terzo scaffale dal basso, le dita scivolarono sui volumi coperti di polvere e tirò una copia malconcia di *Cinquanta sfumature di grigio* di E. L. James finché non scattò. Con uno scricchiolio e un sospiro, lo scaffale oscillò in avanti, rivelando una cavità scavata nell'antico intonaco.

Dentro: una scatola da scarpe, una pila di buste di manila e un barattolo etichettato "per emergenze — non aprire". La scatola era sigillata con nastro adesivo, coperta di avvertimenti in almeno cinque alfabeti.

Ren sbirciò da sopra la sua spalla. «Tutto qui? Sembra la capsula del tempo di una scuola elementare a corto di fondi.»

Vincent posò la scatola sulla scrivania e iniziò a staccare gli strati di nastro. «Se hai intenzione di sbeffeggiare, fallo dopo l'infestazione spiritica.»

Sollevò il coperchio e indietreggiò immediatamente. L'aria all'interno tremolò, come se la scatola avesse trattenuto il fiato per decenni e avesse appena esalato un ammasso di cattive idee.

Estrasse il primo artefatto: un fascio di fogli ingialliti, ogni pagina coperta da una scrittura rosso sangue che si contorceva e sanguinava sulle sue dita.

Zara emise un suono di approvazione. «La bozza originale di Carmine.»

«Non editata» disse Vincent. «La scrissi in preda alla febbre. Carmine la voleva grezza.» Sfoglioò alcune pagine; i glifi sui margini pulsavano, debolmente luminescenti. Ren si chinò, abbastanza vicino da far sì che l'inchiostro le profumasse i capelli.

Poi, estrasse una penna d'oca, la cui punta era ancora umida. La piuma ebbe un fremito nella sua mano, poi si fermò. «Non lasciare che ti tocchi la pelle» disse Vincent, «a meno che tu non voglia avere allucinazioni in latino per la prossima settimana.»

Ren sogghignò. «Annotato.»

Posò la penna — con cautela — e allungò la mano verso le buste. Quella in cima era indirizzata a "Il Destinatario Riluttante" con la stessa calligrafia di Vincent, sebbene non l'avesse mai scritta. La aprì e ne scivolò fuori una singola pagina, la grafia immediatamente familiare.

Diceva: *Ricomincia. Cerca di non fare un casino questa volta.*

Nessuna firma, nessuna data, solo quella riga, scritta con una calligrafia che era di Vincent ma, lo avrebbe giurato sulla sua stessa tomba, non scritta da lui.

Passò il biglietto a Zara, che lo lesse, poi lo girò come se si aspettasse una battuta finale.

«Questa non è una profezia» disse lei, con tono cupo. «Questa è ricorsione narrativa.»

Ren aggrottò la fronte. «In italiano, prego?»

Zara posò la lettera sulla scrivania. «Non è un messaggio che predice il futuro. È un messaggio dal futuro. O dal prossimo ciclo. La prossima iterazione. Qualcuno — forse tu, forse Carmine, forse la profezia stessa — sta resettando il copione. Migliorando la bozza.»

Ren assimilò l'informazione, mordicchiandosi il labbro. «Quindi non sono solo nella storia. Sono la storia che viene riscritta.»

Vincent si versò un bicchiere di rosso dalla bottiglia nascosta dietro una pila di dark romance con mutaforma. Bevve, poi si riempì di nuovo il bicchiere. «Brillante» disse, la sua voce un coro greco di delusione in un solo uomo. «Tutti questi anni e mi ritrovo ancora corretto da un editor.»

Mrs Barley, che si era materializzata sulla soglia come la valchiria più sentenziosa del mondo, osservava la scena a braccia conserte. «Hai trovato quello che cercavi?» chiese a Zara.

Zara si mise in tasca il biglietto, la sua espressione grave. «Sì. E non mi piace cosa significa.»

Vincent, sentendo l'inizio di un mal di testa installarsi dietro gli occhi, si lasciò cadere sulla sedia della scrivania. «Significa che siamo tutti condannati?»

Zara ponderò. «Significa che siamo tutti personaggi. E l'autore sta perdendo la pazienza.»

Lo studio cadde in silenzio, fatta eccezione per il frigorifero al piano di sotto, che si accese e rimase acceso, il suo ronzio improvvisamente così forte che avrebbe potuto recitare incantesimi per conto proprio.

Ren stava vicino alla finestra, tracciando il tatuaggio del Ricettacolo della Penna sul polso. La pelle lì sembrava irritata, come se l'etichetta fosse stata marchiata a fuoco piuttosto che tatuata. Premette il pollice sul marchio, saggiandone la pressione.

«E se me ne andassi e basta?» domandò Ren, senza voltarsi dal vetro. «Prendessi un treno, cambiassi nome, senza guardarmi indietro?»

Vincent fece una risata così vuota che minacciò di far crollare l'edificio. «Le storie non ti lasciano andare. Non se sei la trama principale.»

Ren rimase in silenzio, con le spalle rigide. Poi, con un movimento rapido e violento, si voltò dalla finestra. «E quindi, adesso?»

Vincent finì il suo vino. «Adesso aspettiamo il prossimo capitolo. O il prossimo visitatore. O il prossimo disastro.»

Zara annuì, già diretta verso la porta. «Chiamerò i miei contatti. Vedrò se la ricorsione può essere mappata. Se si sta riscrivendo, ci sarà uno schema. C'è sempre.»

Mrs Barley li guardò uscire, poi si trattenne finché gli altri non se ne furono andati. Chiuse la porta dello studio e si chinò, a voce bassa.

«Devi smetterla di trattare questa storia come se fosse colpa tua» disse a Vincent.

Vincent fissò le sue mani, macchiate d'inchiostro e leggermente tremanti. «E se lo fosse?»

Mrs Barley scosse la testa. «Non importa. La storia è più grande di te. Lo è sempre stata.»

Vincent alzò lo sguardo, e per una volta, il suo sorriso fu quasi sincero. «Fa comunque male, però.»

Mrs Barley gli diede una pacca sul braccio. «Hai il permesso di stare male. Non hai il permesso di arrenderti.»

Se ne andò, chiudendo la porta dietro di sé. Vincent rimase dov'era, circondato da fantasmi e bozze fallite, il peso della mossa successiva che premeva da ogni lato.

Diede un'occhiata al biglietto sulla scrivania — *Cerca di non fare un casino questa volta* — e si chiese quale versione di sé stesso l'avesse scritto. E se, questa volta, avrebbe potuto davvero seguire il suo stesso consiglio.

Al piano di sotto, il frigorifero continuava a ronzare e la storia attendeva il suo segnale.

CINQUE

Ren si riprese con un sussulto, di quelli che le risucchiarono nei polmoni il resto della stanza prima ancora che potesse aprire gli occhi. Era un tipo di risveglio familiare: famelico, urgente, con la coda di un incubo aggrappata alle costole come un cardo. La parte insolita era l'odore.

Era nella camera degli ospiti di Vincent, o in ciò che passava per tale: un ripostiglio riconvertito, le cui dimensioni erano state misurate ottimisticamente in mezzi metri, stipato di ammennicoli gotici e dei tentativi di pittura a olio di Vincent. Le pareti erano di quel tipo di nero che assorbiva la luce e, probabilmente, anche l'evasione fiscale. La biancheria da letto era un massacro di coperte spaiate, una più sintetica e incline all'elettricità statica dell'altra. L'aria sapeva di muffa e di quella polvere unicamente infestata che si accumula solo sui dorsi dei libri e sui sogni non lavati.

Ren era avvolta in almeno tre coperte e un lenzuolo che le si era saldato al viso con il sudore secco. Cercò di muoversi, ma la testa le martellò in segno di protesta, un dolore sordo che si irradiava dal naso. Si toccò il labbro superiore e le dita le tornarono umide, viscide e – sbirciò nella penombra – nere.

«Oh, ma che cazzo» gracchiò.

Non era sangue. O se lo era, era stato filtrato attraverso una raffineria di petrolio per uscirne dall'altra parte come puro e non tagliato incubo. Formava una goccia sulla punta del suo dito, denso come inchiostro da stampa, e quando lo spalmò sul lenzuolo, lasciò una macchia untuosa che sembrava luccicare e fumare nel freddo. L'effetto era, se non altro, in linea con l'ambiente.

Un pezzo di carta le si era appiccicato alla guancia. Lo staccò, aspettandosi quasi che fosse un post-it con uno dei messaggi motivazionali di Vincent («Non sei ancora morta! Sforzati di più!»), ma invece era uno scampolo strappato, con i bordi carbonizzati e una calligrafia sconosciuta. Il messaggio era laconico:

La ragazza si metterà in riga, o andrà in pezzi.

Ren lo scrutò, sforzandosi di far funzionare gli occhi. Le parole non stavano semplicemente sulla pagina; strisciavano, tremolando ai bordi, come se opponessero resistenza alla lettura. Lo piegò una, poi due volte, e lo infilò nella tasca della felpa, dove si unì a una documentazione fossile di disastri precedenti.

Vincent si materializzò sulla soglia, la sua sagoma incorniciata dal bagliore arancione e sfocato di una lampadina del corridoio che non si era mai ripresa dagli anni della Thatcher. Indossava una vestaglia che un tempo doveva essere stata bordeaux, e i suoi capelli erano in un tale disordine da suggerire che avesse perso una battaglia sia contro il cuscino che contro il concetto di dignità personale.

La squadrò, poi guardò le scie nere che le colavano dal naso, e infine il lenzuolo, che ora sembrava essere stato coinvolto in un suicidio di stampante di alto profilo.

«Buongiorno» disse, con la voce scartavetrata da vecchie sigarette e da un rimpianto ancora più vecchio. «Hai dormito, o hai solo infestato il materasso per tutta la notte?»

Ren cercò di mettersi a sedere. «Definisci dormire.»

«Se hai sognato di annegare nei tuoi stessi pensieri, allora sì.

Benvenuta nella maledizione di famiglia.» Entrò nella stanza e si appollaiò sul bordo di una scrivania traballante, l'unica concessione al termine 'mobilio' a parte il letto. «Hai sporcato di sangue tutto il cuscino» aggiunse, non senza una certa comprensione.

Lei si tamponò di nuovo il viso. «Non è sangue.»

Lui strinse gli occhi, poi annuì, come se quella fosse una distinzione clinica degna di nota. «Inchiostro? Residuo profetico? O solo una sinusite molto ambiziosa?»

Ren rifletté. Il sapore che aveva in bocca era metallico e sconosciuto, ma non del tutto sgradevole. «Potrebbe essere una qualunque. O tutte. O quello che succede quando vai in overdose di metafore soprannaturali.»

Vincent sorseggiò dalla sua tazza, fece una smorfia per l'amarezza, poi sorseggiò di nuovo. «La signora Barley sta preparando una specie di cura» disse. «Non mi ha fatto avvicinare ai fornelli. A quanto pare, 'contamino l'aria con il sarcasmo'.»

Ren riuscì a fare una mezza risata, che si trasformò in un colpo di tosse, che si trasformò in una seconda, più piccola, perdita di sangue dal naso. Se l'asciugò con il dorso della mano, spalmando l'inchiostro sulla guancia come pittura di guerra. «Ho fatto un sogno» disse. «Solo che non era un sogno. Era...» esitò, cercando una parola che non suonasse come un sintomo. «Scritto. Mi muovevo, ma non ero io a decidere. Sai quella cosa in cui ti guardi dall'alto?»

Vincent annuì, con gli occhi che si fecero vuoti per un istante. «Onnisciente in terza persona. È un effetto collaterale classico. Succede a molti scrittori. Di solito prima di bruciarsi.»

La voce di Ren si abbassò. «A te succede mai?»

Fissò la tazza, come se sperasse di trovare una risposta sul fondo. «Non più. Il sonno è un prodotto di lusso, di questi tempi. E i sogni...» si interruppe, si strinse nelle spalle, poi riprovò. «Se sogno, vedo la versione del revisore, non quella dell'autore.»

Le mani di Ren tremarono, appena un po', e le nascose sotto le coperte perché lui non le vedesse. «Credo che stia cambiando qualcosa. In me. O intorno a me.» Fece un respiro che le sferragliò nel petto. «È come se sentissi la profezia mutare. Come se stesse aspettando che io...» scosse la testa, incapace di trovare il verbo giusto.

La postura di Vincent si ammorbidì, il sarcasmo defluì per rivelare l'empatia sgualcita che nascondeva sotto. «Vuole che tu finisca la storia» disse. «È questo il problema delle profezie. Non sono mai contente di dove si trovano. Hanno sempre un occhio puntato sul capitolo successivo.»

Ren pensò al pezzo di carta, alla calligrafia strisciante, all'avvertimento di cui non aveva bisogno perché il suo stesso corpo glielo aveva già reso abbastanza chiaro. «È sicuro? Che io resti qui?»

Vincent ci pensò su, poi indicò i muri. «Questa stanza è protetta in ogni modo possibile e immaginabile. Se una profezia cerca di farti fuori qui, prima dovrà firmare un contratto di locazione e pagare una cospicua cauzione.» Fece un gran sorriso, che però non gli arrivò agli occhi.

Lei non chiese quali fossero gli altri modi, o cosa fosse successo agli inquilini precedenti. Invece, si concentrò sulla cosa più piccola che riusciva a gestire. «Hai un altro cuscino?»

Lui si alzò, e per un momento la vestaglia gli conferì l'aria di un rettore infestato. «Ne frego uno alla signora Barley. Non se ne accorgerà, a meno che non sia quello con il sacchetto di lavanda.»

Fece per andarsene, poi si fermò sulla soglia. «Ehi, Ren?»

Lei alzò lo sguardo, aspettandosi un'altra battuta infelice.

Per un secondo, il viso di Vincent fu nudo. «Non stai andando in pezzi. Stai solo venendo remixata.»

Non capì se voleva essere una consolazione. Ma aiutò, nel modo in cui a volte aiuta conoscere la propria diagnosi, anche se la cura è ancora molto lontana.

Se ne andò, e il corridoio lo inghiottì.

Ren si lasciò ricadere sul letto. Le coperte erano troppe, ma lasciò che la tenessero bloccata lì, solo per il momento. L'inchiostro nero del suo naso aveva lasciato una piccola costellazione sulla federa, ogni macchia come un piccolo sistema planetario di finali falliti.

Si asciugò di nuovo il viso, questa volta spalmando una striscia deliberata dallo zigomo alla mascella. Nella penombra, sembrava che fosse a metà strada dal diventare qualcun altro.

Pensò alla frase: *La ragazza si metterà in riga, o andrà in pezzi.*

Si chiese, non per la prima volta, se fossero davvero due opzioni diverse.

Rimase sveglia, ascoltando la casa assestarsi e il frigorifero ronzare, finché un'ora dopo entrò la signora Barley con una tazza di tè e un cuscino pulito. A quel punto, aveva già deciso di non dire a nessuno dell'altra cosa che aveva scoperto al risveglio: il modo in cui il suo polso ora scandiva sillabe, non battiti. Il modo in cui, se ascoltava attentamente, poteva sentire la storia pensare.

Premette il pollice nell'inchiostro nero, lo sentì scaldarsi sotto la pelle e chiuse gli occhi.

Ren contò dodici crepe nel soffitto della cucina prima di aver finito la sua prima fetta di pane tostato, e quando si era forzata a mandare giù la seconda, aveva anche catalogato i sei nuovi lividi sulle braccia e i cinque modi in cui il tè alle erbe della signora Barley sapeva di punizione. La cucina era fredda, inospitale, e se mai aveva conosciuto la luce del sole, ne aveva da tempo bruciato il ricordo dalle sue stesse pareti. La porta sul retro era socchiusa per la "ventilazione", ma l'unica cosa che riusciva a entrare era il rumore dei bambini dei vicini che si opponevano all'ora del bagnetto e un fronte meteorologico che si poteva descrivere al meglio come "muffa entusiasta".

Vincent stava in piedi al bancone, con gli occhi vitrei, sorseggiando da una sacca medica di sangue sintetico come se fosse un gin tonic. La cannuccia sporgeva a un'angolazione che suggeriva che avesse rinunciato alle apparenze, ma non ancora del tutto alla vita. Si era tolto la vestaglia da rettore infestato, ma la maglietta che indossava ("Il Papà più Okay del Mondo", acquistata ironicamente) e i pantaloni della tuta non ingannavano nessuno.

Della signora Barley non c'era traccia. Ren sospettava che fosse o fuori a interrogare il cassonetto del compost o a fare un'offerta al comitato di quartiere locale, i cui biglietti passivo-aggressivi («Si prega di astenersi dal bruciare ossa in giardino, alcuni di noi hanno allergie.») arrivavano con la frequenza e la furia delle piaghe bibliche.

Vincent ruppe il silenzio per primo. «Sembri una che è morta nel sonno e non ha ricevuto la notizia.»

Ren si strinse nelle spalle, poi si pulì il naso con il dorso della mano. Niente inchiostro questa volta, solo una debolissima macchia di nero secco sotto la narice sinistra. «Neanche tu hai un'aria così imbalsamata.»

Lui fece un gran sorriso, un'espressione che aveva tutto il calore di un cassetto refrigerato dell'obitorio. «È troppo presto la sera per i complimenti. Soprattutto da una donna che ha quasi avuto un'emorragia da tipografia su tutto il mio letto degli ospiti.»

Ren si girò il polso, controllando il marchio. La tripla falce di luna era sbiadita in un debole livido, ma sulla parte interna dell'avambraccio, appena sotto la piega del gomito, era apparso qualcosa di nuovo: una piuma sottile e stilizzata, con la punta intrisa d'inchiostro affondata nella vena. La pelle luccicava nel punto in cui il simbolo incontrava la carne, e di tanto in tanto pulsava, come se si ricordasse di esistere. Lo toccò, aspettandosi che fosse in rilievo o caldo, ma era solo pelle: la sua pelle, o qualcosa che fingeva di esserlo.

Vincent, notando il movimento, si accigliò. «Quello ieri non c'era.»

Ren si tirò su la manica, esponendo completamente il marchio. «Neanche i lividi, ma non mi sembra che tu ti stia preoccupando di quelli.»

Lui abbandonò la sua sacca di sangue, si avvicinò a grandi passi e le ispezionò il braccio. Non lo toccò – non toccava mai, a meno che non fosse ubriaco, o ci fosse una ferita da stuzzicare – ma lo scrutare fu abbastanza intenso da lasciare una propria pressione. «Questo non è il sigillo del Ricettacolo» disse, con voce quasi reverenziale. «È una variante.»

Ren cercò di non far tremare la voce. «E quindi che fa? Mi sovrascrive il genoma, o mi fa solo cagare poesie a mille parole al giorno?»

A quelle parole, le labbra di Vincent si contrassero, ma il sorriso morì sul nascere. «È un Marchio del Revisore.» Lo disse a bassa voce, come se anche le parole potessero evocare qualcosa. «È quello che si usa quando una profezia è sfuggita di mano e ha bisogno di essere forzatamente... reindirizzata.»

Ren lo fissò, senza preoccuparsi di nascondere il suo scetticismo. «Quindi qualcuno sta cercando di riscrivere la riscrittura?»

Vincent esitò. «O di riformattarla. O di cancellarti dall'esistenza a piè di pagina.»

Ren avrebbe voluto ridere, ma lo sguardo sul viso di Vincent prosciugò la battuta. Toccò il marchio, desiderando che avesse un senso, o che almeno facesse male. Non lo fece.

La porta sul retro sbatté e la signora Barley entrò, con le mani piene di rosmarino selvatico e un'aria di violenza controllata. «Tu brilli» disse a Ren, con la voce piatta come il tavolo. «Non metaforicamente, purtroppo. C'è una firma luminosa visibile.»

Ren sbatté le palpebre. «Mi stai dicendo che sono radioattiva?»

«Peggio» disse la signora Barley. «Sei di tendenza.»

Vincent si massaggiò le tempie. «La situazione sta degenerando.»

La signora Barley lasciò cadere il rosmarino nel lavandino, si lavò le mani con cura chirurgica e tirò fuori il telefono da una tasca del grembiule. Digitò con due dita, ogni battuta un rintocco di morte. «Sto scrivendo a Zara. Lei saprà di cosa si tratta.»

Ren osservò il marchio. Brillava davvero, debolmente, nella luce malaticcia dell'alogeno della cucina. Si girò il braccio, sperando di coglierlo in una luce più lusinghiera, ma ottenne solo di far risaltare le ossa sotto la pelle. Finì il suo toast; l'atto di masticare era l'unica cosa che la ancorava al momento.

Il telefono di Vincent vibrò. Gli diede un'occhiata, poi guardò la signora Barley. «Come hai fatto a farla rispondere così in fretta?»

La signora Barley si strinse nelle spalle. «Le ho detto che era urgente e che tu non eri di nessun aiuto.»

Vincent lanciò un'occhiata a Ren, come a dire "Vedi cosa mi tocca sopportare?", ma lei era impegnata a rivalutare le sue scelte di vita.

Il campanello suonò. Questa volta, nessuno si prese la briga di fare preamboli. Zara entrò da sola, attraversando il corridoio come un esattore a provvigione. Indossava lo stesso caban del giorno prima, ma ora era abbottonato sopra quello che poteva essere un pigiama, e i suoi capelli erano umidi per una doccia rapida e aggressiva.

Scrutò la cucina, notò il sigillo luminoso e iniziò immediatamente a tirare fuori dalla sua borsa: una lente da gioielliere, un vetrino da microscopio, una pipetta. «Non ti muovere» disse a Ren, non scortesemente, e le prese il braccio con una presa sorprendentemente delicata.

Ren trasalì. «Non hai intenzione di prelevarmi del sangue, vero?»

Zara scosse la testa. «Non a meno che il marchio non sia parassitario. In quel caso, cauterizzerò e mi scuserò più tardi.» Si chinò, esaminando il sigillo da tutte le angolazioni, il suo stesso respiro che si appannava nel freddo. «È bellissimo» disse, in modo pragmatico. «Non è Carmine. Questo è più nuovo, più iterativo. Sei una versione beta ad accesso anticipato.»

Vincent le aleggiava alle spalle, in parte curioso e in parte inorridito. «Marchio del Revisore, giusto?»

Zara grugnì. «Una specie. Ma non è standard. Qualcuno sta personalizzando il payload.» Alzò lo sguardo su Ren, gli occhi acuti. «Chiunque abbia fatto questo, non è interessato a usarti solo come una pagina. Sta cercando di hackerare la profezia alla fonte.»

La signora Barley emise un suono a metà tra il disgusto e l'ammirazione. «E allora cosa fa?»

Zara ci pensò su, poi picchiettò il marchio con una penna tappata. «Se dovessi indovinare? È uno strumento di accesso remoto. Ora sei ufficialmente connessa in rete a chiunque stia scrivendo le modifiche.»

Ren elaborò l'informazione. «Quindi qualcuno può riscrivermi a distanza.»

«Sì» disse Zara, e perfino lei sembrava impressionata. «Ma non sei ancora stata sovrascritta. Sei ancora per lo più tu.»

«Per lo più» ripeté Ren, e questa volta rise, una risata tetra e tagliente. «Forse sto finalmente diventando interessante.»

Zara tappò la penna, senza staccare gli occhi da quelli di Ren. «No. Solo narrativamente comoda.»

Vincent si accasciò di nuovo sulla sedia, come se la verità avesse un peso e lui ne stesse subendo l'urto. «Questa non è solo una ripetizione» disse. «È una mutazione. La profezia si sta adattando.»

La signora Barley portò da bere per tutti, caffè per Zara e per sé, una sacca di sangue per Vincent, acqua per Ren. Il gesto era così domestico da rasentare la parodia.

Zara soffiò sul suo caffè, aspettando il prossimo disastro. «Dovremo contenerlo. O almeno metterla in sandbox finché non sapremo cosa sta facendo il marchio.»

Ren guardò di nuovo il suo braccio. La piuma era più luminosa, le pulsazioni più ravvicinate. Ora la sentiva, nella testa e nelle mani e in un punto appena dietro gli occhi: un ronzio basso e insistente, come una voce appena fuori portata, in attesa di dirle cosa fare.

Nascose le mani in grembo. «Dovrei preoccuparmi?»

Zara si strinse nelle spalle, sorseggiando il suo caffè. «Se fossi in te, comincerei a farmi prendere dal panico. Ma la stai gestendo. È un segno positivo.»

Vincent la guardò, a lungo. «Non devi fare la stoica. Questo è... senza precedenti.»

Ren scrollò le spalle, ma strinse la tazza più forte. «Va tutto bene» mentì, e cercò di non chiedersi come sarebbe stata la prossima versione di se stessa.

Avevano tutti esaurito le cose intelligenti da dire da almeno un'ora.

Ren sedeva rannicchiata sul bordo del divano, con una manica tirata su, il pollice che scavava nella pelle appena sotto il gomito. Il marchio tremolava come se avesse un proprio polso. Emetteva calore e, a intervalli regolari, una pulsazione sottile inviava un'onda d'urto attraverso il cranio fino ai denti.

Dall'altra parte del tavolo, Zara sfogliava i suoi appunti con l'aria di chi cerca di ricostruire un omicidio usando solo pastelli a cera e cannucce pieghevoli. Le pagine, per lo più macchiate e alcune bruciacchiate, producevano un fruscio fragile e nervoso. Di tanto in tanto si fermava, borbottava una sfilza di invettive polisillabiche, poi scarabocchiava un nuovo calcolo a margine. I suoi capelli, sempre aggressivamente lisci, ora si piegavano alle tempie per il sudore e l'elettricità statica.

La signora Barley si era impossessata della poltrona, con l'ombrello in equilibrio sulle ginocchia come un cagnolino petulante. Aveva passato gli ultimi minuti a borbottare a mezza voce, a volte in inglese, a volte in un latino così antico da rendere l'appartamento medievale per associazione. Le sue mani compivano gesti lenti e segreti, e di tanto in tanto lanciava un'occhiata al braccio di Ren e poi si faceva il segno della croce, non si sa mai.

Vincent, che si era aggiudicato lo sgabello della cucina e la maggior parte del vino rimasto, contemplava la riunione con la benevola stanchezza di un guardiano di zoo dalla parte sbagliata delle sbarre. Provò a versarsi un bicchiere, mancò il bersaglio e se lo versò direttamente in bocca. Trasalì quando l'alcol colpì un'afta, e poi disse, attraverso un sibilo: «Qualcun altro si sente come se avesse appena baciato una presa elettrica?»

Nessuno rispose. L'appartamento vibrava di silenzio, l'unico rumore era il ronzio basso e petulante del frigorifero e il leggero ticchettio dell'orologio a muro nel corridoio.

Ren strofinò di nuovo il marchio. Non era più solo dolore; era un vettore, un minuscolo motore che bruciava sotto la pelle. Ogni pulsazione le sballava il battito cardiaco, sincronizzando la sua pressione sanguigna a una fonte esterna a cui non aveva acconsentito. Sarebbe stato poetico se non fosse stato così fottutamente irritante.

Alla fine sbottò: «Peggiorerà, o sono solo fortunata?»

Zara non alzò lo sguardo. «Probabilmente entrambe le cose» disse, con la matita che danzava sul bordo della pagina. «Se ti senti attratta verso un incidente scatenante, significa che il sigillo sta facendo il suo lavoro.»

Il sopracciglio di Vincent si inarcò. «Dolore con contorno di trama? Meraviglioso. Quanto tempo prima che inizi a levitare o ad abbaiare in latino?»

Gli occhi della signora Barley si strinsero. «Magari fossi così fortunato. L'ultima persona che ho visto con un marchio del genere finì per profetizzare le Leggi sul Grano in aramaico, poi si annegò in una vaschetta per uccelli.»

Ren grugnì, in parte per rispetto, in parte per mascherare il fatto che ora i suoi denti stavano vibrando. Premette due dita sul polso. Il battito era costante, ma ogni tre o quattro colpi era fuori tempo, come se il suo corpo stesse cercando di inviare un segnale di soccorso in codice Morse.

«Credo si stia sincronizzando» disse, e si pentì immediatamente della parola.

Zara alzò lo sguardo, all'erta per la prima volta dall'ultima crisi. «Descrivilo.»

Ren si morse il labbro, sorpresa di scoprirne di averne ancora uno. «È come... se fossi un metronomo. O un dannato pacemaker. Lo sento che si aggancia. A volte è in anticipo, a volte in ritardo. Ma si sta avvicinando.»

L'ombrello della signora Barley ebbe un fremito. «Qualcosa vuole che tu sia puntuale. Per cosa?»

Zara sfogliò all'indietro i suoi appunti, l'indice che seguiva una linea d'inchiostro. «Il sigillo è stato progettato per stabilire una connessione narrativa persistente. Se ti stai sincronizzando, significa che l'altra estremità sta trasmettendo. Il che significa...»

Ren finì per lei. «Qualcuno mi sta usando come un faro.»

«Sai, quando dicevano che i non-morti avrebbero camminato tra noi» disse Vincent, «pensavo che avremmo avuto più vantaggi. Magari un piano dentistico.»

Incrociò lo sguardo di Ren, e per un momento l'aria divenne elastica. Tentò un sorriso, fallì, poi si passò una mano tra i capelli che avevano bisogno di uno shampoo da due giorni e di un'epifania da diversi secoli.

«Be'» disse, «aspettiamo che l'apocalisse bussi alla porta, o andiamo noi a bussare?»

La signora Barley era già in piedi. Chiuse di scatto l'ombrello e si mise la borsa a tracolla. «Nessuno con un briciolo di cervello aspetta che i guai finiscano il loro tè. Andiamo.»

Zara raccolse i suoi fogli e si alzò, ma non prima di aver scattato un'attenta fotografia del braccio di Ren. Si chinò, le labbra socchiuse. «Il disegno sta cambiando. Non è più solo un marchio, ora, sta scrivendo. Guarda...» indicò, «... si stanno formando delle lettere. Una lingua.»

Ren strizzò gli occhi sulla pelle, ora un livido di un blu cangiante. I caratteri pulsavano, deformandosi a ogni battito. Non riusciva a leggerli, ma non era necessario. Il significato arrivò come la battuta finale dopo uno scherzo crudele.

«Vicolo» disse. «Cambio di scena.»

Vincent emise un suono a metà tra una risata e un gemito. «La sceneggiatura vuole che andiamo a frugare tra i cassonetti. Fantastico.»

Ren si alzò, stirando il crampo al polpaccio. Nel momento in cui caricò il peso sulla gamba, l'attrazione si intensificò. Non era più solo nel braccio: le correva lungo la spina dorsale e fino alla pianta dei piedi. A ogni passo, le assi del pavimento dell'appartamento le rispondevano, più forti di quanto avrebbero dovuto.

Afferrò la giacca, tirò su la cerniera. «Giuro, se questa cosa mi trascina da uno Starbucks, diserto.»

Lasciarono l'appartamento in quel tipo di ordine che segue solo un disastro, con Ren in testa e gli altri a formare una falange disordinata e nervosa alle sue spalle. Fecero le scale a due a due, il suono dei loro passi che rimbombava come un avvertimento giù per il vano scale.

Fuori, Londra era una macchia umida di lampioni, pioggerellina e umidità. La pioggia aveva iniziato a cadere sul serio, le goccioline così fini da poter essere scambiate per polvere, ma abbastanza insistenti da inzuppare un maglione in pochi minuti. Il neon del negozio di alcolici della porta accanto colava a rivoli lungo i mattoni, raccogliendosi nelle crepe del marciapiede.

Ren si fermò sotto la tettoia, e per un momento, il rumore della città si abbassò a un sussurro. Sentiva ancora il marchio ticchettare sotto la pelle, ma ora c'era una direzione: una spinta verso est, lungo la strada laterale fiancheggiata da cassonetti e promesse infrante.

Si voltò, incrociò lo sguardo di Vincent. «Lo facciamo?»

Vincent annuì, le mani già in tasca, le spalle curve come se stesse cercando di deviare la pioggia solo con la postura.

La signora Barley era già a metà strada, con l'ombrello aperto, che fendeva la nebbia come una prua. Zara correva per tenere il passo, una mano che stringeva i suoi appunti, l'altra che proteggeva il telefono dal maltempo.

La camminata fu breve, ma ogni passo aumentava la tensione. La solita colonna sonora della città – sirene, urla, il latrato lontano di un cane – svanì finché non rimasero che lo strascicare dei loro stivali e il ticchettio implacabile del braccio di Ren.

Vincent rimase indietro, scrutando le linee di tiro. «Qualcun altro ha la sensazione che stiamo camminando in una trappola?»

La signora Barley non rallentò. «Non è una trappola se sai che sta arrivando. È una festa.»

Ren sbuffò, poi fece un passo avanti. Mentre si avvicinava a un caffè, la pulsazione del sigillo divenne quasi insopportabile, ogni battito accompagnato da una fitta di calore e da una debole eco sussurrata nell'orecchio sinistro. Cercò di ignorarla, ma iniziò ad articolarsi, a formare parole – non le sue, ma scritte da qualche parte più in profondità.

Si fermò sulla porta e si guardò indietro. «Sta... parlando. Il marchio. Dice...»

Zara si avvicinò, gli occhi lucidi. «Cosa?»

Ren chiuse gli occhi, si concentrò. Le parole non erano in

inglese, o in nessuna lingua che riconoscesse, ma il significato era preciso, chirurgico.

«'Dietro l'angolo. Finire la storia.'»

Vincent gemette. «Sempre con queste metafore.»

La signora Barley lo superò, la punta dell'ombrello che ticchettava sulla soglia. «Non è una metafora se ti uccide» disse, e li guidò avanti.

SEI

Il vicolo dietro al caffè era esattamente il tipo di posto in cui ti aspetteresti di trovare un cadavere: in parte umida discarica di bidoni, in parte latrina improvvisata, il tutto laccato da una patina oleosa di incuria. Sopra la scena, l'insegna al neon dell'Occult Café ammiccava con la sua promessa — CAFFÈ | CHAI | CRISTALLI — proiettando lampi blu e rosa malaticcio sulla muratura. La pioggia, avendo rinunciato a ogni pretesa di purificare, scorreva lungo le grondaie in lunghi rivoli untuosi, raccogliendosi intorno al cadavere con una diligenza che la maggior parte dei servizi municipali poteva solo invidiare.

Ren raggiunse per prima l'imboccatura del vicolo. Distinse il cumulo informe di quello che avrebbe potuto essere un mucchio di panni sporchi, poi capì di cosa si trattava, poi desiderò immediatamente di non averlo fatto. Voltò la faccia verso il muro, sputò una volta e si calò il cappuccio della giacca sugli occhi, come se il buio potesse proteggerla da qualunque cosa fosse successa in quel teatro di strada.

Zara la seguì, guadando il rigagnolo che le arrivava alle caviglie con il passo pragmatico di una donna che aveva indossato i tacchi in un campo paludoso. La torcia del suo telefono tracciò una sbarra di luce bianca sulla scena, illuminando il quadro a sprazzi: le mani divaricate, la testa inclinata ad un'angolazione calcolata per il massimo impatto sul pubblico, la pozza di sangue nerastro che aveva già iniziato a rapprendersi in qualcosa di più simile al catrame che a qualunque cosa di umano.

Vincent si teneva a tre cauti passi di distanza, le braccia incrociate sul petto come se si preparasse a un esame a sorpresa sui suoi peggiori ricordi. Guardò Zara accovacciarsi accanto al corpo e infilarsi un paio di guanti in nitrile con uno schiocco che nel contesto suonò quasi allegro.

«Stai bene?» chiese Vincent a Ren, anche se la sua attenzione non si staccò mai dal cadavere.

«Bella serata per una passeggiatina» disse Ren, con le parole soffocate dalla manica e dai rumori della strada. Riuscì a lanciare un'occhiata al corpo, poi ebbe un conato di vomito con la delicatezza di chi aveva imparato da giovane a tenere per sé i segreti del proprio stomaco. «Dio, che puzza.»

Zara, accovacciata sulla vittima, espirò dal naso e disse: «Ci si abitua. Alla fine.» Premette due dita sul collo del morto — non per speranza, ma per formalità — e poi, con una serie di movimenti bruschi e stranamente delicati, cominciò a catalogare la scena. «Maschio bianco, sulla trentina. Niente portafoglio, niente telefono, niente chiavi. Niente dignità, neanche, ma non si può avere tutto.»

Vincent si avvicinò. Il corpo era in posa, se ne rese conto ora, con la grottesca esattezza di un regista teatrale squilibrato: gamba destra tesa, braccio sinistro drappeggiato, dita messe in un certo modo. La mascella era stata forzata ad aprirsi, e un frammento di carta arrotolato era stato incastrato tra i denti. L'intero quadro era così artificiale, così deliberatamente teatrale, che il primo, traditore pensiero di Vincent fu: «È uno scherzo.»

Il suo secondo pensiero fu: «È un mio scherzo.»

Zara gli lanciò un'occhiata. «Allora? Ti dice qualcosa?»

Vincent deglutì, poi allungò la mano, sfilò la pergamena dalla bocca del cadavere e la srotolò. Riconobbe subito il carattere di stampa, così come le parole:

Non puoi bere dalla coppa dell'immortalità e non aspettarti che ti avveleni, tesoro. Ecco perché i furbi si attengono al whisky.

Lo lesse due volte, poi emise un lungo e basso gemito. «Ho tagliato questa battuta. Da *Bloodlust & Biceps*. Doveva essere una metafora, non una... battuta finale.»

Zara emise una risatina secca. «Sembra una lettura imperdibile. Beh, pare che qualcuno non sia un fan delle tue revisioni.»

Ren si raddrizzò, si pulì la bocca con il dorso della manica e sbirciò il biglietto. «È quello con l'orgia di sangue nel Capitolo Tre?»

Vincent si strinse nelle spalle. «Hanno tutti un'orgia di sangue nel Capitolo Tre. Si tratta di creare un marchio. Dare ai lettori quello che vogliono...» Ma nessuno lo stava ascoltando.

Zara passò una mano guantata tra i capelli del morto, inclinandogli la testa per esaminare il cuoio capelluto. «Nessun trauma al cranio» mormorò. «Ma guarda qui.» Scostò il colletto, rivelando una linea di incisioni superficiali, ciascuna a esattamente due centimetri di distanza dall'altra, che partiva appena sotto la mascella e scendeva nella camicia.

«Schematiche» disse Zara. «Non casuali. Una specie di firma?»

Vincent si chinò, strizzando gli occhi nella foschia al neon. «Potrebbe essere un rituale. O solo qualcuno che cerca di mandare un messaggio.»

«O entrambi» disse Zara, scattando una foto veloce. Mosse la mano della vittima — con cautela, come per non disturbare un reperto — e rivelò un secondo frammento, piegato stretto nel palmo.

Ren, che aveva finalmente padroneggiato il suo riflesso del

vomito, disse: «Non si può semplicemente... mandare una minaccia via email di questi tempi? O scriverla con lo spray sul muro di un bagno pubblico come farebbe un normale psicopatico?»

«La scrittura a mano è più intima» disse Vincent, con una nota amara nella voce. «Come ricevere un biglietto di San Valentino da uno stalker. O una lettera di rifiuto scritta a mano da un editore.»

Prese il secondo frammento, lo aprì e fece una smorfia. Questo era ancora peggio:

Tesoro mio, sei sempre stato più bravo con la finzione che con la realtà. Ora vedi che sapore ha la penna quando non sei tu a tenerla in mano.

Vincent lo lesse ad alta voce e Zara sbuffò. «Questo è decisamente indirizzato a te.»

Ren rabbrividì. «Questa è una cosa malata. Persino per la tua cerchia.»

Zara terminò il suo esame forense, catalogando ogni angolazione con la fotocamera del telefono e un piccolo taccuino che già traboccava dei peccati non archiviati degli ultimi due mesi. «Nessun documento» disse, «ma le impronte probabilmente sono comunque sparite. Vedi?»

Sollevò la mano destra della vittima. Le impronte digitali erano state levigate, la pelle era cruda, rosa e insanguinata. Anche sotto la luce del lampione, l'effetto era ovvio: chiunque avesse fatto questo voleva che l'uomo fosse irrintracciabile, anonimo, un cifrario costruito per l'attenzione di Vincent.

«L'hanno trasformato in un personaggio» disse Vincent, piano. «Un protagonista vuoto.»

«Un protagonista morto» lo corresse Zara. «C'è una bella differenza.»

La porta sul retro del caffè notturno, socchiusa, lasciava passare il sibilo e il gorgoglio costanti di una macchina per l'espresso, un rumore che tagliava il vicolo come il trapano di un dentista. Aggiungeva surrealismo alla scena: omicidio di alto livello, caffeina artigianale, e la vaga sensazione che qualcuno nel caffè stesse per uscire a fumarsi una sigaretta e trovare la propria serata irrevocabilmente rovinata.

Ren aggirò la pozzanghera, si accovacciò accanto a Vincent e scrutò le ferite sul collo. «Sembrano... puntini di sospensione?» disse, con voce incerta. «Tipo... sai. Punto punto punto.»

Vincent scrutò più da vicino. «O puntini di sospensione con un punto fermo. Come una frase non finita.» Avrebbe voluto ridere per l'assurdità, ma il suo stomaco era troppo impegnato a cercare di attorcigliarsi su se stesso.

Zara, la cui pazienza per il simbolismo letterario era pari solo al suo disprezzo per gli omicidi irrisolti, scattò un'ultima foto e si alzò. «Dovremo spostare il corpo. L'ultima cosa che vogliamo è che la polizia venga coinvolta a questo punto.»

Gli occhi di Ren si spalancarono. «Vuoi dire che ce lo portiamo via e basta?»

«Non lui» disse Zara. «La storia. Prendiamo la storia e ne scriviamo noi il finale.»

Vincent la fissò, poi fissò il cadavere, poi i biglietti che ancora stringeva in pugno. Cercò di immaginare il tipo di persona che avrebbe inscenato un omicidio basandosi sulle battute cancellate dai suoi vecchi manoscritti, e non ci riuscì. O, più precisamente, ci riuscì, ma la persona che immaginò era se stesso, vent'anni più giovane e due volte più arrabbiato.

Piegò i frammenti, se li mise in tasca e si alzò. La pioggia aveva iniziato a trasformarsi in nevischio, ogni gocciolina che rifletteva in miniatura la luce al neon.

«Altro?» chiese Vincent, con la voce appena al di sopra del sibilo dell'espresso.

Zara si sfilò i guanti e li gettò in un sacchetto di plastica, che annodò con efficienza militare. «Ancora una cosa» disse, estraendo un terzo pezzo di carta dalla giacca della vittima. Lo sollevò perché lui potesse leggerlo:

«Capitolo Sette. Questo non tagliarlo, tesoro.»

Vincent non sorrise. Si limitò a fissare il foglio, sentendo il peso della nota editoriale più elaborata del mondo atterrargli dritto sul petto.

Ren gli diede una pacca sulla schiena, abbastanza forte da scuoterlo dal suo torpore. «Guarda il lato positivo» disse. «Almeno hai un fan club.»

Vincent pensò al cadavere, ai puntini di sospensione, alle impronte digitali scorticate. «Già» disse. «E ammazzano per avere materiale.»

Zara si strinse nelle spalle con un piccolo gesto pratico. «Lo nascondiamo nel bidone. Non è un metodo infallibile — qualcuno potrebbe comunque trovarlo — ma ci fa guadagnare tempo. Forza.»

Vincent grugnì, si chinò e sollevò il cadavere come un sacco di libri bagnati. Il corpo si afflosciò tra le sue braccia, stranamente leggero e orribile. Lo portò verso uno dei cassonetti di metallo del vicolo; la signora Barley, che era rimasta di guardia vicino alla porta, si fece avanti e ne sollevò il coperchio come se l'avesse fatto mille volte — anche se di solito con schedari.

«Buon viaggio, allora» disse lei, con voce bassa e assurdamente seria mentre sbirciava nel bidone. «Non lasciare che l'aldilà ti trasformi in un editor.» Fece al cadavere un cenno del capo che poteva essere una benedizione o un rimprovero, poi lasciò che Vincent calasse l'uomo tra i rifiuti con una spinta efficiente.

Chiusero il coperchio e si avviarono verso la strada. La signora Barley mise un braccio comprensivo sulla spalla di Ren. «Vorrei poterti dire che questo sarà il primo e ultimo cadavere che vedrai.»

«Ma non è probabile, vero?» chiese Ren, mordicchiandosi il labbro inferiore.

«No» disse la signora Barley e puntò l'ombrello in direzione di casa.

Vincent trovò la signora Barley seduta al suo solito posto, la superficie di formica del tavolo sgombra di tutto tranne un cestino di metallo pieno di bollette e un unico temperamatite dall'aspetto cerimoniale. La signora Barley lavorava sulla matita con la paziente minaccia di un boia della vecchia scuola, fermandosi di tanto in tanto per ispezionare la punta prima di riportarla alla lama. Indossava il grembiule sopra a un cardigan pesante e i suoi capelli erano raccolti in modo così severo che Vincent si chiese se fosse ricorsa alla colla.

«Ti aspetti dei guai?» chiese Vincent, lanciando un'occhiata al raggruppamento di matite armate ora disposte come una minuscola falange accanto alla sua tazza da tè.

La signora Barley non alzò lo sguardo. «È stata una settimana adatta. Inoltre, una matita appuntita è meglio di un paletto spuntato, a meno che tu non vada in cerca di schegge.» Finì con un gesto enfatico e mise l'ultima aggiunta al suo arsenale in una tazza di ceramica con la scritta "La Miglior Governante del Mondo (Secondo i Morti)."

Vincent grugnì e si diresse verso il frigorifero, frugando in cerca di qualcosa con una gradazione alcolica superiore a "succo di frutta". Versò un dito di gin in una tazza — quella della signora Barley, per errore, ma sembrava appropriato — e lo tracannò. Era a metà di un secondo giro quando notò la busta: spessa, color crema, macchiata di quello che sembrava sospettosamente uno schizzo di sangue arterioso, e posata perfettamente al centro della pila di posta.

Spostò la busta con la punta della tazza. «Posta dei fan, o una convocazione?»

La signora Barley si strinse nelle spalle. «Nessun indirizzo del mittente. È arrivata con una consegna speciale mentre dormivi. Il corriere non ha nemmeno voluto una firma.» Gliela spinse verso con due dita, come se potesse mordere.

Vincent esaminò il fronte. In stampatello pulito e dattiloscritto: EGREGIO SIGNOR VINCENT LUPO. Niente via, niente città, solo il suo nome, come se l'universo non avesse bisogno di altro per trovarlo. La soppesò nella mano, poi fece scorrere un pollice sotto la linguetta e la aprì, attento a non strappare il contenuto.

All'interno: un unico foglio, immacolato e perfettamente bianco, con il testo composto in un carattere così austero da rasentare il teologico. Lo lesse ad alta voce, perché è quello che si faceva con le minacce, le profezie o le ottime battute.

«*LUPO IL SENZA LUCE,*
LA TUA DIVINA DIZIONE MI RAPISCE.
PORTERÒ LA STORIA ALLA SUA GIUSTA FINE.
IL CAPITOLO SETTE INIZIA CON UN'ALTRA MORTE.
SEI PRONTO A SCRIVERLO COME SI DEVE, STAVOLTA?»

Vincent fissò la pagina, poi la signora Barley, poi di nuovo la pagina. Le zanne gli prudevano, un dolore sordo dietro le gengive, ma tenne la bocca chiusa e si versò invece il resto del gin.

La signora Barley prese la lettera, la scorse e emise un mormorio basso e poco impressionato. «Così educati, questi maniaci. Sempre con i saluti formali. Mai un per favore o un grazie, però.»

«Sarà un americano» borbottò Vincent, ma la battuta cadde nel vuoto.

Dal soggiorno, la voce di Ren tagliò la tensione: «Hai le groupie peggiori.» Entrò in cucina, con i capelli ancora bagnati dalla doccia, e sbirciò la lettera a testa in giù. «Non mi nominano neanche.»

«Dagli tempo» disse la signora Barley, già intenta a esaminare il resto della posta con un movimento così pratico da rasentare il rituale. «Sei appena diventata virale, cara.»

Ren si appollaiò sul bordo del bancone, servendosi una manciata di cereali secchi dalla scatola aperta vicino al lavandino. Guardò Vincent con un'espressione a metà tra il divertimento e la preoccupazione. «Allora, qual è il piano, genio?»

Vincent rifletté, poi tenne la lettera contro la luce. Non c'era nulla sul retro, nessuna filigrana, nessun messaggio nascosto. Solo la promessa di altre morti e, presumibilmente, altre critiche.

Si lasciò cadere su una sedia. «Presumiamo che il prossimo cadavere salterà fuori con correzioni in inchiostro rosso e una lista di letture consigliate.»

La signora Barley temperò un'altra matita, i trucioli che cadevano in una stretta spirale sul tavolo. «Oppure» disse, «potremmo anticipare l'editor. Farlo venire da noi.»

Vincent la squadrò. «Stai suggerendo una trappola.»

Lei annuì una volta, lo chignon sulla testa che ondeggiava in segno di approvazione. «È quello che farei io, se fossi l'autrice di un casino del genere.»

«Dove?» chiese Ren.

«Alla Libreria dell'Occulto» disse la signora Barley. «La casa di tutte le storie migliori.»

Ren sogghignò, i denti brillanti nella penombra. «Ci sto. Posso scegliere io l'esca?»

Gli occhi della signora Barley scintillarono. «Certo, cara. Basta che non sporchi il tappeto.»

Vincent piegò la lettera, con cura e deliberazione, poi la infilò nel taschino della camicia. Si guardò le mani, macchiate d'inchiostro e leggermente tremanti, poi le due donne nella sua cucina, che complottavano un contrattacco con la stessa calma che avrebbero usato per una lista della spesa.

Fuori, la pioggia martellava contro la finestra, come se cercasse di entrare. L'appartamento sembrava incredibilmente piccolo, tutti loro stipati sotto lo stesso tetto, in attesa che il prossimo capitolo facesse la sua comparsa.

Ma per il momento, erano pronti.

Vincent sollevò la sua tazza in un finto saluto. «Al Capitolo Sette, allora.»

La signora Barley fece tintinnare la sua tazza da tè contro quella di lui. «Speriamo sia meno sanguinoso del precedente.»

Ren masticò i suoi cereali, poi si strinse nelle spalle. «Ne dubito.»

Vincent non era in disaccordo. Si limitò a sorseggiare il suo drink e aspettò che la storia li raggiungesse.

SETTE

La libreria aveva un odore, e non quello che ci si aspetterebbe. Certo, non mancava l'olezzo d'ordinanza di alberi morti e pie illusioni, ma al di sopra di esso fluttuava qualcosa di pungente e affilato, l'equivalente olfattivo di un dente rotto. Erano entrati dalla porta sul retro alle quattro del mattino, stanchi e irritabili, al termine di una nottata che era già durata fin troppo per i nervi di chiunque.

Il locale apparteneva a un uomo il cui nome era noto solo nella leggenda, un venditore di tascabili proibiti e di edizioni limitate a prezzi esorbitanti, ma quella notte apparteneva a Zara. Lei si muoveva tra le corsie con la sicurezza di chi aveva letto ogni singolo libro di consultazione della sezione sull'occulto, trovandoli tutti carenti. Vincent sospettava che lei preferisse il negozio nella sua forma vuota ed echeggiante: meno incentrato sui clienti, più sulle storie che essi lasciavano sui margini.

La pioggia martellava la vetrina, cadendo di traverso fino a sferzare il vetro. La strada all'esterno era una scena del crimine al neon, dove ogni insegna lungo la via si sgolava per sovrastare la successiva, ma dentro l'unica luce proveniva da una lampada malconcia con su scritto "Offerta Speciale" sul bancone e da un tubo fluorescente tremolante sopra la nicchia dei libri rari. L'effetto era un *chiaroscuro* da mercatino dell'usato.

Ren teneva i piedi su una pila di manuali sulla cristalloterapia in copertina rigida, la sedia in equilibrio su due gambe, sfidando la gravità a fare la sua mossa. Vincent, dal canto suo, se ne stava appollaiato sul bordo di uno sgabello a rotelle con la tensione di un uomo che si aspettava che l'allarme antincendio scattasse da un momento all'altro.

Zara diede inizio alla riunione con lo scatto di un accendino, con cui accese non una sigaretta, ma una piccola candela al profumo di chiodi di garofano sul bancone. «Non abbiamo molto tempo» disse, con lo sguardo che saettava verso l'ingresso, dove la saracinesca di sicurezza pendeva come la lama di una ghigliottina al rallentatore. «Se qualcuno ci sta pedinando, controllerà prima qui.»

Ren sbuffò. «Pensi davvero che lo psicopatico verrà a cercarci in una libreria? Non è esattamente un bersaglio di alto valore.»

Zara inarcò un sopracciglio. «Ti sorprenderesti. I peggiori iniziano quasi sempre nelle biblioteche.»

Vincent alzò gli occhi al cielo, ma se ne pentì subito quando incrociarono il pulsare emicranico della luce al neon sopra di lui. «Possiamo arrivare al dunque? Se non torno presto, la signora Barley candeggerà le lenzuola per puro dispetto.»

Zara posò la sua borsa e cominciò a estrarne il contenuto: un fascio di stampe, una chiavetta USB e un paio di occhiali da lettura che sembravano progettati per scrutare in altre dimensioni. «Abbiamo avuto altri due incidenti» disse, con la voce che scivolava nel ritmo delle cattive notizie. «Entrambi nelle ultime quarantotto ore. Entrambi con i glifi di Carmine, ed entrambi...» girò una stampa, rivelando la foto della scena di un crimine della polizia, «allestiti per sembrare scene dei tuoi libri.»

Vincent fissò la foto, poi Zara. «Ne ho pubblicati solo quattro di quella serie.»

«Inediti, allora» disse Zara. «Fanfiction. Scene tagliate. Bozze che non hai mai finito.»

La sedia di Ren tornò a posarsi su tutte e quattro le gambe. «Aspetta. Come avrebbe fatto qualcuno a procurarsele?»

Zara non rispose, si limitò a fissare Vincent con uno sguardo che diceva: *Tu lo sai.*

La bocca di Vincent si seccò. «Pensi che sia... cosa, un dannato collezionista? O solo qualcuno con troppo tempo libero e una connessione a internet?»

«Io penso» disse Zara, «che stia usando il tuo lavoro come una bibbia, un progetto. La domanda è quanto ricordi tu, e quanto sei disposto a disseppellire.»

Ren si schioccò le nocche. «Io dico di stanare ogni singolo frammento. Digitale, fisico, l'intero cimitero. Se questo psicopatico sta seguendo una sceneggiatura basata sui più grandi successi di Vincent, troviamo la scaletta prima di lui.»

Vincent si ritrasse. «Vuoi che esumi le prime bozze? Alcune sono pericolose. Per non parlare di quelle imbarazzanti.»

Ren sogghignò, un sorriso da lupo. «Non così imbarazzanti come un cadavere con il tuo prologo tatuato addosso.»

Zara fece scivolare un quaderno a spirale sul bancone. «Ho iniziato a raccogliere dati. Tutto ciò che riporta il glifo. Tutto ciò che riporta il marchio di Carmine. Ma tu sei l'unico a sapere cosa manca.»

Vincent squadrò il quaderno come se potesse morderlo. Si ricordava del glifo, ovviamente — tre mezzelune unite al centro, come una triquetra di terz'ordine — e delle notti infinite nel suo vecchio e umido appartamento, a scarabocchiare su qualunque cosa potesse trattenere l'inchiostro. Alcuni di quei manoscritti non vedevano la luce da secoli. Alcuni erano stati mangiati dai topi, altri dal fuoco. Ma non aveva mai creduto davvero nella permanenza della cancellazione.

Prese il quaderno, con le mani malferme. «Se lo faccio, la cosa potrebbe diventare... ricorsiva. La profezia...»

«È solo una storia» lo interruppe Ren. «L'hai detto tu stesso. Le storie si possono riscrivere.»

Gli occhi di Zara tremolarono alla luce della candela. «È proprio di questo che ho paura.»

Una folata di vento scosse la porta, così forte da far tremare gli scaffali. Sussultarono tutti, anche Ren, che mascherò il tutto con un colpo di tosse. Vincent serrò la mascella e sfogliò le prime pagine del quaderno.

«È tutto qui» disse. «I glifi, i rituali, persino le dannate note a piè di pagina. Ma chiunque sia a fare questo...»

Zara lo interruppe: «...ha accesso al tuo processo creativo. Non solo al prodotto finale.»

Ren intervenne: «Allora usiamolo a nostro vantaggio. Anticipiamo le modifiche.»

Vincent scosse la testa. «Le profezie non sono fatte per autoavverarsi. Sono racconti ammonitori. Se cerchi di hackerare il finale, finisci solo in un circolo vizioso.»

Zara chiuse gli occhi per un istante, come se stesse ricordando un mal di testa che una volta aveva prestato a un amico. «La profezia non richiede fede, solo slancio narrativo. Se il nostro assassino pensa di adempiere alla profezia, non importa se tu ci creda o no. La storia va dove viene spinta.»

Ren diede un colpetto al quaderno. «Allora spingiamo anche noi. Qual è la cosa peggiore che possa succedere? Qualcuno ci cancella dalla realtà?»

Zara e Vincent si scambiarono un'occhiata. Sapevano entrambi, senza bisogno di dirlo, che il peggio era già accaduto. Più di una volta.

La lampada sul bancone e il tubo al neon sul soffitto sfrigolarono, poi si spensero, facendo sprofondare il negozio in una debole foschia bluastra proveniente dalle luci al neon esterne. Per un attimo, Vincent sentì la pressione di centomila libri, che respiravano tutti insieme, in attesa di una sua mossa.

Chiuse il quaderno. «D'accordo. Facciamo a modo vostro. Ma se una qualsiasi cosa che troverò in quelle bozze cercherà di mangiare la faccia a qualcuno, mi assolvo da ogni responsabilità legale, morale e metafisica.»

Ren fece un saluto con un boccale invisibile. «Affare fatto.»

Zara si rimise gli occhiali, si strinse la radice del naso e disse: «Cominciamo domani al tramonto. Vincent, dovrai fare una lista di tutto ciò che hai mai scritto con il nome di Carmine. Anche le cose incompiute. Soprattutto quelle.»

Il volto di Vincent si contrasse a quella prospettiva. «Alcune non sono nemmeno coerenti. Ce n'è una che è solo una lista della spesa incrociata con un haiku erotico.»

Ren scoppiò a ridere. «Non mi stupisce che non riesca a trovare la tua roba da Feltrinelli.»

Il vento sferzò di nuovo le finestre e, da qualche parte lungo la strada, un tuono rombò, basso e di disapprovazione.

Zara ripose le foto e la chiavetta e si servì da sola prendendo due grimori rilegati in pelle da dietro al bancone. «Continuerò a scavare. Ren, tu fai una ricognizione sul fronte digitale. Vincent... preparati.»

Lui raccolse il quaderno e i resti della sua dignità. «Quando mi troverete a piangere su una stampa ad aghi in una vasca da bagno, ricordatevi: non è stata una mia idea.»

Ren lo seguì fuori, ma non prima di aver afferrato un tascabile malconcio dalla pila degli sconti. «Ricerca» dichiarò, mettendoselo in tasca.

Zara rimase indietro, scrutando il negozio come se contasse le ombre. Colse il suo riflesso nel vetro della vetrina — pallido, leggermente sfocato dal balbettio del neon — e aggrottò la fronte, appena un poco, alla forma delle cose a venire.

Fuori, la pioggia aveva cominciato a trasformarsi in nevischio, ogni goccia una fredda spinta verso il disastro successivo. Le tre figure si rannicchiarono sulla soglia, già intente a pianificare la ritirata.

Dietro di loro, la libreria attendeva. I suoi scaffali si protendevano, sforzandosi di udire la bozza successiva, la storia successiva, il capitolo successivo di una profezia che si rifiutava di morire.

La notte era lunga e la tempesta non accennava a placarsi.

Ma almeno, per una volta, avevano un piano.

Vincent passò l'ultima ora prima dell'alba a camminare avanti e indietro per l'appartamento con la grazia di una iena in gabbia. Ogni giro lo portava dalla finestra — dove la foschia di sodio della città sfocava i contorni di tutto ciò che valeva la pena vedere — al frigorifero, e poi di nuovo indietro, evitando sempre il punto in cui Ren era diventata selvatica nel sonno.

Era raggomitolata in un angolo del divano, ginocchia al petto, braccia conserte, con il cappuccio della felpa tirato giù a inghiottirle il viso. L'effetto era farsesco, come il primo tentativo di qualcuno di creare un origami umano, ma il dettaglio che la tradiva era l'unico piede che spuntava fuori, con le dita che si contraevano ogni volta che raggiungeva una fase particolarmente movimentata del sogno.

Il resto dell'appartamento era silenzioso, fatta eccezione per il ronzio persistente del frigorifero e il ticchettio metronomico dell'orologio della signora Barley nell'ingresso — l'aveva "preso in prestito" da un vicario, così diceva la storia, anche se Vincent sospettava che avesse più a che fare con un caso di avvelenamento irrisolto nel Surrey. In ogni caso, l'orologio batteva il tempo come se il tempo fosse qualcosa che si potesse conservare, e ogni ticchettio sembrava un conto alla rovescia verso qualcosa di cui si sarebbe assolutamente pentito.

Aveva lasciato la luce spenta, affidandosi all'illuminazione del frigorifero. Ogni volta che apriva lo sportello, il bagliore bianco-bluastro lo faceva sembrare meno vivo, le ossa delle mani che si intravedevano attraverso la pelle come un avvertimento. Rimaneva in piedi davanti al frigo aperto per minuti interi, lasciando che il freddo si insinuasse in lui, cercando di convincersi che non aveva fame, ma solo sete di risposte.

Sul bancone: un quaderno, immacolato e intatto, di quelli che ti sfidavano a lasciarci un segno. Vincent lo aveva posizionato dove poteva vederlo da qualsiasi punto della cucina, sia come sfida che come minaccia. Le dita gli dolevano dal desiderio di prendere una penna, ma sapeva che era meglio non farlo. Dopo tutto quello che aveva detto Zara, dopo le prove, i cadaveri e il sospetto strisciante che le sue stesse bozze camminassero per le strade, l'unica cosa più spaventosa dello scrivere era non scrivere.

Fece un altro giro dell'appartamento. Le assi del pavimento conservavano i loro segreti, scricchiolando quel tanto che bastava per far sapere all'edificio che eri vivo. Mentre passava accanto a Ren, lei borbottò qualcosa, un frammento di una filastrocca, poi si girò e tirò un pugno a un cuscino con la determinazione di un pugile. La felpa era troppo grande per lei, ma la indossava come uno scudo contro tutto, inclusa sé stessa.

Tornò al frigorifero e lo aprì di nuovo. Dentro: il solito caos. Una sacca di sangue, etichettata "Premium AB Negativo" con un carattere studiato per suggerire autorità medica; una bottiglia di gin mezza vuota; tre contenitori di avanzi, tutti indistinguibili al buio; e una singola, triste carota, che anneriva sulla punta.

Fissò la sacca di sangue per un lungo momento. La fame era tornata, acuta e insistente, e sapeva che se non se ne fosse occupato subito, sarebbe venuta a cercarlo nel sonno. Prese la sacca, svitò il tappo e la portò alle labbra. Il sapore avrebbe dovuto essere confortevolmente metallico, il gusto della vita in attesa, ma invece era—

Memoria. Fredda, viscida, come leccare un francobollo imbevuto di lacrime.

Paura, acida ed elettrica, che gli strisciava sotto la lingua come formiche.

Inchiostro, nero e antico, che gli macchiava la bocca a ogni sorso.

Conato, tossì e sputò un denso grumo nel lavandino. Si sparse e si attaccò, rifiutando di essere lavato via anche quando aprì il rubinetto al massimo. Il sapore persisteva, ricoprendogli la bocca e la gola con un'amarezza che sembrava quasi viva.

Guardò la sacca che aveva in mano, il cuore che batteva in un modo che non faceva dall'ultima volta che aveva avuto veramente paura. Il tappo era ancora sigillato. Intatto.

Posò la sacca ed esaminò le proprie mani, cercando una risposta nell'intreccio di vene e cicatrici. Era sicuro di averla aperta. Sentiva ancora il residuo viscido sui denti, il modo in cui gli aveva graffiato la gola. Ma il sigillo era integro.

Un brivido gli corse lungo la schiena, di quelli che iniziano come un ragionevole tremito e finiscono col farti dormire con le luci accese per una settimana.

Sulla porta del frigorifero, scritto in una macchia di condensa apparsa vicino alla maniglia, era comparso un messaggio. Prima non c'era. Ne era certo.

BEVI CIÒ CHE VERSI.

Le zanne di Vincent pulsarono, un promemoria del suo stesso meccanismo difettoso. Indietreggiò, con le mani che tremavano, poi si voltò, lento e deliberato, per controllare il resto dell'appartamento.

Ren dormiva ancora, con la bocca aperta e un sottile filo di bava che scuriva la manica della felpa. Borbottò di nuovo qualcosa, più piano questa volta, le parole intrecciate in una rima così perfetta da far male.

«Nel cuore del racconto l'inchiostro gela,

la lettera nasce, la riga si svela.

Svela i segreti, spargi il tuo sangue,

e affoga il mostro finché langue.»

Le parole rimasero sospese nell'aria, fragili come una ragnatela. Vincent avrebbe voluto ridere, o piangere, o bere qualcosa che bruciasse via quel ricordo.

Invece, rimase in piedi al buio, a contare i secondi tra un ticchettio e l'altro dell'orologio, e attese che la pagina successiva si voltasse.

OTTO

L'università aveva un suo modo di nascondere le sue risorse più pericolose in piena vista, ma a volte rincarava la dose nascondendole in semplici scantinati non sorvegliati. L'archivio di Zara esisteva in una sorta di limbo spaziale e amministrativo sotto l'edificio di teologia: oltre una porta con la scritta "Seminterrato 2A: Magazzino", giù per una rampa di scale talmente sconnesse che parevano gettate per scherzo, e dentro un corridoio che si poteva caritatevolmente descrivere come "muffa portante".

Vincent, che aveva visto l'interno di più archivi di quanti volesse catalogarne, sentì comunque un brivido mentre seguiva Ren nella penombra. L'aria era pregna di un odore che era un misto di carta vecchia, cuoio e sudore nervoso degli assistenti di ricerca mai più risaliti. Il loro avanzare era scandito dal clangore degli stivali di Ren, dal costante sfregamento del portachiavi di Zara contro le sue nocche, e dal modo in cui i nervi di Vincent fremevano alla vista di certe scatole sigillate lungo la parete.

Zara li guidava alla luce di una lampada frontale malconcia, che proiettava ombre simili a zampe di ragno davanti ai loro passi. Ignorò i cartelli di avvertimento («Non Aprire Senza Guanti»,

«Attenzione: Testi Psicoattivi», «Restituzioni Solo in Triplice Copia») e proseguì fino in fondo, dove un paio di cancelli di ferro erano a guardia dell'archivio vero e proprio.

Ci vollero tre chiavi e una parola d'ordine borbottata («Golgotha», pronunciata come una maledizione) per aprire la serratura, e poi furono dentro: una stanza grande quanto una cattedrale minore, rivestita dal pavimento al soffitto di scaffali in ogni stato di sfacelo. I libri straripavano dalle pile, le pergamene pendevano da ganci e interi schedari si gonfiavano di cartelle così fitte da deformare i cassetti stessi. Al centro, un tavolo da biblioteca reggeva un modello architettonico del caos: più lampade da lettura del necessario, più macchie di caffè di quante fossero strettamente plausibili.

«Benvenuti nel mio regno», disse Zara, con la voce che rimbombava sulla pietra. «Occhio a dove mettete i piedi. E alle metafore».

Ren finse di ispezionare lo spazio, poi indicò delle Bibbie che parevano tenute insieme con delle fascette e appese al soffitto. «È una misura di sicurezza o solo l'ultima moda in fatto di bondage ecclesiastico?»

Zara non rispose; era già immersa fino al gomito in una cassa con l'etichetta "Carmine/Lupo, pre-2000", borbottando mentre smistava cartelle e pacchi sigillati con la cera. Ren, lasciata a sé stessa, partì per un'ispezione autoguidata, esaminando strani manufatti e leggendo i dorsi ad alta voce, con un tono a metà tra il monologo comico e l'elogio funebre.

Vincent indugiò sulla soglia, resistendo all'impulso di darsela a gambe. Riconosceva troppi titoli, e ognuno pareva il fantasma di un vecchio errore. Teneva le mani nelle tasche del cappotto e cercava di apparire disinvolto, ma persino la temperatura ambiente sembrava scendere di un grado ogni volta che si avvicinava a una particolare scaffalatura.

«Allora, quale di questi mi infetterà il cervello per trasformarmi in un'adepta di una setta?» chiamò Ren, sollevando una copia di «*Escatologia: guida per principianti eccessivamente coinvolti*».

Vincent non la degnò di una risposta. Invece, si avvicinò a Zara, la cui ricerca era degenerata in una specie di scavo archeologico: strati di polvere, poi cartelle, poi intere stratificazioni di bozze annotate. Non sembrava aver bisogno né di luce, né di cibo, né di incoraggiamento; la caccia era ricompensa a sé stessa.

«Cosa speriamo di trovare, esattamente?» chiese Vincent, tenendo la voce bassa nel caso qualcuna delle sue opere passate decidesse di strisciare fuori e intentargli causa.

Zara non alzò lo sguardo. «Copioni originali di Carmine. Pre-revisione. Se l'assassino sta seguendo le tue bozze, dobbiamo sapere quali versioni sono in circolazione».

Ren si avvicinò quatta, con in mano un volume sottile la cui copertina era stata annerita con un pennarello, a eccezione del titolo in rilievo: «*Sonetti del Mercato Notturno*». Sollevò un sopracciglio. «È tuo questo?»

Vincent gemette. «Non aprirlo. Non ero davvero al mio meglio».

Naturalmente, Ren lo aprì e lesse la prima pagina. «"Al lettore: se non sei ancora maledetto, continua a leggere". Wow, eri davvero devoto all'estetica dell'immortale tormentato, eh?»

Vincent strinse i denti. «Erano gli anni Novanta. Erano tutti tormentati».

Zara lanciò un'occhiata a entrambi da sopra la spalla. «Voi due potete flirtare dopo. Ho trovato qualcosa». Tirò fuori un raccoglitore gonfio di buste di plastica, ognuna contenente quelli che sembravano i resti sminuzzati di un romanzo, più annotazioni a margine in almeno quattro lingue.

Lo aprì di scatto e Vincent impallidì alla vista della sua vecchia grafia: inclinata, presuntuosa, come se la penna cercasse di superare la mano. «Credevo di aver distrutto le prime bozze», mormorò.

«Mai fidarsi di un'università con un distruggi documenti», replicò Zara. «Inoltre, c'è un mercato per la negromanzia letteraria».

Ren emise un conato di vomito. «Vuoi dire che la gente paga per questa roba?»

«Collezionisti, per lo più. E qualche archivista convinto che la fine del mondo sia nascosta in una nota a margine sui vitigni». Zara sfogliò le pagine, fermandosi a un foglio dove l'inchiostro era trapassato, formando una macchia di Rorschach di disperazione. «Ecco il pezzo che stavo cercando».

Lesse ad alta voce, con la voce che si appiattiva nell'impassibilità di chi è veramente inorridito: *Quando il terzo segno sarà invocato, il ricettacolo prenderà forma, i suoi contorni definiti dal ricordo del sangue e dal rifiuto della storia di restare morta.*

Vincent fece una smorfia. «Suonava meglio quando ero ubriaco».

Ren sbuffò. «È anche così che nascono la maggior parte dei tatuaggi».

Zara continuò, sfogliando fino a una pagina contrassegnata. «L'assassino non sta solo copiando la profezia. Sta mescolando le versioni. Questo paragrafo viene dalla copia di Bucarest. Questa riga — *la testa porterà il marchio, così come le mani* — è presente solo nel manoscritto privato».

Vincent si accigliò. «Quale manoscritto privato?»

Zara lo guardò, con un'espressione acida. «Quello che hai scritto e non hai mai pubblicato. Quello con il... finale alternativo».

Cadde un silenzio mentre Vincent ricordava, con crescente terrore, cosa significasse "finale alternativo" in quel contesto. «L'ho bruciato», insistette.

Zara picchiettò sulla pagina. «A quanto pare, non abbastanza bene. Perché c'è ancora una scena che l'assassino non ha ancora messo in atto. Quella alla festa in maschera».

Ren, che si era appollaiata sul bordo del tavolo, fece dondolare le gambe e disse: «Lasciami indovinare. Entra in scena da sinistra, c'è una festa, tutti in maschera, qualcuno perde la testa, letteralmente».

Zara annuì, una volta. «E la testa viene esposta, in pubblico, perché tutti la vedano. È il gran finale».

Vincent chiuse gli occhi. Ora ricordava la scena, con dettagli nauseanti: scritta in preda alla febbre, revisionata con disgusto per sé stesso e (così aveva creduto) consegnata alle fiamme. Non gli era mai venuto in mente che qualcuno potesse volerla rendere reale.

Ren sfogliò il volume. «Hai persino scritto le didascalie di scena per l'omicidio. Che tristezza, amico».

«Non è un copione», disse Vincent, più a sé stesso che a chiunque altro. «Era solo... un esperimento mentale».

Zara chiuse il raccoglitore con un gesto definitivo. «Ora è un copione. E se l'assassino lo sta seguendo, abbiamo forse quarantotto ore prima del prossimo cadavere».

Ren schioccò le dita, come improvvisamente ispirata. «Dovremmo imbucarci alla festa. O qualunque cosa sia. Arrivare prima».

Lo stomaco di Vincent si contorse. «Sai quante feste in maschera ci sono a Londra questo fine settimana? O anche solo a Soho?»

«Non importa», disse Ren, «ci basta quella più strana».

Zara era d'accordo, ma i suoi occhi erano su Vincent, in cerca di qualcosa. «Sei sicuro di non ricordare a chi hai mandato quelle bozze? Nessun collezionista, nessuna vecchia fiamma?»

Vincent esitò, e per un momento il suo volto tradì un sentimento crudo. «Ce n'era una. A Shoreditch. Si faceva chiamare 'L'Editor'».

Ren ululò. «Oh mio dio. Sei uscito con una che si faceva chiamare *L'Editor*? Questo è un livello di masochismo a cui nemmeno io ho mai aspirato».

Vincent gemette. «Non ci sono uscito. È stata una... transazione».

«Certo che lo è stata», disse Ren, sogghignando.

«Non l'ha fatto trapelare né ne ha fatto copie. Di questo sono sicuro».

Vincent si guardò intorno nell'archivio, alle file di conoscenza proibita, e sentì il passato stringersi su di lui come un cappio. Per un momento, desiderò di essere davvero solo un vampiro comune e ordinario, con tutta la comoda perdita di memoria che ciò implicava.

Ren chiuse il libro di sonetti, poi lo lanciò a Vincent. Lui lo afferrò per puro riflesso, poi guardò accigliato la dedica sul risguardo — la sua, con una grafia che sembrava molto più ferma di quanto ricordasse: *A tutti i lettori che non hanno mai chiesto di essere perseguitati. — V.L.*

Lei sogghignò. «Credo che ora siamo perseguitati noi, capo».

Zara spense la lampada frontale, e l'oscurità calò con un perfetto tempismo. «Andiamo», disse, e l'eco della sua voce rimase sospeso nello spazio cavernoso. «Abbiamo una festa a cui imbucarci. E un copione da riscrivere».

Uscirono in fila, i cancelli di ferro si chiusero alle loro spalle, e lasciarono l'archivio alle sue pile cupe e ansimanti. Sopra, il mondo attendeva, e la storia era già un capitolo più avanti.

I tetti erano l'unico posto in città dove Vincent si sentiva una persona, piuttosto che un promemoria dell'ufficio decisioni sbagliate dell'universo. Il vento, che sferzava dal fiume, tagliava la notte in frammenti e spingeva la nebbia di lato, così che l'aria sopra l'archivio era una zuppa gelida di foschia, smog e occasionali pipistrelli con più ambizione che buonsenso.

Vincent si chiuse alle spalle la porta di accesso al tetto con una spallata, lasciando che il tonfo echeggiasse dietro di lui. Ren era già a metà della distesa di ghiaia, la sua silhouette stagliata contro uno skyline fatto in egual misura di guglie gotiche ed edifici col nome di operatori di telefonia mobile. Indossava la sua felpa con cappuccio malconcia come un'armatura, fissando la città con un'intensità che riusciva a sembrare al contempo predatoria e annoiata.

Tirò fuori a fatica una sigaretta dal pacchetto stropicciato, poi si rese conto che l'accendino era nella tasca sinistra — naturalmente, quella che non poteva raggiungere senza esibirsi in una danza poco dignitosa. Ren osservò, in silenzio, mentre finalmente riusciva ad accenderla. Il tremore delle sue dita non era dovuto al freddo, ma il vento faceva un buon lavoro nel mascherarlo.

Tirò una boccata, la espirò, e guardò il proprio fumo e il proprio respiro aggrovigliarsi nell'aria. «Sai», disse, «in un'altra vita sarei stato qui sopra a tramare per la conquista del mondo. O almeno un suicidio plateale».

Ren inclinò la testa, riflettendo. «C'è ancora tempo per entrambi, se fai multitasking».

Lui rise, una risata breve e sorpresa. «Sei tu l'ottimista in questa relazione, dunque?»

Lei fece un sorrisetto, ma era più morbido del suo solito ghigno. «Ma per favore. Se fossi ottimista, mi sarei licenziata non appena questa cosa è apparsa sul mio polso. O almeno dopo che abbiamo trovato un cadavere in strada».

Vincent fece cadere la cenere oltre il parapetto. «Ci si abitua. Alle questioni esistenziali, non al conteggio dei cadaveri».

Rimasero in silenzio per un po', a guardare le luci offuscarsi nella nebbia. Da qualche parte di sotto, una sirena ululò, poi si interruppe a metà grido, lasciando solo il basso, perpetuo ronzio della città.

Ren ruppe il silenzio. «Allora. È qui che ci diamo al momento di comunione sentimentale, o è più una cosa tipo broncio di gruppo?»

«Perché non entrambi?» disse Vincent.

Lei si strinse nelle spalle, poi frugò nella sua borsa a tracolla e tirò fuori un thermos, che stappò e gli porse. Lui lo accettò per abitudine, non per aspettativa, e ne annusò il contenuto: caffè, economico, e abbastanza nero da poter essere usato come prova in una causa per l'affidamento.

«Grazie», disse, e lo pensava davvero. Bevve un sorso, l'amarezza un gradito contrappunto alla sigaretta. «Sai, quando sono stato trasformato, pensavo che avrei perso il gusto per questa roba».

Ren lo guardò di sbieco. «E invece no?»

Vincent scosse la testa. «Tutto cambia, ma non nel modo in cui pensi. Conservi le vecchie fami. Ne aggiungi solo di nuove».

Lei annuì, come se fosse la cosa più ragionevole che qualcuno avesse mai detto. «Quindi hai fame tutto il tempo».

Lui considerò la città, il caffè, il subbuglio nel suo stesso stomaco. «Sì. Certi giorni ho abbastanza fame da mangiare il sole».

Ren si rimboccò la manica, scoprendo l'interno del polso. Il tatuaggio del Ricettacolo della Penna brillava debolmente anche nella penombra. Tese il braccio verso di lui, non per scherzo, non per sfida, ma con la naturalezza di un'amica che offre un cerotto.

Vincent trasalì, non per il sangue, ma per l'offerta stessa. Scosse la testa, indietreggiando di un passo. «No. Non sono così disperato».

Lei tenne il polso teso per un altro secondo, poi si strinse nelle spalle, per nulla offesa, e si richiuse la cerniera della manica. «Come vuoi. Ma se inizi a deprimerti per la tua tragica fame, ti nutrirò a forza con il mio gruppo zero negativo».

Lui sorrise, imbarazzato. «Lo faresti, anche».

Ren frugò di nuovo nella borsa, questa volta tirando fuori una bottiglia di succo di barbabietola spremuto a freddo. Gliela lanciò e lui la prese al volo, sorpreso dal peso. «È un compromesso», disse lei. «Non è sangue, ma macchia tutto e sa di terra. Se non lo vuoi, te lo scambio con il caffè».

Lui svitò il tappo, sorseggiò e fece una smorfia. «È disgustoso».

Lei scoppiò a ridere. «Vedi? Ora sei troppo impegnato a soffrire per avere fame».

Si sedettero sul tetto, fianco a fianco sul bordo di cemento fatiscente. Il rumore della città si affievolì in una specie di silenzio subacqueo, le luci sotto di loro si confusero in fantasmi blu e arancioni. Vincent spense la sigaretta e rimase in silenzio, sentendo la presenza della ragazza al suo fianco: una strana, umana gravità che lo ancorava meglio di qualsiasi protezione mistica.

Fu Ren a rompere l'incantesimo, con la voce più bassa di prima. «Pensi che, se fossi ancora umano, avresti scritto qualcosa di diverso?»

Lui non rispose subito. La domanda era troppo grande, o forse solo troppo ovvia. Invece, fissò la nebbia e lasciò che la città riempisse il silenzio.

Quando finalmente si voltò a guardarla, c'era un sorriso sul suo volto che non aveva nulla a che fare con la sigaretta, la fame o il rumore sottostante. «Probabilmente no», disse, «ma forse mi sarei ricordato di usare uno pseudonimo».

Lei rise, e fu uno di quei suoni che persistono, anche dopo che la nebbia si richiuse e il mondo sottostante divenne solo forme e congetture.

Rimasero lassù, a guardare le luci, finché il freddo non penetrò fino alle ossa e il caffè finì. Quando finalmente tornarono di sotto, erano due persone che capivano esattamente cosa significasse essere perseguitati, e perché si continua ad andare avanti, comunque.

La città continuava a respirare. La storia continuava a scriversi da sola. E, per il momento, era abbastanza.

NOVE

La pioggia batteva contro la finestra con una persistenza tale da far chiedere a Vincent se il cielo non stesse presentando un reclamo. Giaceva a letto, con il viso rivolto verso il muro, ad ascoltare il tambureggiare aritmico del temporale e il contrappunto più basso e rabbioso di qualcosa che veniva frullato violentemente in cucina. C'era una certa simmetria in tutto ciò: lo sdegno della natura e quello della signora Barley, entrambi programmati per la stessa ora.

Si levò dal letto e si trascinò lungo il corridoio, con i piedi freddi sul legno. La cucina era inondata da una luce spietata che pioveva dall'alto. La signora Barley era in piedi vicino al bancone, con indosso quello che lei stessa descriveva come il suo «completo da confronto formale»: un tailleur blu scuro con gonna, una camicetta dal colletto alto e un filo di perle che avrebbe potuto strangolare un orso. Sembrava che stesse per presiedere un tribunale per crimini di guerra, non per pulire l'appartamento.

Il frullatore ruggì, poi si spense. La signora Barley versò il contenuto — sguaiato, viscoso, rosso — in una fila di bicchierini da sherry, ignorando volutamente l'esistenza di tazze più adatte alla colazione. Incrociò lo sguardo di Vincent e, deliberatamente, ne versò un quarto, allineandoli sul tavolo.

Ren era spaparanzata a testa in giù sul divano, con il capo che penzolava appena sopra il tappeto appiccicoso. Stava mangiando un toast partendo dalla crosta, mentre le briciole le cadevano nel cappuccio della felpa. Il suo viso recava una costellazione di pieghe da cuscino e il tipo di espressione che può avere solo chi, chiaramente, non aveva sofferto molto ad adattarsi allo stile di vita di Vincent: «sveglio tutta la notte, a letto tutto il giorno».

«Sera», disse Ren, la parola soffocata dal toast che la trasformò in «S'ra».

La signora Barley la ignorò e fissò Vincent con un'occhiata che lasciava intendere si trattasse di un intervento terapeutico o, forse, di un esorcismo. «Sieda», ordinò.

Vincent si sedette. La signora Barley gli fece scivolare davanti un bicchierino. Lui ne annusò il bordo: pomodori, sale di sedano e qualcosa di pungente e sanguinolento che non era un tipo di verdura che avesse mai incontrato. «È una colazione o un avvertimento?»

«Entrambi», disse la signora Barley. Scivolò sulla sedia di fronte, e la gonna le si adagiò con la gravità dell'impatto di un meteorite. «Abbiamo un problema».

Ren mimò il movimento di una bilancia con la mano. «È un problema del tipo "bucato nel lavandino" o del tipo "cospirazione di vampiri che porrà fine al mondo"?»

La signora Barley non rispose. Invece, estrasse un pezzo di carta patinata dalla manica, lo aprì con precisione chirurgica e lo posò al centro del tavolo.

Vincent allungò la mano per prenderlo. Il volantino era stampato in modo professionale, nero e argento con uno spruzzo di rosso arterioso. In cima, in un carattere che minacciava azioni legali, si leggeva: IL VELVET VEIN LA INVITA CORDIAL-MENTE A...

I suoi occhi scesero al sottotitolo: UNA NOTTE DI MASCHERE, SANGUE E DECADENZA — RICREANDO IL CAPITOLO FINALE DE *L'ACCORDO CREMISI*.

Lo lesse di nuovo. Poi una terza volta, nel caso in cui il temporale o il frullatore gli avessero confuso il comprendonio. «Non è... non possono...»

Ren si raddrizzò, incuriosita. «È la tua opera teatrale?»

Vincent esitò, poi, con il tono di chi confessava un duplice omicidio: «Sì».

Il sorriso della signora Barley era sottile come un rasoio. «A quanto pare la Sua schiera di ammiratori si è evoluta. Ora organizzano cene con spettacolo immersivo basate sulle Sue tragedie inedite».

Vincent allontanò il volantino, come se potesse esplodere. «Ho bruciato tutte le copie de *L'Accordo Cremisi*».

La signora Barley batté un colpo sul tavolo. «Chiaramente non abbastanza bene. È domani sera, alle ventitré, al Velvet Vein». Lasciò che il nome aleggiasse nell'aria, una maledizione o una benedizione. «Lei parteciperà».

Rise quasi, ma il volto della signora Barley era un muro di mattoni. «Non ho intenzione di partecipare a un cabaret di vampiri basato su una mia opera fallita».

Ren scrollò le spalle. «Io ci andrei. Sembra divertente».

Vincent indicò Ren, toast e tutto il resto. «Perché ti schieri con lei?»

«Non mi sto schierando», disse Ren. «Penso solo che sarebbe fantastico. E poi, se sei l'autore, ti offrono da bere».

La signora Barley annuì, in un raro momento di unità di squadra. «Ed è l'unico modo per scoprire chi c'è dietro a tutto questo. Stanno passando dalla fanfiction alla performance art. La prossima mossa sarà rimettere in scena l'atto finale».

Vincent chiuse gli occhi. Ricordava l'atto finale. Includeva tre omicidi, un'orgia di sangue simulata e la decapitazione sul palco di un personaggio dal nome sospetto di V. Lupo. «No», disse. «Assolutamente no».

La signora Barley unì le dita a cuspide, come una mantide religiosa in procinto di divorare il suo compagno. «Se non lo farà per la Sua eredità, lo faccia per la sicurezza dell'appartamento. O per il Ricettacolo», aggiunse, con un'occhiata a Ren.

Ren fece finta di controllarsi il polso. «Sto bene. A meno che non ci sia un'altra profezia di cui non ho sentito parlare».

La signora Barley la ignorò. «Ci serviranno dei costumi. Maschere. Forse inviti falsificati». Spuntò i requisiti sulle dita, ognuno un chiodo nella bara di Vincent. «Mi occuperò io della logistica».

Vincent guardò il piano sfuggirgli di mano, come al solito. «Non ho niente da mettermi», disse, disperato.

La signora Barley sorrise con qualcosa di simile alla pietà. «Indosserà una maschera, Vincent. È questo il punto».

Lui abbassò lo sguardo sul volantino, poi di nuovo sui bicchierini da sherry. Ne prese uno, lo sollevò all'altezza degli occhi. Il liquido rosso era denso e si aggrappava alle pareti al rallentatore. «Credevo fosse un Bloody Mary».

La signora Barley scosse la testa. «Non è da bere. È per fare scena».

Posò il bicchiere, con le mani tremanti. Ren, ora in posizione eretta e ben sveglia, finì il suo toast e si leccò le dita. «Se andiamo a una festa di vampiri», disse, «prenoto io la maschera più pericolosa».

La signora Barley guardò Vincent, sfidandolo a rifiutare. Lui pensò alla sera successiva: la musica, gli sconosciuti, la probabilità di essere assassinato sul palco per il divertimento di pervertiti immortali. Guardò Ren, che saltellava per l'eccitazione, poi la signora Barley, che era inamovibile come il fato.

«Va bene», disse. «Ma non applaudirò se sbagliano la scena della mia morte».

La signora Barley picchiettò il volantino. «Bene, giovanotto. Ora beva. Avrà bisogno di forze».

Vincent esaminò il bicchiere, poi la stanza, e cercò di ricordare l'ultima volta che era stato a una festa che non fosse finita tra le urla. Sorseggiò il liquido rosso. Sapeva di barbabietola, con un retrogusto di terrore.

Ren sogghignò. «Sarà geniale».

Vincent ne dubitava, ma continuò a bere comunque.

La tempesta tornò alla carica per il secondo round mentre la sera sfumava nella notte, scuotendo le finestre dello studio di Vincent con l'indignazione di un ispettore comunale a cui era stato negato l'ingresso. La vista dalla sua scrivania era un campo di battaglia di fulmini e antenne paraboliche, ogni lampo rivelava un po' di più dell'ottimismo butterato della città. All'interno, l'atmosfera non era meno instabile: i libri avevano ricominciato a riorganizzarsi da soli, spostandosi sugli scaffali con l'energia passivo-aggressiva di fantasmi conviventi.

Vincent era seduto alla scrivania, o meglio, rannicchiato dietro di essa, come per proteggersi dall'assalto del suo stesso lavoro. La corrispondenza del giorno era sparsa davanti a lui: un'impossibile lista di cose da fare fatta di revisioni, avvertimenti e educate minacce da parte di Zara. La sacca di sangue al suo gomito era imperlata di condensa, la sua etichetta si appannava per il freddo, ma lui si sforzò di ignorarla. Le sue mani, tuttavia, non avevano recepito il messaggio. Tremavano con la ferocia di un'astinenza da oppio, o forse di qualcosa di più esoterico, mentre scriveva, cancellava e riscriveva la stessa frase più e più volte.

Era così concentrato sull'atto deliberato di non nutrirsi che non sentì Ren finché non fu sulla soglia, una silhouette incorniciata dalla luce blu del pianerottolo. Indossava la stessa felpa di sempre, ma ora con le maniche arrotolate, rivelando il nuovo marchio sul suo avambraccio: ancora irritato, ancora debolmente luminoso nell'oscurità.

«Stai evitando il tuo pranzo», disse lei.

Vincent alzò lo sguardo, sorpreso. «Sto lavorando».

Ren sbuffò. «Non hai nemmeno fatto l'accesso». Attraversò la stanza, afferrò la sacca di sangue e la tenne all'altezza degli occhi come un animale domestico poco collaborativo. «Bevila, o te la verso giù per la gola».

Tentò una risata, ma lo sforzo gli si bloccò in petto. «Non è così che funziona».

Ren lo osservò, la sua espressione un misto di disprezzo e preoccupazione. «Sei un vampiro, non un martire. Se ti consumi, non arriviamo al terzo atto».

Vincent distolse lo sguardo, concentrandosi sulle luci della città offuscate dalla pioggia. «A volte penso che la fame sia l'unica cosa che mi mantenga reale».

Lei si appollaiò sul bordo della scrivania, dondolando i piedi come una bambina annoiata. «È la scusa più merdosa che ho sentito in tutta la settimana, e sabato scorso ho passato del tempo a parlare con un tizio che mangia lampadine per divertimento».

Lui chiuse gli occhi. «Non è così semplice».

Ren si sporse in avanti, a bassa voce. «Certo che lo è. Hai paura che se ti comporti come un mostro, lo diventerai».

Lui trasalì, ma non negò.

Il tono di Ren si addolcì, appena un po'. «Pensi che non nutrirti ti renda più umano? L'unica cosa che fa è renderti meno di tutto. Affamato, stanco, inutile. Alla fine sarai troppo debole persino per fare il broncio come si deve».

Aprì la bocca per protestare, poi la richiuse di scatto. Aveva ragione. Odiava che avesse ragione.

Ren posò la sacca di sangue davanti a lui, la sua mano vi indugiò sopra per un momento. «Senti, ho capito. Nessuno vuole ammettere di aver bisogno di qualcosa. Ma in questo momento, abbiamo bisogno che tu stia in piedi e non abbia allucinazioni sulla poesia».

Si sforzò di ridere. «Così male?»

Lei sogghignò. «Hai provato a recitare *Ozymandias* nel sonno stanotte. È stato imbarazzante per tutti noi».

Si massaggiò le tempie. «Va bene. La berrò. Più tardi».

Ren si alzò, stiracchiandosi finché la schiena non le scrocchiò. «Come vuoi. Basta che non mi costringi a rifarlo».

La guardò andare via, la stanza più silenziosa per la sua assenza ma non esattamente tranquilla. La sacca di sangue era lì, accusatoria. La prese, rigirandosela tra le mani.

Non voleva nutrirsi. Nutrirsi, anche da una sacca medica, gli ricordava tutte le cose che aveva perso in sette secoli di anni famelici. Autocontrollo. Dignità. Un battito cardiaco.

Ma Ren aveva ragione. Così non era di alcuna utilità per nessuno. E non lo era neanche per se stesso.

Stappò la sacca e bevve, il sapore metallico e denso, quasi abbastanza da soffocare il rumore di fondo dell'odio per se stesso.

Quando ebbe finito, si pulì la bocca con il dorso della mano e fissò il muro per un lungo tempo.

Il suo telefono vibrò. Era un messaggio di Ren: «Cerca di non rimuginare fino a cadere in coma. Scendi quando sei pronto».

Lui sorrise, un sorriso desolato ma sincero.

Aprì un nuovo messaggio e digitò una singola frase: «Cena? Domani sera?».

Il suo dito aleggiò sul pulsante di invio. Immaginò l'Editor, ovunque fosse, mentre lo riceveva. Immaginò lei che alzava gli occhi al cielo, per poi rispondere con un'ora e un luogo, entrambi inutilmente precisi.

Premette invio. La piccola freccia lampeggiò, poi scomparve.

Vincent si lasciò sprofondare nella sedia, ascoltando la tempesta che sferzava la finestra e i libri che borbottavano tra loro. Per la prima volta da giorni, la fame era solo un rumore di fondo.

Si lasciò andare, con le luci della città che tremolavano nel bagnato, e attese di vedere cosa sarebbe successo dopo.

DIECI

La Redattrice viveva in un appartamento così bianco da far male a guardarlo direttamente, un appartamento che rifiutava attivamente l'accumulo di personalità. Vincent esitò sulla soglia, sentendosi sudicio al confronto, come se stesse per imbrattare una sala operatoria. Le luci all'interno erano a LED, impostate sulla temperatura cromatica di un'autopsia, e l'unica opera d'arte era una stampa d'epoca dell'*Anatomia della Malinconia*, incorniciata con precisione chirurgica sopra la scrivania. Delle librerie rivestivano le pareti — Ladderax, ovviamente, perché la Redattrice credeva nella riorganizzazione modulare tanto della conoscenza quanto dei mobili — ma a differenza delle torri di entropia di casa sua, gli scaffali di lei erano composti, in ordine alfabetico, con riferimenti incrociati e, sospettava Vincent, spolverati ogni settimana.

Lei aprì la porta con la cortesia guardinga di chi si aspettava degli esattori, non dei vecchi colleghi. Indossava un lungo cardigan blu navy che fungeva sia da camice da laboratorio che da barriera sociale, e aveva tirato indietro i capelli così severamente da procurarsi un lifting accademico. Nell'ingresso aleggiava un debole odore di cane bagnato, in lotta con un qualche sistema di purificazione dell'aria che lei aveva installato di recente. Lui ne riconobbe il modello: era venduto agli immunocompromessi e ai paranoici estremi.

«Sei in ritardo», disse lei, poi si fece da parte per lasciarlo entrare. Non si prese la briga di salutare, stringergli la mano o fare convenevoli sulla pioggia che aveva contagiato il resto di Londra.

Vincent si sfilò il cappotto scrollando le spalle e lo appese al gancio che lei indicò con un unico, regale gesto. Rischio un'occhiata all'interno: scaffalature a cubo bianche, tavolo bianco, pavimenti bianchi; l'unica interruzione in quel campo di neve era una selva di fascicoli codificati per colore sul piano di lavoro della cucina. Nel soggiorno, un unico divano grigio si aggrappava al centro dello spazio come un banco di sabbia in un oceano sterile.

«Scusa», disse lui, anche se non lo pensava, non davvero.

«Va bene. Siediti.»

Lui si sedette. Il divano era così immacolato che scricchiolò, un rumore che suonò come una violazione. Vincent si agitò, poi si immobilizzò, le mani giunte in grembo come uno scolaretto colto tra un esame e un rimprovero.

Lei gli sfilò accanto, il cardigan che la seguiva come una bandiera sintetica di intenti, e tornò con due cose: un semplice bicchiere d'acqua e una scatola di fazzoletti nuova di zecca, ancora nella confezione. Posò il bicchiere sul tavolino basso di fronte a lui, poi aprì la scatola di fazzoletti con l'efficienza di un chirurgo che scarta un bisturi.

«Vuoi discutere i termini?», chiese, accomodandosi su una sedia di fronte a lui.

«Termini?»

Lei lo osservò con quel tipo di divertimento distaccato che lo fece sentire immediatamente inadeguato a condividere la stanza con lei. «Hai chiesto di nutrirti. Suppongo che tu non abbia perso il senso dei limiti dall'ultima volta.»

Vincent sentì il sangue affluirgli alle orecchie. «Io... sì. Certo.

Protocollo standard. Volume, ehm, minimo. Nessun segno permanente. Puoi stabilire tu i limiti.»

Lei inclinò la testa, poi sfilò un fazzoletto dalla scatola e tamponò una macchia immaginaria sul polso. «Il braccio sinistro, allora. E solo finché non dico io di smettere.»

Lui annuì, improvvisamente molto consapevole del modo in cui la sua lingua premeva contro le zanne, come impaziente di entrare in scena. Teneva le mani sulle ginocchia, con le nocche sbiancate, e fissava il bicchiere d'acqua come se potesse sviluppare un debole per le metafore.

Rimasero in silenzio per un lungo istante di valutazione reciproca.

Fu lui a cedere per primo. «Davvero non fai convenevoli, eh?»

Lo sguardo della Redattrice si fece più tagliente, un bisturi che scarnificava il grasso della conversazione. «Sappiamo entrambi perché sei qui. I preamboli sono uno spreco di energie.»

«Potrei far finta che mi interessi la tua ultima borsa di ricerca», offrì Vincent, «ma finirei solo per mettermi in imbarazzo con una pessima battuta sulla revisione paritaria.»

Lei alzò gli occhi al cielo, ma era un gesto vecchio e familiare, un tic intellettuale dell'epoca in cui si erano contesi le stesse briciole accademiche. «Il progetto è stato posticipato. I fondi sono stati tagliati.» Piegò il polso, porgendoglielo con aria professionale. «Vincoli di budget, capisci.»

«Un classico», disse lui, e lo pensava davvero.

Lei lo osservò per un altro mezzo respiro, poi frugò in tasca e tirò fuori una boccetta compatta di alcol isopropilico, un batuffolo di cotone e un cerotto. Si pulì la pelle con efficienza spietata, poi gli fece cenno di procedere.

Vincent si avvicinò, cercando di ignorare il modo in cui la luce faceva apparire le sue mani itteriche ed estranee. «Potresti almeno provare a rendere la cosa meno clinica», borbottò.

Il sopracciglio della Redattrice ebbe un fremito. «Preferisci un rituale? Incenso, luci d'atmosfera, un po' di jazz soft?»

«Mai il jazz», disse Vincent, e per poco non sorrisero insieme.

Ma il momento era puramente professionale. Lui le prese il braccio, sentì il polso attraverso il sottile strato di pelle e rabbrividì. Lei rimase perfettamente immobile, gli occhi fissi sulla parete bianca dietro di lui. Per un secondo si sentì un intruso, un parassita, ma la fame si era ormai destata, rabbiosa ed elegante, e lo guidò con una fermezza che i suoi nervi non potevano eguagliare.

Morso.

La puntura iniziale fu quasi un nulla, una punta di spillo, ma quando il sangue sgorgò, lento e preciso, sentì la scossa di calore diffondersi dalle labbra alla punta delle dita. La Redattrice espirò — un rilascio udibile e controllato — e l'altra sua mano si strinse sul bracciolo, le nocche che si sbiancavano.

Vincent bevve a piccoli sorsi, determinato a non perdere il controllo, a non lasciare che l'animale sotto la sua pelle guidasse il momento. Teneva un occhio sul viso di lei, osservandola respirare attraverso l'impeto, ed era assurdamente consapevole del timer sul muro che scandiva i secondi.

Dopo esattamente trenta secondi, la Redattrice alzò una mano. «Basta.»

Lui si fermò all'istante, ma il retrogusto rimase: metallico, percorso da qualcosa che sembrava memoria. Premette il fazzoletto sulla puntura, tamponò l'eccesso e applicò il cerotto con dita tremanti.

Lei si riprese il braccio, ispezionò il suo lavoro, poi piegò il polso. «Sempre meticoloso», disse. «Non hai perso niente della tua precisione.»

Lui si accasciò all'indietro, imbarazzato dal rossore sulle guance e dal dolore allo stomaco; sia la fame che il suo sollievo erano una specie di umiliazione. «Faccio del mio meglio. Non volevo beccarmi una recensione negativa su Trustpilot.»

Lei sbuffò. «Non sei ancora divertente.»

«Sono esilarante in certi ambienti», disse lui, ma la sua voce era più debole.

Rimasero seduti così per un minuto, l'aria che ronzava di cose non dette. La Redattrice prese il bicchiere d'acqua, sorseggiò, poi lo posò con forza non necessaria. Lo scrutò, valutandolo.

«Allora, qual è l'emergenza? Di solito non vieni a mendicare a meno che il mondo non stia per finire.»

Lui prese in considerazione l'idea di mentire, ma l'onestà post-nutrimento gli scioglieva sempre la lingua. «È il manoscritto scomparso. Quello di cui mi avevi avvertito.»

Le sue labbra si tesero, ma non sembrava sorpresa. «L'hai trovato?»

«Peggio», disse lui. «È in circolazione.»

La Redattrice si sporse in avanti, l'espressione indurita. «Chi ce l'ha?»

Lui scosse la testa. «Non ne sono sicuro. Ma c'è un fan club. Una setta, forse. È una profezia ricorsiva. O forse è solo un dannato copione, seguito alla lettera.»

Lei picchiettò il cerotto sul polso, un gesto a metà tra l'irritazione e la nostalgia. «Non avresti mai dovuto scriverlo.»

«Tu l'hai revisionato», ribatté Vincent, e si pentì immediatamente di quella meschinità.

Lei lasciò correre. «Non possiamo cambiare il passato, Vincent. Tutto ciò che possiamo fare è arginare i danni.»

Rimasero seduti, le vecchie ferite che respiravano nel silenzio.

Lui si ricompose, sentendo la nuova energia insinuarsi nelle ossa. «Starò attento», disse, poi: «Grazie.»

La Redattrice annuì, una volta, e si alzò. Raccolse i detriti medici in una pila ordinata, poi li gettò in un cestino sotto il lavandino.

Mentre Vincent si infilava il cappotto, lei rimase vicino alla porta. «Scrivi ancora il senso di colpa come se fosse un genere letterario», disse.

Lui la guardò, la guardò davvero, per la prima volta da quando era entrato nell'appartamento. «E tu correggi ancora le persone a metà frase.»

Entrambi sorrisero, un sorriso fragile, e lei gli aprì la porta. Lui si fermò sulla soglia, aspettandosi un addio, un avvertimento, una richiesta di aggiornamenti.

Invece, lei disse semplicemente: «Non tornare a meno che tu non ne abbia davvero bisogno.»

Lui annuì, uscì e lasciò che il corridoio lo inghiottisse.

L'aria fuori era più fresca, meno disinfettata, e lui la inghiottì a grandi sorsate, cercando di sostituire la sensazione corrosiva che aveva nel petto con la realtà di ciò che aveva appena fatto. Si sentiva meglio, nel senso più letterale e biologico del termine. Ma la fame era sempre stata solo un sintomo, mai la cura.

Camminò, con le mani sprofondate nelle tasche, attraverso il bagliore umido dei lampioni, cercando di non immaginare tutte le cose che si era lasciato alle spalle in quel mondo bianco e asettico.

Ciò che desiderava, più di ogni altra cosa, era ritirarsi nel suo studio e lavorare al suo ultimo romanzo, ma c'era una mascherata a cui doveva partecipare.

Non erano nemmeno le nove di sera e la casa di Vincent sembrava già il tipo di camerino infestato che si trova solo nelle compagnie teatrali in fase terminale o in certi bar di Vauxhall. Ogni capo d'abbigliamento che avesse mai acquisito nei suoi sette secoli (gli ultimi due nei negozi di beneficenza) era stato tirato fuori dai bauli e scagliato per tutto l'appartamento, creando una topografia di cravatte scartate, giacche di velluto e magliette di gruppi musicali stracciate. I detriti erano così fitti da aver invaso la cucina, dove Ren sedeva sul bancone, gambe a penzoloni, costruendo una maschera con strisce di seta rossa e una pistola per la colla a caldo che, a rigor di logica, avrebbe dovuto essere classificata come arma.

Mrs Barley occupava l'unica sedia rimasta, intenta a lucidare un paio di antichi anfibi e a sfogliare un catalogo di mantelli da opera d'epoca, come se stesse facendo un'audizione per il ruolo della "morte rediviva". Portava i capelli raccolti all'indietro, severa come sempre, ma l'effetto era smorzato dal velluto color vino drappeggiato sulle sue gambe.

Ren scrutò gli anfibi, poi il mantello. «Quello risale ai bombardamenti o è solo una scelta di stile?»

Mrs Barley le lanciò un'occhiataccia. «Io c'ero durante i bombardamenti, cara. La scelta di stile è il fatto che io sia sopravvissuta.»

Ren sbuffò, poi riprese il suo lavoro. La seta era probabilmente rubata — Vincent non la riconosceva da nessun costume precedente, e il modo in cui Ren la tagliava implicava un totale disprezzo per la provenienza o il valore di rivendita. Era un po' confusionaria nel taglio, tanto che l'occhio sinistro era leggermente più grande del destro, cosa che le dava una permanente espressione di sorpresa.

Vincent, nel frattempo, era impantanato in una battaglia con il proprio guardaroba. Il meglio che era riuscito a trovare era un abito antracite (di due taglie troppo piccolo, ma "vintage" se si strizzava l'occhio) e una cravatta così funerea che avrebbe potuto officiare il proprio funerale. Contemplò il suo riflesso nello specchio dell'ingresso, sperando in un look "byroniano", ma approdando decisamente a quello di un "impresario di pompe funebri diseredato". Il nutrimento a casa della Redattrice lo aveva lasciato carico e nervoso, con la pelle elettrica e i pensieri che si rifiutavano di adagiarsi in uno dei loro soliti e confortanti solchi depressivi.

Mrs Barley lo sorprese a fissarsi. «Sei irrequieto.»

Lui si tirò la cravatta. «Il tessuto prude.»

«Certo che prude», disse lei. «Deve metterti a disagio. Si chiama travestirsi. Ora siediti, prima di strappare una cucitura.»

Lui si sedette, obbediente come un cane da collegio, e osservò Mrs Barley allacciarsi gli anfibi. Non riusciva a scacciare l'immagine dell'appartamento della Redattrice: la sua chiarezza asettica, il modo in cui la presenza di lei aveva riempito ogni metro cubo, la fame che ora era sazia ma non soddisfatta. Il ricordo continuava a incagliarsi nel modo in cui la Redattrice aveva evitato di menzionare ulteriormente il manoscritto, anche se era l'unica cosa di cui entrambi volevano discutere.

Ren intervenne: «Sembri sul punto di sposarti con una cripta.»

Vincent le rivolse un minuscolo sorriso. «Tu sembri una che ne ha appena svaligiata una.»

Lei mostrò i denti, contenta.

Mrs Barley finì di allacciarsi gli stivali e si gettò il mantello sulle spalle con un gesto teatrale. «Bene. Rivediamo il piano, per favore. Niente improvvisazione. Niente eroismi. Siamo lì esclusivamente per osservare, raccogliere informazioni e non farci ammazzare da sedicenti vampiri.»

Ren stava già ignorando l'ultima parte. «Se ci scoprono, scappiamo o diamo fuoco a qualcosa?»

«Prima scappiamo», disse Mrs Barley, «poi diamo fuoco se la fuga non funziona.»

Vincent diede un'occhiata all'orologio a muro. «Dovremmo andare. Il Velvet Vein chiude le porte a chiave dopo mezzanotte. E preferirei non essere l'afterparty.»

Mrs Barley si alzò, controllò il contenuto della sua borsa — specchietto, chiavi, tre spicchi d'aglio («non si sa mai», disse, con uno sguardo eloquente a Vincent) — poi si diresse verso l'ingresso. Lo specchio del corridoio li catturò quasi tutti mentre passavano: Mrs Barley come un revenant con gli stivali, Ren un lampo di caos rosso e nero e Vincent, se avesse avuto un riflesso, a chiudere la fila con tutto l'entusiasmo di un condannato su un carro da parata.

Fuori, la città stava già passando alla sua marcia notturna. La strada luccicava di pioggia fresca e l'aria aveva l'aroma speziato da vicolo di mattoni bagnati e cibo fritto. Ren scese i gradini saltellando davanti a loro, mettendosi la maschera, mentre Mrs Barley teneva d'occhio con fare guardingo le auto silenziose ferme al marciapiede. I nervi di Vincent fremevano a ogni forma di passaggio; la scarica di sangue nuovo rendeva ogni ombra una metafora carica di significato.

«Smettila di camminare come se stessi per essere assassinato», disse Ren da sopra la spalla.

Vincent disse: «Statisticamente, se non è ancora successo, sono in ritardo sulla tabella di marcia.»

Mrs Barley sbuffò, una rara dimostrazione di solidarietà. «Almeno cerca di sembrare uno del posto.»

Lui ci provò. Davvero. Ma la cravatta lo stava soffocando, e il vestito prudeva, e ogni passo verso il Velvet Vein sembrava un passo più a fondo nel ventre di un mostro che lui stesso aveva partorito. Non riusciva a capire se quella statica emotiva fosse fame, senso di colpa, o solo l'anticipazione di un altro disastro. Per fortuna il locale era solo a un miglio di distanza.

Mentre svoltavano l'angolo sulla strada del locale — una via secondaria illuminata da neon e da qualche occasionale fiammata di candele tremolanti — Ren si fermò e aspettò che gli altri la raggiungessero.

Scrutò Vincent. «Tutto bene?»

Avrebbe voluto dire qualcosa di intelligente, o almeno di sprezzante. Ma il meglio che riuscì a fare fu: «Vediamo di farla finita.»

Mrs Barley gli diede una pacca sulla schiena, con una forza che minacciò di slogargli una spalla. «Questo è lo spirito giusto, ragazzo. Ora andiamo a dare spettacolo e scopriamo cosa possiamo.»

E così fecero: tre improbabili amici in abiti presi in prestito, che marciavano verso il Velvet Vein con la tetra risolutezza di chi sa benissimo di sbagliare, ma non può farne a meno.

UNDICI

La Vena di Velluto non si faceva pubblicità. Non ne aveva bisogno. La sua fama cresceva come il degrado urbano: inevitabile, incontenibile e silenziosamente devastante per chiunque avesse degli standard. O ricevevi un invito, o non lo ricevevi. La facciata, un locale clandestino abbandonato incastrato tra un negozio di vaporizzatori artigianali e un banco dei pegni che non apriva mai, aveva una porta senza campanello e una finestra così sudicia da fungere da specchio nero. Se sapevi dove bussare, eri già dentro.

Vincent guidò la loro avanzata, una trinità di goffaggine a stento coordinata: Ren con la sua maschera di seta rossa e il suo 'chic da crimine di guerra', la signora Barley corazzata nell'equivalente sartoriale della Convenzione di Ginevra, e lui stesso con la cravatta da funerale che minacciava ancora di asfissiarlo. Il buttafuori, un colosso in un panciotto broccato, squadrò il loro trio, poi annuì con un cenno di rispetto che sembrava dire che quella sera aveva visto combinazioni ben più strane e non se ne pentiva affatto.

Scesero per una scala a tornanti che pareva non finire mai, con le pareti rivestite di vecchia tassidermia e teche di vetro con fiori stabilizzati, ogni composizione attentamente curata per essere al contempo minacciosa e costosa. I bassi vibravano attraverso la pietra, un battito che sentivi prima nelle suole delle scarpe, poi nelle otturazioni dei denti. La porta in fondo si aprì sulla sala principale del locale, e l'effetto era meno 'tana di vampiri' e più 'l'after-party dell'Eurovision direttamente dall'inferno'.

Era gremito: la vecchia guardia in abiti su misura e vestiti da sera con la schiena scoperta, le loro maschere discrete come loghi di banche; i nuovi ricchi in neon e lattice, i volti celati da elaborati becchi da medico della peste e visiere a specchio. L'aria portava il profumo di sangue speziato, sigarette senza filtro e lo sforzo collettivo di svariati secoli di disastri della moda. Su ogni tavolo ardeva una candela, ogni candela era nera e ogni superficie luccicava di quel tipo di residuo che non poteva mai essere spiegato del tutto, ma solo sopportato.

Vincent si sistemò la maschera (una classica mascherina nera a domino: minimo sforzo, massima negabilità plausibile) ed esaminò la folla. I volti dietro le maschere avrebbero potuto essere di chiunque: cugini lontani, ex amanti, creditori, lo storico occasionale. Lasciò che il suo sguardo passasse su di loro con la noia studiata di un frequentatore abituale di nightclub, ma dentro di sé teneva un catalogo mentale di chi avrebbe probabilmente cercato di ucciderlo e di chi si sarebbe semplicemente offeso per la sua presenza.

La signora Barley si staccò subito dal gruppo, la sua traiettoria la portò lungo il perimetro con la concentrazione di un tecnico della scientifica. Passò un dito lungo il bancone, ispezionò i candelabri a muro e si fermò a intervalli per scrutare la carta da parati come se stesse leggendo una scrittura invisibile. Di tanto in tanto scattava una foto con il cellulare, per poi rimetterlo via come se si vergognasse di essere vista usare la tecnologia moderna.

Ren era meno metodica, più cinetica. Si fece largo tra la folla, si appropriò di un flûte di champagne da un vassoio di passaggio e si diresse verso un gruppetto di nuovi vampiri che parevano capitati lì da una serata goth di Camden. Erano impegnati in una discussione accesa sul fatto che fosse più autentico 'nutrirsi a chilometro zero' o fare vacanze di sangue nel continente. Ren, le cui preferenze alimentari iniziavano e finivano con 'preferibilmente non il mio', si inserì nel dibattito con un candore esasperato che la rese immediatamente il centro dell'attenzione del gruppo.

Vincent si lasciò trasportare, usando il bancone come ancora. Il barista, una splendida figura androgina con una mezza maschera veneziana, lo salutò per nome, cosa che non aiutò affatto la sua paranoia. «Lupo,» esordì, «sei tornato ai rossi?»

«Cerco di socializzare,» replicò Vincent, facendo cenno per un bicchiere di qualsiasi cosa passasse per la specialità della casa.

Il barista versò qualcosa di denso e cremisi, guarnito con una scorza di agrume. «Offre la casa. Hai l'aria di uno che ne ha bisogno.»

Vincent scrutò la sala, abbassando la voce. «Niente di strano stasera?»

Il barista sorrise, mostrando un filo di denti. «Definisci 'strano'. È giovedì.»

Vincent accettò la cosa con un cenno del capo. Sorseggiò. La bevanda sapeva di ferro e crepacuore, con una nota di testa di cella frigorifera. La lasciò indugiare sulla lingua mentre osservava la signora Barley girare intorno a una serie di tende di velluto e Ren spingere i suoi compagni di tavolo in una gara a chi riusciva a recitare la leggenda metropolitana più imbarazzante sui progenitori dei vampiri.

La sala principale del locale era costruita su livelli concentrici, con la pista da ballo nella fossa e i privé disposti su terrazze ascendenti come una specie di anfiteatro esangue. Sopra, una balconata con balaustre si affacciava sulla scena, e Vincent riuscì a malapena a distinguere una manciata di figure che si muovevano con la disinvolta sicurezza di chi possedeva il posto, o almeno pagava il conto delle pulizie.

Alcuni volti, anche dietro le maschere, riaffiorarono nella memoria. C'era il Marchese, le cui feste negli anni '50 erano terminate più spesso in retate della polizia che in applausi; c'era Lady D, la sua maschera un'intricata rete di cotta di maglia, il cui gusto per i cocktail di sangue era superato solo dal suo gusto per i mariti altrui. Ma nessuno di loro sembrava notare Vincent, o se lo facevano, i loro volti non tradivano altro che noia.

Stava cominciando a rilassarsi – giusto un po' – quando una presenza al suo fianco riportò al massimo volume tutti i sistemi di allarme.

Un uomo con un costume che era vintage da prima che Vincent nascesse (la prima volta), maschera nera, bocca atteggiata a un sottile sorrisetto, si chinò abbastanza da risultare intimo ma non minaccioso.

«Non pensavo di rivederti qui,» mormorò l'uomo, le parole precise, l'accento indefinibile. «Ho sentito dire che sei passato di moda.»

Vincent sorrise, lasciando che la maschera facesse metà del lavoro. «Sono un classico. A volte ritornano.»

L'uomo rise, una risata sommessa e genuina. «Non se sei lo scrittore. Gli scrittori sono sempre i primi ad andarsene.»

Si scambiarono un breve, carico silenzio. Vincent lasciò la conversazione in sospeso, non volendo impegnarsi in un ricordo o un riconoscimento.

Gli occhi dell'uomo brillarono dietro la maschera. «Se cerchi guai, sei in ritardo di qualche secolo.» Inclinò il suo bicchiere – qualcosa di pallido e frizzante – e svanì tra la folla, come se si fosse fermato solo per ricordare a Vincent la sua stessa obsolescenza.

Vincent espirò, poi si rese conto di aver trattenuto il fiato.

La folla sulla pista si spostò, aprendosi mentre un nuovo DJ saliva in consolle, mixando qualcosa che suonava come i Boney M sotto assenzio. Vincent osservò i ballerini, i loro movimenti che alternavano agilità e predatorietà, e si chiese se ci fosse un qualche genuino piacere in tutto ciò, o se tutti lì stessero solo recitando una parte finché qualcuno non avesse gridato 'ultimo giro'.

Sul perimetro, la signora Barley completò il suo giro e tornò verso Vincent. I suoi occhi, acuti dietro un paio di occhiali di tartaruga (indossati sopra la maschera, in un apparente atto di aggressione sia alla moda che alla fisica), lo scrutarono da capo a piedi. «Nessuna traccia della vecchia banda di Carmine,» disse a voce bassa. «Ma ho trovato tre sigilli attivi sulla porta della cantina, e qualcuno usa cenere d'ossa come condimento da tavola.»

«Il locale ha proprio migliorato la sua igiene,» scherzò Vincent.

Lei ignorò il sarcasmo. «Ha visto qualcuno della cricca della profezia?»

Vincent scosse la testa. «Solo i soliti sospetti. Una persona avrebbe potuto essere nella folla di Bucarest, ma non so il suo nome.»

La signora Barley rifletté, poi tirò fuori un taccuino dalla borsa e scarabocchiò qualcosa. «Ren si è fatta degli amici,» osservò, con un cenno del mento verso la fossa da ballo.

Vincent seguì il suo sguardo. Ren stava ancora tenendo banco, la maschera storta, e stava chiaramente per vincere una scommessa. Il gruppo di giovani vampiri era passato dal lamentarsi delle linee di sangue al discutere se le lampade solari funzionassero davvero come forma di autolesionismo ricreativo. Vincent fu felice di vederla sorridere, anche se era il sorriso di un gatto che ha appena rovesciato la voliera.

Si voltò di nuovo verso la signora Barley. «Dovremmo mescolarci alla folla o mantenere una negabilità plausibile?»

Lei inarcò un sopracciglio. «È più tosta di quanto sembri, se la caverà.»

Lui vuotò il bicchiere, poi si diresse verso i livelli superiori. Il secondo piano del locale era meno affollato, l'aria più fresca, l'illuminazione abbastanza fioca da potersi fingere chiunque si volesse. Qui, le maschere erano più elaborate – piume, paillettes, persino una che sembrava costruita con denti veri – e le conversazioni si svolgevano in sussurri bassi e sospettosi.

Vincent trovò un punto di osservazione alla ringhiera, sorvegliando il locale sottostante. Intravide Ren che si faceva strada tra la folla, lasciando dietro di sé una scia di risate e drink mezzi rovesciati. La signora Barley si era posizionata vicino a una collezione di vecchi dipinti, esaminando le cornici con l'interesse di chi cerca scomparti segreti.

L'attimo di calma non durò.

Una mano si strinse attorno al polso di Vincent, fredda e dura, e lo tirò indietro dalla ringhiera.

Lui si girò, pronto a ringhiare, ma la figura che lo aveva afferrato era solo una frazione della sua stazza: una giovane donna con una maschera di porcellana e oro, gli occhi sgranati di quella che poteva essere paura o devozione.

«Sei tu,» sussurrò. «Sei quello che l'ha scritto.»

Vincent sentì un brivido, più freddo dell'aria del locale, attraversargli le viscere. «Scritto cosa?»

Lei rise, una risata fragile. «La storia. Il copione. Sei tu la ragione per cui siamo tutti qui.»

Vincent cercò di liberare la mano, ma lei lo tenne stretto. «Se questa è una roba da fan, non firmo più...»

Lei scosse la testa, lenta e decisa. «Non è fandom, Lupo. È eredità.» La sua mano scivolò via, e lei svanì nella tromba delle scale, i suoi passi inghiottiti dai bassi.

Vincent la guardò andare, poi si controllò il polso. Lì, con una calligrafia perfetta, lei aveva tracciato un simbolo con l'unghia: tre mezzelune, unite al centro. Il marchio della Profezia di Carmine.

Rabbrividì, e per la prima volta in mesi, non era una posa.

Tornò al bar, continuando a strofinarsi il punto sul polso, e ordinò un altro drink. Il barista inarcò un sopracciglio ma non disse nulla.

Il locale aveva cominciato a sfocarsi ai bordi, la folla più densa, la musica più alta, l'aria carica della sensazione che qualcosa di importante stesse per accadere e nessuno volesse essere il primo a riconoscerlo.

Vincent lanciò un'occhiata a Ren – ora immersa in una conversazione con la sua nuova setta, i volti animati e le maschere sollevate sulle fronti – e alla signora Barley, che era in un'accesa discussione con un uomo con una mitra da vescovo e uno smoking. Si sentì molto solo, molto un estraneo, il che era al contempo familiare e del tutto sgradito.

Girovagò, con la mente altrove, e quasi non si accorse dell'uomo con l'abito vintage quando gli passò accanto per la seconda volta.

Stavolta, lo sconosciuto si fermò, si chinò e sussurrò direttamente nell'orecchio di Vincent:

«La storia finisce quando la prosciughi col sangue.»

Vincent si immobilizzò. Le parole lo colpirono come un martello sullo sterno: la frase, esatta, dalla testa mozzata nel suo frigorifero. La battuta distintiva di un copione che aveva tagliato secoli prima.

Si voltò, ma l'uomo era già sparito, perso nella marea di corpi. Vincent sentì il bicchiere tremargli in mano, il sangue – sintetico o meno – ronzargli nelle vene.

Rimase lì, circondato da maschere e mostri, e capì, con la certezza di un uomo che legge il proprio necrologio, che qualcuno in quella stanza sapeva esattamente chi era.

E peggio ancora: sapevano cosa aveva scritto.

Dal bordo della fossa da ballo, Ren osservò Vincent impallidire al bancone. Era stato un campionario di energia nervosa fin dal loro primo incontro, ma in quel momento aveva l'aspetto di un uomo che aveva trovato la propria faccia su un manifesto per persone scomparse. Lo lasciò sudare freddo per un altro minuto, poi passò all'azione.

Lo intercettò ai piedi delle scale, afferrandogli il gomito con una stretta che rendeva chiare le sue intenzioni. «Di sopra. Ora.»

Vincent sbatté le palpebre, la maschera faceva ben poco per nascondere la confusione. «Può aspettare? Sto per avere un attacco di panico nel senso più signorile del termine: internamente e con del vino.»

Ren alzò gli occhi al cielo. «Non sei divertente, sai? Non in questo momento.»

Lui non rispose, si lasciò semplicemente guidare su per le scale strette, oltre una coppia che si sbaciucchiava indossando maschere da tigre piumate e una donna che sussurrava qualcosa di ferino all'orecchio del suo accompagnatore. Sul pianerottolo, Ren si infilò in un'alcova privata – un tempo sala sigari, ora la panic room più piccola del mondo – e chiuse la porta con l'autorità di una donna in procinto di condurre un interrogatorio.

Vincent cercò una sedia, trovò solo un divanetto malconcio e si appollaiò sul bordo più lontano, ginocchia unite, mani giunte in segno di resa. «Ho diritto a una telefonata, o mi romperai le dita finché non parlo?»

Ren si lasciò cadere sulla sedia di fronte, gli occhi acuti sopra la maschera. «Non sei divertente. Non adesso.»

Lui alzò le mani. «Va bene. Ti ascolto.»

Lei posò la borsa sul tavolo e ne tirò fuori una fanzine: malconcia, macchiata, i bordi consumati dal viaggio. «L'ho raccattata a Praga l'anno scorso, quando ho iniziato a interessarmi di... occulto e roba simile. Allora non significava niente. Adesso...» La aprì di scatto, sfogliandola finché non trovò la pagina. Lesse:

«Il marchio passerà per sangue e inchiostro,
il tramite immacolato,
l'autore non salvato;

quando il cuore non rifiuterà la storia,
che la lingua sia tagliata per il copione superiore.»

Sbatté la fanzine sul tavolo, con forza. «Questo sei tu, Vincent. È il tuo stile. Praticamente ci hai messo la firma.»

Vincent fissò la pagina, riconoscendo non solo il suo frasario ma la sua vera e propria calligrafia. «È solo una cattiva traduzione,» disse, con voce vuota. «L'ho sempre intesa solo come una metafora.»

Ren si chinò in avanti, così vicino che lui sentì l'odore salato del suo sudore, la resina economica della maschera. «Vuoi farne parte? Della profezia, intendo. Hai sempre voluto essere il protagonista?»

Vincent trasalì, ma la domanda esigeva una risposta. Allungò la mano verso la fanzine, le dita sospese appena sopra la carta. «No,» disse, ma la parola suonò fiacca.

Ren non mollò la presa. «Allora perché ci sono io? Perché parla di un tramite immacolato? Perché ogni versione che trovo corrisponde a quello che mi sta succedendo?»

Vincent sentì i contorni della stanza stringersi. «Non lo so. Forse sei una protagonista migliore. Forse l'universo si è annoiato e ha iniziato a revisionare il cast.»

«Stronzate,» sbottò Ren. «Mi ci hai messo tu. Sapevi esattamente cosa sarebbe successo.»

Vincent ritrovò la voce solo immaginando la delusione della signora Barley se avesse lasciato finire la conversazione così. «Non l'ho mai voluto. Né per te, né per nessun altro. Stavo cercando di impedirne la diffusione. Ecco perché ho nascosto le bozze. Perché io...»

Lei lo interruppe. «Ma non l'hai fatto. L'hai solo lasciata lì, in attesa che qualcuno come me ci inciampasse sopra.»

Lui chiuse gli occhi. «Se può consolarti, mi odio più di quanto potresti mai fare tu.»

Ren lo studiò, la rabbia che lentamente cedeva il passo a una sorta di cupa empatia fraterna. «Non mi consola. Ma almeno non stai mentendo a riguardo.»

Si riprese la fanzine, infilandola nella borsa. «E quindi, adesso? Continuiamo a scappare finché la storia non si stufa di noi?»

Vincent cercò di ridere, ma gli uscì un colpo di tosse. «Credo che la trama sia questa.»

Qualcuno bussò alla porta dell'alcova. Vincent sobbalzò; Ren non si mosse nemmeno.

La signora Barley aprì la porta con la risolutezza pragmatica di un ispettore sanitario che ha già bocciato il locale. «Voi due,» disse. «Ora.»

La seguirono fuori, Vincent grato per la distrazione, Ren con l'aria di chi si è vista negare l'ultima parola.

La signora Barley li condusse all'estremità della balconata, dove un massiccio dipinto a olio pendeva storto sulla parete. Indicò dietro di esso, attenta a non toccare la cornice. «Guardate.»

Vincent si sporse oltre la sua spalla. Graffiato sull'intonaco, ancora umido e luccicante nella luce fioca del locale, c'era il sigillo di Carmine: tre mezzelune, unite al centro, circondate da uno scarabocchio di testo in una lingua che Vincent ricordava a malapena ma che riconobbe all'istante come sua. L'odore di acrilico aleggiava nell'aria, economico e fresco.

Ren allungò una mano, ma la signora Barley la fermò con un secco: «Non toccare.» Estrasse una torcia dalla borsa e la puntò sul glifo. La luce ne colse i contorni, evidenziando goccioline rosse che macchiavano il muro.

La voce della signora Barley era cupa. «Chiunque stia facendo questo è qui stasera. E sta guardando.»

Vincent deglutì. «È un avvertimento.»

«No,» lo corresse la signora Barley. «È un invito.»

Rimasero in silenzio, il rumore dalla pista da ballo improvvisamente attutito e lontano, come se la storia si fosse messa in pausa mentre loro si mettevano in pari. Ren lanciò un'occhiata a Vincent, gli occhi sgranati ma saldi. Lui voleva dire qualcosa – qualsiasi cosa – ma la sua mente era piena di tutte le cose che aveva scritto, tutti i finali che aveva cercato di cancellare e che ora non poteva più.

La signora Barley fece un passo indietro, riponendo la torcia. «Non scappiamo. Non stavolta.»

Ren annuì, e persino Vincent si ritrovò d'accordo.

I tre rimasero davanti al marchio, uniti dal caso e dal disegno, mentre il resto del locale continuava a roteare nel suo ritmo ignaro e sanguinoso.

E, nel silenzio che seguì, Vincent finalmente capì: non stavano più leggendo il copione.

Ci erano dentro.

DODICI

Vincent si svegliò all'odore di candeggina, un odore così puro e insistente che sembrava che l'aria stessa gli stesse praticando un clistere nasale. Per un secondo rimase lì, con gli occhi serrati, sperando che bastasse ignorare l'odore con sufficiente determinazione perché si trasformasse nel più familiare tanfo di pane tostato bruciato o, idealmente, nel nulla più assoluto. Ma l'universo, come sempre, non si era curato di leggere la nota.

L'appartamento echeggiava dei rumori di Mrs Barley che si sfogava sulla cucina. Il ritmo era inconfondibile: non la spolverata svogliata di una normale pulizia, ma il tipo di strofinamento che era un atto di guerra. Vincent controllò l'orologio (le sette e dieci, il che era eroico o criminale a seconda di come la si pensava sulla prima serata), prese in considerazione l'idea di nascondersi sotto le coperte, poi gemette e portò le gambe fuori dal letto. La moquette era fredda, granulosa per i coriandoli di disastri passati.

Trovò Mrs Barley china davanti al frigorifero, con tutto il corpo proteso alla battaglia. Indossava un grembiule blu navy inamidato sopra una vestaglia scozzese, con la tasca irta di attrezzi per le pulizie: un flacone spray, una spugna, un cucchiaio di legno che non era mai stato usato per cucinare. I capelli erano raccolti nella loro consueta impalcatura argentata, ma diverse forcine si erano allentate nella foga del momento.

Vincent si schiarì la gola. «Immagino che abbiamo avuto un incidente biologico?»

Mrs Barley non alzò lo sguardo, ma attaccò una macchia sulla porta del frigorifero come se potesse metter le zampe e candidarsi al Parlamento. «Si potrebbe dire di sì.»

«Voglio davvero sapere i dettagli?»

Strizzò lo straccio, le nocche bianche. «Controlla tu stesso.»

Indicò il frigorifero con un cenno del mento. Il gesto fu così secco che poteva quasi considerarsi un'aggressione fisica.

Vincent aprì lo sportello, preparandosi a qualcosa che avrebbe dato il la a tutta la sua settimana. Invece, trovò la solita sfilata di avanzi e yogurt da scena del crimine ma, incastonato tra la sua scorta personale di AB Negativo (per le occasioni speciali: matrimoni, bar mitzvah, il Liverpool che vince il campionato, ecc.) e un barattolo sospettosamente grande di cetriolini, c'era un foglio di carta così spesso che avrebbe potuto fungere da scudo antisommossa.

Lo sfilò, facendo attenzione a non toccare il bordo bagnato. La pagina era pesante, costosa, il tipo di carta che ti faceva sentire in colpa a non scriverci sopra qualcosa di importante. Il testo, che copriva entrambi i lati con una calligrafia spigolosa e tagliente, era del colore della ruggine vecchia e, inconfondibilmente, non era inchiostro.

Le pulsazioni di Vincent schizzarono alle stelle, per poi assestarsi su una sorda, familiare irritazione.

Scorse le prime righe, pronunciando le parole a fior di labbra.

«La coppa si rovescia, ma non per la sete. La vena scorre, ma non per la fame. Che il coro affili i denti, poiché la fine non giunge con un sussurro, ma con un lamento.» Abbassò lo sguardo sul

margine inferiore, dove tre glifi erano stati impressi con una tale forza da far incurvare la carta. «Bello. Discreto.»

Mrs Barley emise un suono come se stesse strangolando un porcospino. «E quindi?»

Vincent chiuse il frigorifero, tenendo la pagina a distanza di sicurezza come se potesse essere radioattiva.

Vincent guardò il bordo della carta, poi le sue dita. Avevano raccolto una debole macchia rosso-brunastra, appiccicosa e sgradevole. «Giusto. Be'. Almeno usano carta di buona qualità.»

Gli occhi di Mrs Barley si strinsero, affilandole i lineamenti fino a renderli un'arma che neanche la candeggina industriale avrebbe potuto smussare. «Hai ricominciato a scrivere quelle... poesie.»

«Poesie di sette», continuò, con la voce tagliente come una ghigliottina. «Quelle che avevi detto di aver smesso di scrivere dopo l'incidente del Vescovo.»

Vincent lasciò che l'accusa aleggiasse per un attimo. «Questa non è mia.»

Mrs Barley sembrava avesse appena ricevuto una scodella di vomito freddo. «Ma è la tua calligrafia.»

Vincent fissò la scrittura, poi alzò lo sguardo su di lei. «È un'imitazione. Lusinghiera, se si ignora l'ovvia instabilità psicologica.»

Mrs Barley sbuffò. «Tu te ne intenderesti.»

Vincent ignorò la frecciata, studiando il foglio con la cupa attenzione di un uomo che legge le proprie recensioni negative. Il testo era fitto, scritto in blocchi alternati di inglese e di quello che poteva essere latino ma che era mutato da qualche parte ai margini. A intervalli, delle note a margine si insinuavano negli spazi vuoti, scritte con una grafia svolazzante che tentava, senza successo, di assomigliare alla sua.

Lesse un'altra riga ad alta voce, la sua si era fatta fragile. «*La fame dello scriba sopravvive al corpo. La storia nutre, anche quando l'inchiostro si rapprende.*»

Mrs Barley si asciugò le mani su uno strofinaccio che un tempo era stato bianco e ora portava le macchie di un centinaio di misteri irrisolti. «Che cosa significa?»

Vincent posò la pagina sul bancone, premendo i polpastrelli sulla carta finché quasi non la sfondarono. «È una performance. O una profezia. O entrambe le cose. Ma non è opera mia.»

Mrs Barley si appollaiò sul bordo di una sedia, incrociando le braccia come un giudice a un tribunale per crimini di guerra. «Se non è tua, perché è finita nel nostro frigorifero?»

Vincent avrebbe voluto dire «coincidenza», ma la parola gli si bloccò in gola. «Qualcuno vuole che la veda. Vuole che la vediamo.» Picchiettò l'angolo della pagina, dove la tripla mezzaluna Carminia brillava debolmente. «Stanno mandando un messaggio.»

Il volto di Mrs Barley non si mosse, ma i suoi occhi scattarono verso il corridoio, la porta sul retro, le finestre, valutando le uscite, come sempre.

«Hai intenzione di dirlo agli altri?»

Vincent scrollò le spalle, poi se ne pentì. «Lo scopriranno presto. Ren non può passare davanti a un frigorifero senza farsi venire delle crisi esistenziali.»

Mrs Barley sbuffò. «E quindi, che facciamo? Aspettiamo la prossima consegna?»

Lui diede un'occhiata all'orologio, rendendosi conto di essere sveglio da meno di dieci minuti e che la notte già pretendeva delle risposte. «Teniamo la pagina. Forse Zara può analizzarla. O, come minimo, aspettiamo l'inevitabile seguito.»

Mrs Barley grugnì, poi tornò a strofinare il frigo con ancora più determinazione. «Se questa macchia la porta, lo ricompri nuovo.»

«Lo aggiungo alla lista.»

Fece per andarsene, ma la voce di Mrs Barley lo fermò sulla soglia.

«Vincent», disse, a voce così bassa che avrebbe potuto essere un avvertimento o una preghiera. «Non ricominciare a scriverle. Per favore.»

Lui esitò, poi annuì una volta.

«Non avevo intenzione di farlo», disse, ma le parole avevano il sapore di una bugia.

Ren giunse in cucina nel bel mezzo di una discussione, anche se per una volta la sua avversaria sembrava essere la tazza di caffè stretta nella sua mano destra. La batteva contro i denti a ogni sillaba, come se sfidasse la tazza a contraddirla, mentre la sinistra utilizzava il telefono a una velocità che avrebbe impressionato il primo allibratore. I suoi capelli erano al massimo dell'elevazione da caffeina, i ricci che fremevano per la carica elettrostatica di chi aveva iniziato la giornata con una Red Bull e qualcosa da dimostrare.

Si fermò sulla soglia, un sopracciglio inarcato. «Sto interrompendo un omicidio, o state solo facendo le pulizie di primavera?»

Mrs Barley, ancora impegnata nella sua guerra solitaria contro il frigorifero, rispose senza alzare lo sguardo. «Chiedi a lui.» Fece un cenno col pollice verso Vincent, che era chino sul tavolo della cucina con la spessa pergamena stesa davanti, l'espressione a metà tra un analista forense e un cane a cui è stato appena mostrato un trucco di magia.

Ren avanzò, il caffè teso come un distintivo della polizia. «Spero non sia un'altra...» Si interruppe, gli occhi che si stringevano. «Ma è scritto... col sangue?»

Vincent, in mancanza di una tattica migliore, le spinse il foglio davanti. «Congratulazioni. Sei la nuova lettrice ufficiale.»

Ren posò la tazza, si pulì le mani sui jeans e si chinò sul documento. I muscoli della sua mascella si tesero a ogni riga. «Non è solo una poesia», disse, la voce sottile e piatta. Tracciò un dito lungo il margine sinistro, attenta a non toccare il bordo appiccicoso. «Questo è il copione di un'opera teatrale. Ci sono delle indicazioni, delle note di regia: "esce di scena, inseguito dalla fame". Alcune parti sono in codice, o...»

«È antico slavo ecclesiastico, ma con più sarcasmo. Da *La Maschera Cremisi*. Il mio ultimo grande sforzo prima che l'Ordine mi bandisse dal teatro. Lo interpretarono come una profezia o, almeno, come un manuale di istruzioni.»

Ren continuò a leggere, le labbra che si muovevano in silenzio, poi alzò lo sguardo. «Questa è la penultima scena. Quella prima del massacro.» Indicò una riga col dito. «Ma queste sono nuove. Non ricordo che mi avessi parlato di niente di tutto questo.»

«Perché non l'ho fatto», disse Vincent. «È roba nuova. Qualcuno ha fatto delle modifiche. Liberamente, e senza alcun senso di coerenza di genere.»

Mrs Barley, che ora si stava sciacquando le mani con la ferocia di Lady Macbeth, schioccò uno strofinaccio su una macchia del piano di lavoro e disse: «Quindi stanno improvvisando. Meraviglioso.»

Ren strizzò di nuovo gli occhi sulla pagina, ora con l'attenzione di chi cerca mine antiuomo. «Chi è il personaggio aggiunto? "L'Autore Fantasma"? Non sei tu?»

Vincent scosse la testa. «Io mi sono sempre scritto fuori dalla storia entro il terzo atto. Il resto doveva essere un avvertimento, non un'audizione.»

Il telefono di Ren trillò. Lei lo ignorò. «Quindi abbiamo un assassino che ha accesso al tuo repertorio, un debole per il simbolismo e una forte opinione sull'importanza delle prove. Nient'altro?»

Vincent prese il foglio e lo girò. «Hanno lasciato un biglietto.» Indicò il margine, dove una singola parola, scritta in stampatello e ancora appiccicosa, era stata scarabocchiata con una mano diversa.

PRESTO.

Ren, di nuovo con il caffè in mano, sollevò la tazza in un finto brindisi. «Al progresso.»

Vincent si concesse un mezzo sorriso, poi posò il foglio con esagerata cautela. «Non è progresso. È un'escalation.»

Sedettero in silenzio, tutti e tre, a guardare il copione come se potesse recitarsi da solo. Il frigorifero, conclusa la sua battaglia, riprese a ronzare in sottofondo, un suono che improvvisamente era più forte di prima, come se anche gli elettrodomestici avessero capito cosa stava per accadere.

Vincent fissò la parola, le cui linee erano ancora umide, e trasudavano attraverso la pagina.

«Presto», disse, la voce secca come polvere.

Ren annuì. «Già», disse. «Ma probabilmente non abbastanza presto.»

E per un momento, la cucina trattenne il respiro, tutti e tre in attesa della prossima battuta.

TREDICI

La testa mozzata era tornata.

Non in senso esistenziale – Vincent aveva già perso quella particolare partita a scacchi con la metafisica – ma nel senso più letterale, reale e umidiccio di un cranio umano sul ripiano superiore del suo frigorifero, appollaiato tra la vaschetta convenienza di yogurt greco e la Sriracha con il beccuccio incrostato. Riposava su un foglio di carta oleata pulito come l'offerta speciale di un macellaio, il lento rivolo di ciò che un tempo era un collo che filtrava attraverso le pieghe e si raccoglieva in un laghetto piccolo e composto all'interno del contenitore dei pomodorini ciliegino sottostante. Qualcuno (quasi certamente Vincent, sebbene la negazione plausibile fosse tutto ciò che gli restava) aveva spinto il mento della testa verso l'alto, in modo che i suoi occhi torbidi e socchiusi fissassero dritto davanti a sé ogni volta che il frigo veniva aperto.

Fu così che la trovò Ren alle 19:42, mentre andava a rubare quella che presumeva essere l'ultima banana commestibile dell'edificio.

Rimase lì, con la porta spalancata, la luce fredda che le dipingeva il viso di quel blu solitamente riservato al liquido per imbalsamazioni e all'ansia del primo appuntamento. Per un lungo momento, non disse nulla. Poi allungò la mano, afferrò la banana e chiuse la porta con un clic sommesso e paziente.

Vincent era già in cucina, appoggiato al bancone, con le braccia conserte e un'espressione studiata di nonchalance che non ingannava nessuno tranne lui stesso. La osservava con la circospetta cortesia di un gatto domestico che ha appena rovesciato un vaso preziosissimo e sta aspettando di vedere se qualcuno se n'è accorto.

Ren indicò il frigo con il pollice. «C'è una spiegazione per la testa mozzata, o la prendiamo così com'è?»

La bocca di Vincent si mosse per un secondo. Poi: «Non è mia».

Ren ci rifletté. «L'hai già detto. E continua a non essere vero.»

Lui fece un'alzata di spalle che avrebbe potuto passare per una convulsione. «Posso spiegarne la provenienza, se vuoi. Solo che non volevo rovinarti la cena.»

Ren guardò la banana, poi il frigo, poi Vincent. «Senti, è un po' tardi per il concetto di 'rovinare'.» Si diresse verso il tavolo, tirando fuori una sedia con un piede calzato da uno stivale. «Immagino sia recente.»

Vincent annuì, grato per la cronologia implicita. «È riapparsa un paio d'ore fa. Incartata, come hai visto. La signora Barley se n'era già sbarazzata una volta. La notte in cui hai varcato la nostra soglia, per la precisione.»

Ren si appollaiò sul bordo della sedia, con le braccia incrociate sul petto come uno stenografo di tribunale durante un'inchiesta particolarmente vivace. «Era indirizzata a te? O è una minaccia generica?»

«Solo la testa. Nessun biglietto. Nessun contesto. Nemmeno un Post-it spiritoso.»

Il frigorifero continuò a ronzare, compiaciuto nel suo ruolo di teca per trofei più fredda del mondo.

Ren giocherellò con la banana, ma la sua attenzione era fissa su Vincent. «Chi è?»

Vincent chiuse gli occhi. «La testa? Un ex-cultista, credo. Si chiamava Maximus. O almeno, così si faceva chiamare nelle email. Abbondava con i glifi di Carmine, ma scarseggiava in grammatica elementare.»

Ren emise un fischio basso. «Quindi, tutta una storia di profezie?»

«Quasi certamente.»

Rifletté, poi disse: «Hai intenzione di farci qualcosa, o questa è solo la nuova normalità?»

Vincent tamburellò le dita contro il gomito, un tic che nel corso dei secoli gli aveva scavato un'ammaccatura nella pelle. «Le stavo dando un'ora. A volte si riattaccano, o gli spuntano le gambe, o semplicemente...» Fece un gesto vago verso l'alto, «...evaporano.»

Ren fece una smorfia. «Ha mai funzionato?»

Lui ci pensò. «Una volta, nel 1910. Ma ha lasciato una macchia.»

Ren diede un morso alla banana. «Potremmo semplicemente chiamare la polizia.»

La risata di Vincent fu tutta di gola. «Sì, certo. Salve, agente, qualcuno mi ha mandato la testa decapitata di un occultista, di nuovo. Ah, e a proposito, la prego di non guardare troppo da vicino i segni di morsi sul cranio.»

Ren masticò, imperterrita. «Cosa faresti se non fossi... be', sai. Non morto, implicato, eccetera?»

«Berrei» disse Vincent, impassibile. «Ma tu sembri essere in un periodo di sobrietà, quindi vediamo di trovare un'idea.»

Ren gettò la buccia di banana nel cestino, poi prese a camminare avanti e indietro per la cucina, le scarpe da ginnastica che stridevano sulle piastrelle. «Okay. Primo, ci servono dei guanti. Magari delle pinze.»

Le sopracciglia di Vincent fecero una corsa vivace verso l'attaccatura dei capelli. «Vuoi spostarla?»

Lei gesticolò, esasperata. «È nel frigo con il cibo, Vincent. I cetrioli sono già fregati. Se la lasciamo lì, la signora Barley incenerirà l'intera cucina con noi dentro.»

Lui soppesò la cosa. «Lo farebbe, in effetti.»

Ren aprì una credenza e recuperò una scatola di guanti in lattice. Se li infilò, facendo schioccare gli elastici ai polsi con la presunzione di un medico legale della TV. «La imbustiamo, la buttiamo e disinfettiamo il ripiano con la candeggina. Ti suona bene?»

Vincent annuì e, per un breve istante, la cucina sembrò quasi un normale posto di lavoro: colleghi, un compito, un lieve rischio professionale.

Ren aprì il frigo ed estrasse la testa, cullandola tra le mani come una macabra palla da rugby. L'espressione era bloccata a metà tra la confusione e la sorpresa: uno sguardo che Vincent aveva visto su molti cultisti prima che le cose prendessero una piega irrimediabilmente strana.

La posò sul tavolo, poi si accigliò, sporgendosi. «C'è qualcosa sul retro. Sembra marchiato a fuoco.»

Vincent strinse gli occhi. In effetti, sopra il moncone frastagliato del collo, un nuovo simbolo era stato marchiato nella carne: un triangolo all'interno di una mezzaluna, con linee che si irradiavano verso l'esterno come un sole rozzo. I bordi erano ancora freschi, la forma netta e deliberata.

Ren lo indicò. «Significa qualcosa?»

Il polso di Vincent saltò un battito, un'impossibilità fisica che riuscì comunque a sconcertarlo. «È un marchio d'invocazione,» disse, con un filo di voce. «Antico. Precedente a Carmine.

Chiunque abbia lasciato questo – lasciato *lui* – voleva che lo trovassi.»

«Meno male che ci sono io, allora, no?» disse Ren.

Sondò la testa, attenta a non toccare la ferita. «Quindi è un messaggio. Ma perché consegnarlo di persona? Le email sono più veloci.»

Vincent non rispose subito. Studiò il marchio, il modo in cui la bruciatura incideva il cuoio capelluto, il modo in cui il simbolo sembrava strisciare sotto la pelle. «A volte il mezzo è il messaggio,» disse infine. «E a volte è un avvertimento.»

Ren si tirò indietro, i guanti imbrattati di residui. «Cosa, tipo un biglietto d'amore? *'Le rose son rosse, il sangue è divino, ti porto una testa, così sei più vicino'*?»

Vincent non rise. «Peggio,» disse, appena sopra un sussurro. «È una minaccia. E ora credo di sapere chi l'ha lasciata.»

Il frigo ronzò più forte, come impaziente di avere l'ultima parola. Ren osservava Vincent con un'aria che suggeriva che sì, si era aspettata tutto questo, ma aveva sperato in almeno un giorno di pausa prima della crisi successiva.

La testa non sbatté le palpebre.

Vincent lasciò che il silenzio si allungasse, tenendolo tra pollice e indice come una reliquia, prima di darlo finalmente per perso. Sedeva al tavolo della cucina, i gomiti piantati ai lati di una tovaglietta di sughero sbeccata, le mani giunte come in preghiera a un dio che aveva da tempo escluso dal proprio canone. Il frigorifero, quell'idolo ctonio, ronzava alle sue spalle. La testa era di nuovo dentro, in un doppio sacchetto e chiusa nel cassetto della verdura, ma la sua presenza aleggiava: un pubblico di un solo spettatore, in attesa di una confessione.

Ren si schiarì la gola, la prima a cedere nel loro gioco a chi fissava più a lungo il vuoto. «Hai intenzione di dirmi cos'era quel simbolo?» disse, la voce tesa per lo sforzo di fingere che fosse ordinaria amministrazione.

Gli occhi di Vincent si abbassarono sul tavolo. Passò il pollice su un segno di bruciatura, la mezzaluna di una vecchia sigaretta, e lasciò che la sua mente precipitasse indietro attraverso i decenni.

Non parlò per molto tempo.

«Ero giovane,» esordì, il che, detto da Vincent, poteva coprire un periodo che andava dalla Peste Nera fino alla fine degli anni Novanta dell'Ottocento. «Stupido, nel modo in cui solo gli immortali sanno esserlo. Quando ti rendi conto che puoi sopravvivere alle conseguenze, inizi a trattare la storia come una lavagna.»

Ren osservava, immobile, mentre lui dipanava la storia. La luce della cucina tremolò sopra di lui, proiettando profonde ecchimosi sotto i suoi occhi.

«L'Ordine del Velo,» disse infine. «Ne hai sentito parlare?»

Ren annuì, lentamente. «Cultisti umani. Quelli che pensano che i vampiri siano, tipo, santi incompresi.»

Le labbra di Vincent si contorsero, il ricordo inacidito. «Non sono mai stati vampiri, non davvero. Solo dei Renfield con ambizione.»

«Renfield?»

«Galletti, procacciatori di cibo, fanatici umani. Volevano servire. Essere parte di qualcosa.» La sua voce si abbassò, le parole che gli graffiavano la gola come pane secco. «Volevano una profezia. Una vera. E così trovarono me.»

Ren sbatté le palpebre. «Te?»

Lui si strinse nelle spalle, autoironico. «Ero bravo con le parole. Avevo una certa reputazione, a quei tempi. Se volevi inventarti un messia, ingaggiavi un ghostwriter come si deve.»

Lei ci rifletté, poi: «Quindi hai creato tu la profezia?»

Vincent emise una risata secca e vuota. «Nessuno crea una profezia, Ren. Prendi solo le storie che la gente già si racconta, gli dai un colpo di scena e ci schiaffi sopra una copertina accattivante.» Flesse le dita, le nocche che scricchiolavano. «Avevano messo in piedi tutto quanto: riunioni segrete, una stamperia clandestina, rituali elaborati con troppo incenso e non abbastanza consapevolezza di sé. Pensavo fosse tutto uno scherzo. Arte performativa. Finché non lo fu più.»

Lasciò che il ricordo riempisse la stanza. La cucina svanì, sostituita dalla memoria di una cripta: una volta bassa e senz'aria sotto una chiesa abbandonata, il soffitto così vicino che potevi toccare la muffa con il fiato. Decine di loro, i volti dipinti di bianco, i cappucci ben calati, le candele consumate fino al moccolo in un cerchio intorno all'altare. Pendevano da ogni sua parola, affamati di significato, di magia, di una ragione per esistere al di là del servire ai tavoli e del bazzicare sui forum.

Poteva vedersi, novant'anni più giovane, in piedi al centro con un fascio di fogli in una mano e un bicchiere di vino da messa scadente nell'altra. Leggere ad alta voce il vangelo che aveva scritto per loro: la leggenda di Carmine, la Grande Discendenza, il marchio a tripla mezzaluna. La parte in cui il mondo finiva, ma solo dopo che le persone giuste erano state messe al corrente del segreto.

«La trattavano come le Sacre Scritture,» disse Vincent. «Continuavo a pensare che sarebbero usciti dal personaggio, che si sarebbero messi a ridere e se ne sarebbero tornati a casa nei loro appartamenti popolari. Ma non lo fecero.»

L'aria nella cripta era densa di sudore e attesa. L'aveva visto allora, con un attimo di ritardo: il passaggio dal teatro alla liturgia. Il modo in cui lo sguardo collettivo della folla non si fissava su di lui, ma attraverso di lui, come se il copione avesse preso vita propria.

«Uno di loro cercò di mettere in scena il primo rituale,» disse Vincent. «Sangue vero. Morte vera.» Guardò Ren, con una crudezza negli occhi che la luce della cucina non riusciva a sbiancare. «Non avevano nemmeno azzeccato le parole. Volevano solo che significasse qualcosa.»

La voce di Ren era molto flebile. «Cos'è successo?»

Fece una mezza alzata di spalle, il gesto di un uomo il cui scheletro era composto per lo più di vecchi rimpianti. «Me ne andai. Bruciai ogni copia, ogni appunto. Li lasciai con nient'altro che una voce.»

Non si era aspettato che gli sopravvivesse. Ma d'altronde, gli immortali non se l'aspettano mai.

Ren gli concesse un po' di silenzio. Aveva smesso di camminare, le braccia così strette al petto che le mani le si conficcavano nella carne morbida dei fianchi. «Quindi quel nuovo marchio,» disse. «Lo riconosci.»

Vincent annuì, il movimento pesante. «Lo chiamavano lo Smascheramento. Segno della Fine dei Tempi, o almeno della fine della storia. Dovrebbe evocare l'autore, così che possa scrivere l'ultimo atto.»

Ren lanciò un'occhiata al frigo. «E la testa è...»

«Un biglietto da visita.» Vincent si sforzò di sorridere, un sorriso fragile come il ghiaccio nel congelatore. «Vogliono che finisca ciò che ho iniziato.»

Il frigo scattò, il compressore che ingranava una marcia più alta. Da qualche parte nei tubi, bolle d'aria correvano e scoppiavano, come se l'edificio stesso si stesse preparando a cattive notizie.

Ren giocherellò con il bordo del tavolo. «E tu vuoi farlo?»

Vincent alzò lo sguardo, di scatto, come se la domanda stessa fosse un'accusa. «Dio, no. Non l'ho mai voluto. Ma a loro non importa.» Esitò, il peso di vecchie parole che gli premeva sulla lingua. «Non è mai importato.»

Lasciò cadere la testa in avanti, i palmi delle mani che gli premevano sulla fronte. «Avrei dovuto prevederlo,» mormorò. «Ma è sempre il sequel che rovina il franchise.»

Ren sbuffò, un suono che uscì più come un singhiozzo. «E adesso?»

La bocca di Vincent si contorse in qualcosa di simile alla determinazione. «Adesso? Buttiamo di nuovo la testa, e magari cambiamo le serrature.»

Ren si alzò, prese un sacco della spazzatura e glielo porse con la compostezza professionale di un inserviente d'ospedale. «Fai tu gli onori,» disse. «Io prendo la candeggina.»

Vincent prese il sacco, le mani ora ferme. La luce sopra di loro tremolò una volta, poi si stabilizzò, la cucina per un breve attimo più luminosa di quanto non fosse stata per tutta la mattina.

Aprì il frigo, cullò la testa sigillata tra le mani e la depositò nel sacco, attento a non farla rotolare o rovesciare. Mentre stringeva la plastica, colse un ultimo sguardo del simbolo marchiato a fuoco: ancora vivo, ancora lucido, ancora in attesa del suo segnale.

Ren tornò con la candeggina e uno straccio. Lavorarono in silenzio, raschiando via ogni traccia dell'ospite. Il frigo, almeno, non avrebbe ricordato nulla.

Quando il lavoro fu terminato, Vincent si fermò alla porta sul retro, il sacco della spazzatura in una mano, l'altra appoggiata allo stipite. Fissò il cielo notturno, poi di nuovo Ren. «Non sei obbligata a restare con me,» disse, la voce poco più di un sussurro.

Ren si strinse nelle spalle, sprofondando in una sedia. «Non è che abbia un posto migliore dove andare. E poi,» aggiunse, «qualcuno deve assicurarsi che tu non ricominci a scrivere.»

Vincent le lanciò un'occhiata. «Se lo faccio, ti prego, sparami.»

Ren sogghignò, una sottile scheggia di ilarità. «Affare fatto.»

Il frigo era pulito, la testa sparita, ma la storia aleggiava, sospesa nell'aria tra loro.

Da qualche parte, nell'archivio più profondo della città o nella sua tomba più superficiale, l'Ordine del Velo stava aspettando. E

Vincent, nonostante tutte le sue proteste, sapeva che avrebbe risposto.

Ma per ora, guardava il cielo schiarirsi gradualmente, sentiva il bruciore della candeggina sulle mani, e si sforzava di non ricordare quanto fosse stato bello, un tempo, essere venerato.

QUATTORDICI

La prima cosa che Vincent notò dell'appartamento di Ren fu l'odore. Non il solito bouquet da discarica di tazze non lavate e curry tragici, sebbene quelli indugiassero come un trauma ricorrente, ma qualcosa di più pungente e antico: incenso, suppose, anche se non del tipo pretenzioso che prometteva serenità o un'illuminazione a basso costo. Piuttosto, era come patchouli mischiato a toner per stampanti e una nota di capelli bruciati.

Rimase appena oltre la porta, a braccia conserte, osservando Ren mentre faceva il giro della stanza, lasciandosi dietro una scia di caos. C'erano libri, migliaia, tutti di occultismo, pseudo-occultismo o quel genere di trattati autopubblicati forniti con un'avvertenza e un retrogusto. Appunti tappezzavano ogni superficie verticale; post-it gialli colonizzavano il frigo, la TV, persino l'interno delle veneziane. Al centro di tutto, un'enciclopedia malconcia giaceva aperta, sanguinando brandelli di carta a righe come un animale ferito alle viscere.

Quello di Ren non era tanto un andare avanti e indietro, quanto un rimbalzare, caracollare e cedere a poco a poco. Indossava ancora la felpa che aveva addosso da tutta la settimana, ma ora ci aveva messo sopra una T-shirt con la scritta «Sopravvissuta a una setta – Chiedimi come», abbinata a dei leggings che un tempo forse erano stati neri. Teneva una biro stretta tra i denti e un telefono in ogni mano, i pollici che sfrecciavano tra la finestra di una chat di IA generativa e quella che sembrava essere una bacheca online rumena per teorici del complotto insonni.

Vincent cercò di non toccare niente. «Hai considerato la possibilità» disse «che il tuo sistema di archiviazione sia di per sé un rituale di evocazione? Ci sono almeno tre sigilli del caos alla portata del mio gomito sinistro.»

Ren non alzò lo sguardo. «Non fare lo schizzinoso. Ho visto il tuo appartamento. La tua idea di archiviazione è "impila finché non crolla, poi spera di morire prima".» Picchiettò sul telefono, scorrendo con l'urgenza di chi negozia un riscatto. «Inoltre, questa è una ricerca attiva. Non toccare la cartellina blu. Morde.»

Lui studiò le pile. La cartellina blu era incastrata di sbieco tra una monografia tedesca sui riti di sangue e un tascabile malconcio intitolato *Vampiri: reali, immaginari o solo molto bravi a mentire?* Quest'ultimo era stato annotato in tre colori e irto di così tanti segnapagina da poter segnalare un'intera libreria per la demolizione.

Ren si bloccò di colpo, poi invertì la rotta e sfilò un opuscolo con le orecchie dalla libreria. «Tieni» disse, sventolandolo verso Vincent come una bacchetta carica. «Ho trovato un'altra corrispondenza per l'invocazione. Terzo paragrafo, seconda riga. Tripla mezzaluna carminio più il vecchio fonema per "divorare".» Lo aprì di scatto e glielo cacciò in mano senza preavviso.

Lui lo prese con cautela. La pagina in questione era affollata di rune, alcune delle quali erano state cerchiate con una mano pesante e rabbiosa. A margine, qualcuno aveva scritto in stampatello maiuscolo: «SE QUESTO È UNO SCHERZO, NON FA RIDERE.»

Vincent disse: «Sai che la maggior parte di questa roba è una sciocchezza, vero? Metà è stata scritta da vittoriani annoiati sotto laudano.»

«Meglio» replicò Ren, già tornata alla lavagna, che era stata riciclata da un fallimentare programma di fitness casalingo. «Così ti sentirai a casa.»

Gliela lasciò passare. «Dico sul serio» disse lui, seguendola con lo sguardo. «Ci sono più grimori falsi in circolazione che persone che abbiano mai davvero fatto una magia. O come vuoi chiamare quello che faccio io.»

Ren si girò di scatto, pennarello in mano, e indicò un gruppo di parole nell'angolo in alto a destra. «Tu non fai magie. Fai solo credere a tutti gli altri che le fai. È come scrivere, solo con più disprezzo per se stessi.»

Lui sogghignò, suo malgrado. «Crudele. Preciso, ma crudele.»

Lei masticò la biro, poi stappò il pennarello e aggiunse un cerchio nuovo attorno alla frase *Ricettacolo: mutevole?* «C'è uno schema» disse, parlando più che altro all'aria. «Ogni volta che compare questo sigillo, è nel contesto di un trasferimento. Sangue, testo, a volte entrambi. Ma la cosa che non riesco a capire è cosa succede al ricettacolo. Sopravvive? Vuole sopravvivere?»

Vincent si strinse nelle spalle, fingendo indifferenza. «È una metafora, di solito. Vogliono credere nell'immortalità, quindi innestano una storia su qualcun altro e sperano che il pubblico ci caschi.»

Lei si girò, e i suoi occhi furono più taglienti della sua voce. «L'hai mai visto usare davvero?»

Lui esitò. «Una volta. Forse due. Non è il genere di cosa che si dimentica.»

Ren attese, a braccia conserte, la sua postura una sfida aperta.

Vincent esaminò il pennarello che aveva in mano come se sperasse di trovarvi delle risposte. «L'ultima volta che ho visto usare quel sigillo come si deve, è stato in una cripta a Lione.

Diciannove... quarantadue, credo.» Fece una pausa, lasciando che il ricordo riempisse la stanza, scacciando parte dell'odore di incenso. «Il tizio che ospitava era un prete, o almeno così sosteneva. L'intera congregazione, tutti complici. Il ricettacolo era una donna dei Balcani, serba, forse. Non parlava, si limitò a lasciarsi disegnare il marchio. Fecero il rito, bevvero il sangue, strapparono il copione, la solita fanfara.»

La voce di Ren era un filo sottile. «E poi?»

Lui alzò lo sguardo, con un tic all'angolo della bocca. «E poi è esplosa.»

Ren sbatté le palpebre. «Cioè...?»

Vincent annuì, assaporando il suo disagio quel tanto che bastava a smussare il proprio. «Beh. Tecnicamente, prima è implosa, poi è esplosa. I dettagli contano.»

Trascorse un istante in cui entrambi cercarono di elaborare la logistica della combustione spontanea di un'adepta.

Ren prese il suo caffè, ne bevve un lungo sorso e fece una smorfia. «Cosa è successo al prete?»

Vincent ci pensò. «È sopravvissuto. È durato altri due anni prima che i nazisti lo fucilassero. Sosteneva che fosse tutta arte performativa. La gente del posto non era d'accordo.»

Lei scarabocchiò una nota sulla lavagna, la parola «combustione» sottolineata due volte. «E allora cosa succede se questi qui ci riescono davvero? E se non stessero solo facendo del cosplay?»

Lui la osservò, il modo in cui le sue dita tamburellavano sul pennarello, il modo in cui non incrociava mai il suo sguardo quando le domande si facevano grosse. «Ti stai preoccupando del risultato sbagliato» disse. «Il rischio non è che il ricettacolo esploda. Il rischio è che la storia si diffonda, e che la gente inizi a crederci. È sempre allora che le cose si mettono male.»

Ren non rispose. Si spostò invece alla finestra, scostò le veneziane con due dita e guardò la città. La vista era desolante: un altro condominio, striato dalle intemperie, e una sfilata infinita di piccioni in cerca di un posto dove morire.

«Pensi che ci stiano osservando?» domandò.

Vincent disse: «Ci osservano sempre. Specialmente quando pensi che non lo facciano.»

Lei richiuse le veneziane, si girò e guardò la distesa di appunti e libri. «Se questo è tutto un gioco» disse, «perché sembra che stiamo perdendo?»

Vincent sorrise, ma il sorriso non gli arrivò agli occhi. «Perché stiamo perdendo. È così che sai che è reale.»

Lei strinse il pennarello in un pugno, tenendolo forte. «Vorrei bruciare tutto. Tutto quanto. E andarmene.»

Lui si strinse nelle spalle. «Potresti. Ma qualcun altro se ne farebbe carico. Le storie non svaniscono solo perché smetti di raccontarle.»

Ren si lasciò cadere sul divano, le cui molle protestarono sotto il nuovo peso. «Allora qual è la nostra mossa?»

Vincent si appoggiò al muro, ispezionando il campo di battaglia. «Continuiamo a leggere. Continuiamo a osservare. E quando salterà fuori la prossima testa, speriamo che non sia la nostra.»

Ren sbuffò, un suono a metà tra una risata e un singhiozzo. «Che tristezza.»

«Realistico» la corresse lui. Controllò l'ora, anche se sapeva già che era troppo tardi per qualsiasi cosa sana. «Vuoi che prepari un tè?»

Lei scosse la testa. «C'è del whisky nella credenza. Ripiano in alto, dietro i cereali.»

Lui lo recuperò, ne versò due dita in una tazza con la scritta «Preferirei Essere Maledetta Che Banale» e gliela porse. Lei accettò con un cenno di gratitudine, poi bevve un sorso, fece una smorfia e disse: «Allora. Hai già visto gente morire per questa roba. Pensi che questa volta sarà diverso?»

Vincent fissò la parete di fronte, dove un ragno stava organizzando una spedizione attraverso tre post-it in competizione. «Non lo è mai» disse, e finì il suo drink.

Rimasero seduti in silenzio, l'unico suono il ronzio basso e percussivo del termosifone e la sirena lontana echeggiante di un'ambulanza in ritardo al suo appuntamento. La stanza era più calda di prima, e l'incenso era sfumato in una nota di sottofondo quasi confortante.

Ren sbadigliò, si rannicchiò in un angolo del divano e lasciò che le palpebre le si chiudessero. Vincent la osservò per un momento, poi si diresse verso la porta, attento a girare attorno alla cartellina blu.

Si fermò sulla soglia, una mano sullo stipite.

«Non vinceranno» disse. «Non se restiamo un passo avanti.»

Lei non aprì gli occhi, ma le sue labbra si incurvarono in un sorriso stanco e ironico. «Ti prenderò in parola, Lupo.»

Lui chiuse la porta delicatamente dietro di sé, le parole sospese nell'aria come un contratto vincolante.

Fuori, il mondo era umido e senza direzione, i lampioni che bucavano la notte.

Tornò a casa a piedi, senza fretta, e lasciò che la città si raccontasse il capitolo successivo.

Il locale non aveva un nome. Se mai ne aveva avuto uno, era annegato anni prima sotto la marea di graffiti, schizzi di sangue e quel tipo di notorietà che induceva Google Maps a segnalare l'edificio come «Evento Privato – Vietato l'Ingresso». Vincent non aveva comunque bisogno di indicazioni; come tutte le cose selvagge e proibite, il locale lo chiamava su una frequenza appena sotto la soglia dell'udibile, una pulsazione alla base del cranio che si acuiva man mano che si avvicinava al fiume.

L'ingresso era un container saldato sul retro di un magazzino abbandonato. Il buttafuori era costruito come una macchina d'assedio, le braccia incrociate così strette da deformargli i tatuaggi. Inquadrò Vincent, guardò oltre lui, poi di nuovo verso di lui come se stesse ricalibrando la valutazione della minaccia.

Vincent gli fece un cenno del capo, un digrignare di denti, e il buttafuori si fece da parte senza una parola. Essere una faccia nota in un ambiente dove il termine «noto» raramente finiva bene per chiunque aveva i suoi vantaggi.

All'interno, il locale era un corridoio lungo e umido che portava a una scala ricavata nel pavimento, la cui discesa era segnata da tentativi di decoro sempre più disperati. Ogni metro barattava la sicurezza antincendio con l'atmosfera: cavi scoperti, lampadine nude, cordoni di velluto macchiati di vecchia gioia e pareti che sudavano condensa che gocciolava a tempo con i bassi. Quando raggiunse il fondo, l'aria era metà ossigeno, metà aspettativa, e del tutto ostile alla sobrietà.

Vincent si fermò sulla soglia, lasciando che gli occhi si abituassero al rosso. Rosso sangue, il colore della memoria, il colore a cui tutti i locali aspiravano ma che raramente si guadagnavano. La musica era industrial, o qualcosa che fingeva di esserlo: ritmi martellanti e urla campionate che vibravano attraverso il pavimento, riscrivendo le ossa di chiunque fosse abbastanza vicino da sentirle. La folla era un coro di volti pallidi e affilati e denti ancora più affilati. Persino quelli che non erano vampiri avevano imparato a vestirsi come se volessero che glielo si chiedesse.

Cercò Lucien con lo sguardo e lo trovò subito. Certe persone non cambiano mai, anche se cambiano sesso, guardaroba o mitologia personale una settimana sì e una no. Lucien era spaparanzato in un séparé d'angolo, un bicchiere di qualcosa di viscoso e cremisi in una mano, un telefono nell'altra. Il suo look era da pura gazza ladra vampiresca: canottiera a rete, catene d'argento, abbastanza piercing da giustificare un metal detector. Sotto le luci, la sua pelle luccicava della debole iridescenza di chi si è appena trasformato o di chi è pericolosamente annoiato.

Vincent si fece largo tra la folla, ignorando le mani che gli sfioravano il braccio o gli inviti lanciati a ogni sguardo di sbieco. Non era più il suo posto, ma l'appartenenza era sopravvalutata e non aveva mai pagato bene.

Scivolò nel séparé di fronte a Lucien, la finta pelle del sedile che gli si appiccicava dietro le cosce come una sanguisuga assetata.

Lucien all'inizio non alzò lo sguardo, ma il ghigno era già pronto per lui. «Vincent. Pensa un po' chi si vede. Credevo fossi fuori menù.»

«Lo ero» disse Vincent, facendo un cenno al barista per un drink. «Poi qualcuno mi ha lasciato una testa in frigo. Due volte. Ho pensato di ricambiare il favore.»

Lucien rise, una risata così tagliente da poter mozzare un pollice. «Hai sempre avuto un certo talento per i regali.» Sorseggiò il suo drink, leccandosi una goccia dal labbro inferiore. «Allora, cosa ti porta nella mia piccola *oubliette*? Sei qui a fare il turista dei bassifondi, o hai solo fame di nostalgia?»

Vincent osservò la pista da ballo, dove una coppia in identiche tute di lattice cercava di assassinarsi a vicenda con gli occhi. «Ho bisogno di informazioni. Sei ancora nel giro, no?»

Lucien finse di soppesare la domanda. «Dipende dal mercato. Dipende dal pagamento. Dipende se hai intenzione di pagare davvero, per una volta.»

Arrivò il barista e posò un bicchiere con qualcosa della consistenza di uno sciroppo per la tosse e della provenienza di un rifiuto a rischio biologico. Vincent l'annusò, fece una smorfia, ma bevve comunque. «Hai sentito parlare dell'Ordine del Velo?» disse.

Gli occhi di Lucien scattarono verso di lui, il sorriso che si acuiva. «Sangue vecchio. Molto vecchio. Sei fuori tempo massimo di qualche secolo, tesoro. Quella gente ormai è solo una favoletta.»

Vincent frugò nel cappotto e tirò fuori il glifo. L'aveva copiato su un tovagliolo, ma persino il tovagliolo sembrava spaventato di trovarsi nello stesso codice postale del suo inchiostro. Lo fece scivolare sul tavolo, osservando le dita di Lucien contrarsi mentre si allungava per prenderlo.

Lucien lo prese, lo tenne controluce. «Non avresti dovuto portarlo qui» disse, la voce improvvisamente piatta. «Davvero, non avresti dovuto.»

«E invece» disse Vincent «eccoci qui.»

Lucien posò il tovagliolo, attento a evitare il contatto con la pelle. «Ci sono persone in questa stanza che ti ucciderebbero per molto meno.»

«Lo so» disse Vincent. «Ci conto.»

Lucien bevve un sorso, masticandosi l'interno della guancia. «Gira una voce. La Vecchia Opera sta tornando. Qualcuno sta cercando di finire quello che ha iniziato Carmine, solo che questa volta non si tratta di profezia. Si tratta di architettura.»

Vincent sbatté le palpebre, lentamente. «Continua.»

Lucien annuì. «Stanno costruendo qualcosa. Qualcosa di sacro, qualcosa di violento. La cianografia è nel sangue, i mattoni sono corpi e ogni fondazione ha bisogno di una pietra angolare.»

Vincent sentì la stanza inclinarsi, solo un poco. «Chi c'è a capo di tutto?»

Lucien scosse la testa. «Nessun nome, solo un titolo. Il Bardosangue.» Fece un sorrisetto. «Pensavo che ti avrebbe divertito.»

Non lo divertì. Anzi, gli fece precipitare lo stomaco attraverso il sedile e nel tombino più vicino. «Non è possibile.»

Lucien ghignò, troppi denti, tutti di scena. «Davvero? Hai scritto tu la profezia. Forse la storia vuole solo essere riscritta.»

Vincent strinse il bicchiere, le nocche bianche. «E allora? Questo Bardosangue vuole finire il vecchio copione? Iniziarne uno nuovo? Far arrivare la fine dei tempi con una colonna sonora migliore?»

Lucien si sporse in avanti, abbandonando la messinscena. «Credono che tu sia un dio, Vincent. O un demone. Onestamente, non sono più sicuro che ci sia molta differenza.»

Avrebbe voluto ridere, o urlare, o lanciare il bicchiere in faccia a Lucien, ma ogni energia scivolò via da lui come acqua da un setaccio. «Ci credi a qualcosa di tutto questo?»

Lucien si strinse nelle spalle, elegante. «Io credo nell'interesse personale. Ma se stai chiedendo se la gente morirà per questo,» indicò il tovagliolo, «allora sì. È già iniziato.»

La musica raggiunse il suo apice, un muro ululante di distorsione. Vincent se lo lasciò scuotere nelle ossa, appiattendo qualsiasi resistenza che potesse aver tenuto da parte per dopo. «Qual è il prossimo passo?»

Lucien si appoggiò allo schienale, mostrando una coppia di canini che non erano stati comprati in negozio. «Sei tu lo scrittore, Lupo. Tu cosa faresti?»

Non rispose. Non lì, non in quel momento, non con i fantasmi di cento bozze fallite che aleggiavano nell'aria riciclata del locale.

Si alzò, lasciando il drink a metà. «Se qualcuno viene a chiedere di me, digli che sono morto. O che sono in cerca di un finale migliore.»

Lucien inclinò la testa, una parodia di rispetto. «Sempre un piacere. Cerca di non farti decapitare.»

Vincent uscì, sentendo il peso degli sguardi del locale sulle spalle, il tovagliolo che gli bruciava un buco in tasca. Il buttafuori alla porta lo squadrò, poi fece un cenno col capo come se niente al mondo potesse più sorprenderlo.

Fuori, il fiume era un'arteria lucida e nera sotto i lampioni. Vincent si fermò sul bordo, tirò fuori una sigaretta dal cappotto e l'accese con mani che non smettevano del tutto di tremare.

Pensò al Bardosangue. Il nome aveva il sapore di una battuta finale, uno scherzo che si era inventato in un impeto di stizza letteraria duecento anni prima. Ora si aggirava per la città, costruendo una cattedrale di cadaveri e trascinandolo di nuovo al centro della storia.

Fumò fino al filtro, lo gettò nel fiume e guardò la brace descrivere una spirale prima che il buio la inghiottisse completamente.

Poi camminò, veloce e senza meta, lasciando che la città lo raggiungesse.

QUINDICI

Vincent era alla finestra e guardava la strada silenziosa, quando la porta d'ingresso si spalancò con violenza e Ren irruppe, portando con sé un microclima di pioggerellina della North Circular. Lasciò impronte di fango nell'ingresso, gettò il cappotto sulla ringhiera (proprio sopra il suo, che fremeva di umidità residua) e si fece strada a spallate nel salotto senza nemmeno dire «ciao». Sulla sua scia, la tenue aura di candeggina e rassegnazione dell'appartamento fu subito rimpiazzata dalla puzza di lana bagnata e dall'energia più vivace e sfrontata di chi aveva appena trovato delle prove e intendeva assolutamente usarle come una clava.

Portava il portatile stretto sotto un braccio come un reliquiario, mentre con l'altra mano stringeva ancora una lattina di Red Bull che, a giudicare dall'aspetto, era stata scolata e riempita con una sostanza ancora più sinistra. Ne bevve un sorso, si pulì la bocca con la manica e fulminò Vincent con lo sguardo, come se fosse lui il responsabile del tempo, dei bidoni della spazzatura e di ogni porta chiusa della sua vita.

«Avresti potuto mandarmi un messaggio», disse lui. «O, sai, bussare».

Gli occhi di Ren scintillarono, ferini. «Niente tempo per i convenevoli. Abbiamo un problema». Si gettò sul divano, con gli stivali alzati e gli arti sparsi con noncuranza proprietaria per la tappezzeria. «E non proverò nemmeno a indorarti la pillola, perché francamente non te lo meriti».

Vincent si appoggiò al muro, a braccia conserte, già rassegnato. «Non sono sicuro di poter affrontare una crisi prima di cena».

«Bene», sbottò lei, «perché stai per perdere l'appetito». Girò di scatto il portatile, sfiorò il trackpad con l'enfasi di un presentatore di quiz televisivi e glielo mise di fronte. «Lo riconosci?».

Vincent socchiuse gli occhi. Lo schermo mostrava la scansione di una locandina rovinata e ingiallita, con il titolo in caratteri gotici: *LA MASCHERA CREMISI – Atto Unico*. Sotto, un elenco dei membri del cast («V. Lupo nel ruolo di Se Stesso», in prima posizione), una foto di scena e, appena più in basso, un glifo disegnato a mano, tre mezzelune nella stessa identica configurazione che aveva visto per l'ultima volta marchiata sulla nuca di Maximus.

Sbatté le palpebre. «Stai scherzando».

Il sorriso di Ren era tutto denti. «Magari». Picchiettò sullo schermo. «A quanto pare, la tua misteriosa setta di assassini è, e cito, *"un collettivo di performance d'avanguardia della fine degli anni Venti"*. Dovevano fare un solo spettacolo, una specie di teatro immersivo ante litteram, ma la compagnia implose prima della serata d'apertura. Perché, e questa è la mia parte preferita, tre attori svanirono durante la prova generale. Nessuno sa se fu una trovata pubblicitaria, una dimissione di massa o un patto suicida per farsi pubblicità. Ma il copione è sopravvissuto, e con esso la leggenda».

Vincent si passò una mano tra i capelli. «Stai dicendo che è tutto solo pessimo teatro?».

Ren si strinse nelle spalle. «Non lo è forse tutto?» Svuotò la lattina e l'accartocciò nel pugno. «Ma ecco il colpo di scena: il sigillo dell'invocazione, i rituali di sangue, tutto quanto, preso pari pari dal copione. Hanno usato persino il tuo dannato nome».

Lui provò a ridere, ma il suono gli si bloccò in gola. «La gente di teatro. È anche peggio dei settari».

Ren passò alla pagina successiva, dove una scansione malconcia del copione originale era annotata con una furia di penna rossa ed evidenziatore. «Ho passato mezza nottata a passare al setaccio archivi universitari e blog cospirazionisti. Si scopre che c'è un'intera sottocultura ossessionata dalla ricostruzione dell'opera perduta. La chiamano la "Bloodbard's Folly". Alcuni credono sia maledetta. Altri pensano sia la chiave per l'immortalità. L'unica cosa su cui tutti concordano è che deve essere messa in scena per intero, senza interruzioni, e che chiunque provi a disturbare la narrazione viene...», indicò il programma, dove tre nomi erano stati barrati con un rasoio, «...rimosso dal cast».

Vincent distolse lo sguardo, sentendosi improvvisamente gelare. «È una follia».

Ren sogghignò. «Benvenuto al tuo afterparty personale». Chiuse il portatile, stringendoselo al petto. «Ho pensato che ti sarebbe piaciuto. La tua eredità, non solo non morta, ma riproposta come teatro con cena».

Lui si stropicciò gli occhi. «C'era qualcosa di vero?».

Lei si strinse di nuovo nelle spalle, stavolta meno superficialmente. «Ha importanza? Qualcuno lo sta rendendo reale adesso».

Rimasero in silenzio, il ronzio del frigorifero che competeva con il ticchettio dolce e ritmico degli stivali di Ren contro il tavolino da caffè.

Vincent ruppe il silenzio per primo. «Quando l'hai scoperto?».

«Circa tre ore fa. Stavo cercando di capire come il glifo avesse viaggiato dalla Romania a Camden Town, e la prima menzione era una recensione di un teatro d'avanguardia del 1926. Il critico lo odiava. L'ha definito "autocompiaciuto, un nonsenso autocelebrativo e intriso di sangue"».

Lui fece una smorfia. «Ci sta».

«Ma poi rispunta a Vienna, e poi a Marsiglia, e ogni volta c'è un'ondata di morti o scomparse inspiegabili. È come se qualcuno avesse proposto il copione in giro per l'Europa per un secolo, in cerca del pubblico perfetto».

Si lasciò cadere sulla sedia più vicina, che cigolò sotto il peso improvviso. «E il meglio che qualcuno sia riuscito a fare è stato una testa mozzata nel mio frigo».

Ren agitò un dito. «Tu scherzi, ma la cosa del frigo? È una didascalia. *"La testa dell'autore resterà sotto ghiaccio fino al penultimo atto"*». Aprì la scansione del copione e lesse: «*Scena Dodici: "La fame dello scriba sopravvive al corpo. La storia si nutre, anche mentre l'inchiostro si rapprende"*».

Lui la fissò, poi fissò il muro dietro di lei, come se il vecchio intonaco potesse iniziare a trasudare sangue di scena per protesta. «Doveva essere una parodia», mormorò. «Dovevano ridere».

Lei lo guardò, addolcendosi un po'. «Beh, non l'hanno fatto. E ora qualcuno la sta prendendo molto sul serio».

La pioggia ricominciò a battere contro la finestra a ritmo serrato. Ren osservò le gocce tracciare percorsi disperati lungo il vetro, poi disse: «Ci pensi mai a cosa succederà se ci riescono? Se finiscono il copione?».

Lui ci pensò. Pensò all'ultima volta che aveva visto lo spettacolo rappresentato, al modo in cui il pubblico era rimasto in un silenzio attonito, incerto se applaudire o mettersi a pregare. Pensò a tutte le parole che aveva scritto e che non avrebbero mai dovuto sopravvivergli.

«Non lo so», disse. «Forse niente. Forse il mondo finisce con un lamento e una brutta recensione».

Lei sbuffò. «Sei un tale disfattista».

Lui riuscì ad abbozzare un debole sorriso. «Rischio del mestiere».

Un altro silenzio, ma questo meno opprimente, più un nascondiglio condiviso. Ren aprì di nuovo il portatile, questa volta scorrendo oltre la scansione del copione fino a un archivio digitalizzato di ritagli, lettere, foto sgranate della compagnia originale: uomini con le facce dipinte di nero, donne velate, tutti con maschere che non erano né d'epoca né di un'ambiguità di buon gusto.

«C'è un'altra cosa», disse lei. «Hai detto di non aver mai finito l'ultimo atto».

Lui scosse la testa. «L'ho lasciato in bianco. Ho pensato che il mondo potesse fare a meno di un'altra tragedia».

Lei indicò lo schermo. «Beh, qualcuno ne ha trovato una copia. O crede di averla trovata. E la sta mettendo insieme adesso, scena dopo scena, omicidio dopo omicidio».

Lui la guardò, improvvisamente spaventato come non lo era stato dalla purga dei vampiri del 1814. «Come si ferma uno spettacolo teatrale?».

Lei sogghignò, un po' perfida. «Con una pessima recitazione?».

Lui rise davvero, un suono che gli uscì di sorpresa. «Magari».

Entrambi fissarono il portatile per un po', osservando il cursore lampeggiare sull'ultima pagina del copione, una pagina ancora vuota, in attesa che qualcuno la riempisse.

Alla fine, Vincent disse: «Se hanno lo spettacolo, hanno la mappa».

Ren non fece domande, ma l'interrogativo aleggiò comunque tra loro.

«Per cosa?», disse infine.

Vincent guardò la pioggia, il nulla oscuro della città. «Per tutto ciò di cui mi sono mai pentito», disse, e lasciò che le parole si depositassero come polvere negli spazi tra le frasi.

Guardarono la pioggia insieme, senza muoversi, entrambi consapevoli che non appena il tempo si fosse schiarito, la vera rappresentazione avrebbe avuto inizio.

SEDICI

Alle quattro del mattino, il caffè dei tassisti locali era meno un'attività commerciale e più una cella di detenzione per i neoscarcerati e gli irrequieti cronici. Il tipo di posto che sostituiva il sonno con i carboidrati e le barriere sociali con una miseria collettiva e caffeinata. Vincent e Ren si erano impossessati del separé in fondo in virtù del loro totale disinteresse per chiunque altro ne avesse avuto bisogno. Il tavolo sembrava salvato da uno scavo archeologico e poi vandalizzato dai discendenti di chiunque avesse mai ricevuto un pessimo servizio. La sua superficie era un palinsesto di chiavi, coltelli e pennarelli esistenziali: «*Uccidetemi*» sovrapposto ad «*Arsenal per sempre*» sovrapposto ad «*Angela è una stronza, no?*». Persino la saliera aveva un'aria strafottente.

L'illuminazione, una sinfonia di fluorescenza itterica, faceva sembrare tutti cadaveri che avevano appena sentito la barzelletta peggiore del mondo. Il soffitto lampeggiava in codice Morse; il personale, addormentato per tre quarti e per il resto in stato di negazione, riempiva la macchina del caffè filtro con il pilota automatico. Ogni trenta minuti, un nuovo turno di disadattati si trascinava dentro: tassisti, buttafuori fuori servizio, il raro accademico sveglio fino a tardi per motivi estranei alla saggezza. A quell'ora, l'unico testimone dei tuoi segreti era il prossimo insonne seduto accanto a te.

Ren portava la stanchezza come un distintivo. Aveva la felpa con la cerniera tirata fino al mento, i capelli un'esplosione difensiva sotto l'assalto della luce al neon. Sorseggiò la miscela della casa con disgusto teatrale, poi la corresse con quattro zollette di zucchero, quasi a sfidare il diabete a farsi avanti. Tra le mani teneva una pagina stampata di fresco: sgranata, semi-oscurata dalle pieghe dell'originale e dall'entusiasmo forense di uno scanner universitario. Sull'immagine, frecce di biro rossa, punti interrogativi e una linea diagonale che terminava con «*LA SERA DELLA PRIMA SI AVVICINA*» scritto in stampatello.

Il primo istinto di Vincent fu di ordinare un whisky, ma ripiegò su un flat white che sapeva di cenere e qualcosa di meno gradevole. Guardò Ren tenere la stampa sospesa sopra il tavolo appiccicoso, per poi fargliela scivolare davanti come un avvertimento.

«È colpa tua» disse lei.

Lui esaminò la pagina. Il vecchio programma di sala sembrava identico all'ultima volta che l'aveva visto, a parte le nuove stigmate delle annotazioni. «Mi stai facendo venire nostalgia degli anni Venti» replicò Vincent. «E non è una cosa che voglio provare.»

Ren indicò la foto con un gesto secco del dito. «Guarda i nomi.»

Lui guardò. Lì, sotto il titolo —*The Crimson Masque, Una Tragedia di Sangue in Atto Unico*— c'era l'elenco del cast: i soliti sospetti, metà dei quali erano morti molto prima che quel programma di sala circolasse. Alcuni nomi erano cerchiati, altri sbarrati, altri ancora punteggiati da «?» e «*Vivo?*» con una grafia sempre più disperata. In fondo al foglio campeggiava la scritta: «*Troupe de Carmine, in associazione con l'Ordine del Velo*».

«La stanno rimettendo in scena» disse Vincent, con la voce piatta come il caffè.

Ren inarcò un sopracciglio. «Pensi che sia solo teatro?»

Lui sospirò, massaggiandosi la radice del naso. «Con questa gente? Ci saranno salassi dietro le quinte, una conta dei cadaveri in platea e un portale luminoso da qualche parte tra la Scena Dieci e la Undici.»

Lei sogghignò. «È stranamente specifico.»

«Ne ho viste di cose, Ren.»

Lei gli credeva, motivo per cui si trovavano lì invece di dormire. «Allora, qual è la prossima mossa?» chiese.

Vincent tamburellò con le dita sul tavolo. «O lo ignoriamo e speriamo che la storia si divori da sola, o cerchiamo di trovare il cast e li fermiamo prima della sera della prima.»

«Opzione due» disse Ren, facendo scivolare un tovagliolo e una penna presa in prestito sul campo di battaglia.

Lavorarono nel silenzio accigliato dei cospiratori. Ren scrisse ogni nome, ogni alias, ogni città a cui riusciva a pensare — Lisbona, Parigi, Cluj-Napoca, Hackney — poi cominciò a tracciare linee come se si trattasse di un esorcismo più che di un diagramma di flusso. Vincent fornì dettagli dove la memoria glielo permetteva, ma la maggior parte di ciò che sapeva si era offuscata nella nebbia generale dei suoi secoli. I nomi grossi erano tutti morti, tecnicamente, ma "tecnicamente" non significava più quello di una volta.

Dopo dieci minuti, il tovagliolo sembrava una lavagna da detective disegnata da un ragno particolarmente incazzato. La maggior parte delle linee terminava con un «?», *Probabile* o *Scomparso*. Due nomi erano stati evidenziati per caso, a causa di una collisione con una macchia di caffè. Ren ne indicò uno. «E il Vescovo?»

«Visto l'ultima volta a Firenze» disse Vincent. «Se è a Londra, non si fa pubblicità.»

Lei ne indicò un altro. «La Principessa Turca?»

Vincent scosse la testa. «Ritiratasi a Monaco. A quanto si dice.» Si chinò in avanti, la voce poco più di un sussurro. «Se questo è l'Ordine, useranno dei delegati. Facce nuove con vecchi debiti.»

Ren sembrava poco convinta, ma d'altronde, il suo approccio di default era aspettarsi il peggio ed essere piacevolmente sorpresa da qualsiasi cosa di meno catastrofico. Si appoggiò allo schienale, allungò le gambe sotto il tavolo e osservò le luci lottare con il buio oltre la finestra. La città all'esterno era una lastra di nero e giallo sodio, le strade percorse dalla pioggia e dagli echi di decisioni migliori.

«Potremmo infiltrarci» disse lei.

Vincent quasi si strozzò con il suo espresso. «Vuoi fare un provino per lo spettacolo più maledetto del mondo?»

Ren si strinse nelle spalle, con un movimento puramente da North London. «Potrei passare per una macchinista. O una sostituta.»

Lui scosse la testa. «La gente del teatro di culto sente l'odore degli estranei. Sono come i gatti, ma più inclini al sacrificio rituale.»

Ren sogghignò, mostrando quel tipo di denti che la rendeva una favorita tra le persone che odiavano i convenevoli. «Ma tu sei uno di loro. Hai scritto tu il copione.»

Lui fece una smorfia. «Il che significa che sono l'ultima persona di cui si fiderebbero.»

Lei gli lanciò il tovagliolo. «Devi andare. Vedere a che punto sono. Almeno per dare un'occhiata al nuovo cast.»

Lui giocherellò con la penna, osservando l'inchiostro macchiargli le dita. «Ti rendi conto che è una trappola, vero? Nelle prime scene, mi lascio coinvolgere. A metà spettacolo, qualcuno viene assassinato. Nella scena finale—»

«Improvvisiamo» disse lei, finendo la sua frase. «È quello che sai fare meglio.»

Non poteva contraddirla. Si era costruito una carriera sull'im-provvisazione — quando la trama andava a rotoli, quando i soldi finivano, quando l'ultimo rifugio si rivelava una trappola. La sua vita era una serie di letture a prima vista e riscritture disperate.

Finì il suo espresso, posò la tazzina con una risolutezza solo leggermente minata dal suo vacillare. «Va bene» disse. «Ci andrò. Ma se finisco sul palco, devi promettere di non fischiarmi.»

Ren alzò tre dita, in un giuramento da scout, poi infranse immediatamente la promessa per chiamare il cameriere e chiedere altro caffè.

Vincent fissò il programma di sala annotato che annunciava le prove nelle Cripte di St. Martin, l'inchiostro rosso che si infiltrava nella vecchia carta, le parole che vibravano con l'urgenza di una minaccia che non era del tutto reale finché non ti uccideva. Le luci del caffè tremolarono, si stabilizzarono, poi tremolarono di nuovo. Un brivido gli percorse la schiena, ma era il brivido familiare, quasi confortante, di una storia che prendeva vita.

Si mise in tasca il tovagliolo, si alzò e guardò fuori nella notte. La pioggia martellava il marciapiede, lavando la città per la prossima infornata di peccatori.

Si voltò verso Ren, che lo salutò con la sua tazza di caffè. «In bocca al lupo» disse lei.

Lui quasi sorrise. «È sempre così che inizia» disse, e uscì nella tempesta.

Le Cripte di St. Martin si ergevano al confine tra l'abbandono e la demolizione, una reliquia vittoriana tenuta in piedi dall'inerzia e da una burocrazia meschina. La sua facciata in pietra era butterata dalle cicatrici di vecchie proteste, nuovi vandalismi e un memorabile tentativo di incendiare l'edificio negli anni Sessanta. Il muschio soffocava i cornicioni scolpiti. La pioggia scivolava via dal tetto sfondato, raccogliendosi in buche abbastanza grandi da inghiottire la fauna locale. Persino il comune si era arreso, abbandonando l'ingresso alla ruggine e a una recinzione perimetrale che suggeriva «vietato l'accesso» ma lo comunicava con un sospiro anziché con una minaccia.

Vincent aggirò l'ingresso principale, le scarpe che sguazzavano in una pozzanghera che aveva colonizzato metà del marciapiede. Trovò la porta laterale aperta, come si aspettava, e si chinò per entrare. L'oscurità fu immediata e assoluta, a eccezione di uno spiraglio di luce che filtrava lungo il corridoio principale. Poteva sentire l'edificio respirare: l'espansione e la contrazione del legno stanco, il gocciolio e lo scroscio dell'acqua che si faceva strada dal tetto al seminterrato, il fremito fragile delle ragnatele smosse nient'altro che dal ricordo del movimento. ·

Si mosse con calcolata silenziosità. I suoi sensi si protesero, cogliendo il basso ronzio di voci proveniente dalla sala riunioni: una miscela di normale mormorio umano e qualcosa intonato appena più in alto, un'armonica che vibrava nel vuoto del suo cranio. Era il suono di persone che cercavano di stare in silenzio e fallivano, di segreti provati sussurrando.

Il corridoio si aprì nella sala principale, una caverna rettangolare fiancheggiata da pilastri incrinati e dai fantasmi di molte centinaia di morti e sepolti. Il soffitto, dipinto con un'allegoria di una vita ultraterrena idilliaca, ora piangeva lacrime marroni sul pavimento in parquet. Il palco temporaneo all'estremità era addobbato con sipari improvvisati — lenzuola tinte di un rosso inquietante — e illuminato da una gamma eterogenea di candele e da quelli che sembravano un paio di fari a batteria, uno dei quali era in punto di morte.

Sul palco, un semicerchio di figure con maschere cremisi. Indossavano abiti di strada sotto il costume, ma l'effetto era snervante: un esercito di volti vuoti, le bocche congelate in sorrisi permanenti. Al centro, un giovane in abito blu navy, a piedi nudi, con una maschera bordata di quella che sembrava foglia d'oro. Teneva in mano un copione, ma quando parlò, non lesse. Recitò.

Vincent riconobbe il monologo prima della seconda parola. Lo aveva scritto per scherzo, un pezzo di pastiche autoindulgente per riempire una noiosa scena espositiva. Qui, le parole erano armi. Le cadenze erano più affilate, ogni frase tagliava il silenzio e si conficcava da qualche parte di sgradevole.

«Il sangue è un copione» intonò il giovane, «e tutti sono scritturati alla sua ombra. Nasciamo pubblico, ma moriamo da attori, annegati da applausi che non sono per noi.»

Gli altri si unirono, in un botta e risposta tratto dalle ultime pagine della memoria di Vincent:

«Che l'inchiostro scorra. Che la vena si apra. Che la storia si nutra.»

Lo sentì allora, un brivido che gli corse lungo la schiena e si fermò nei piedi. L'aria nella sala si assottigliò. Le candele vacillarono, disegnando ombre lunghe e impossibili dietro ogni volto mascherato. Le parole non erano più solo parole. Avevano messo i denti.

Il monologo crebbe, si avvitò, tornò su se stesso. Vincent osservò le mani del giovane iniziare a tremare, la carta che fremeva a tempo con la sua voce. La maschera si crepò, solo un poco, a un angolo. Il sudore scurì il tessuto sopra la sua bocca. Il resto della compagnia si avvicinò, le loro battute che echeggiavano, si sovrapponevano, un coro che trasformava il significato in ritmo.

Poi il ragazzo raggiunse la battuta finale. La sputò, non verso il pubblico — di cui, almeno palesemente, c'era solo Vincent — ma verso lo spazio vuoto sopra il palco.

«La storia finisce quando la prosciughi!»

L'aria luccicò, come se il suono avesse squarciato una fenditura nel mondo. Per un secondo, Vincent vide il soffitto deformarsi, l'affresco celestiale contorcersi in qualcosa di osceno e affamato. Le candele bruciarono di blu per un battito di cuore, poi tornarono arancioni.

Vincent si aggrappò al muro, le nocche bianche. Aveva assistito a mille rituali, subito cento salassi, ma non aveva mai sentito il potere così grezzo, così assolutamente indifferente alle persone che lo brandivano.

Si rese conto, con qualcosa di simile alla meraviglia e molto simile alla paura, che quelli non erano cultisti nel vecchio senso. Erano fan. La performance era il rituale. Ogni battuta, ogni didascalia, era un incantesimo mascherato da copione.

Sul palco, la compagnia ruppe il cerchio. Il giovane vacillò, la maschera di sbieco, ma i suoi occhi erano luminosi, vivi e fissi direttamente su Vincent. Intorno a lui, gli altri riorganizzarono lo spazio: sistemarono una sedia, un teschio di scena, quella che sembrava una coppa da punch di dubbia provenienza. Si muovevano con l'efficienza di persone che avevano provato quella scena cento volte, che sapevano di essere osservate.

Dalle quinte, emerse una nuova figura. Mascherata, ma la maschera era nera, non rossa, e l'abito che indossava era di una sartoria così stravagante da rasentare la satira. La figura si fermò, poi rivolse il volto a Vincent. Fece un inchino: lento, beffardo, deliberato. La gola di Vincent si serrò.

Conosceva quell'inchino. L'aveva visto in vecchie foto, in ricordi che non volevano morire nemmeno dopo averli trafitti al cuore con un paletto. L'aveva inventato lui.

La figura si raddrizzò, poi svanì dietro le quinte.

Vincent prese una decisione fulminea: se ne andò prima della chiamata alla ribalta.

Il corridoio era diventato improvvisamente gelido. Sentì l'elettricità statica sulla pelle, il modo in cui le parole gli si aggrappavano addosso come umidità. Si aspettava quasi che il muschio sui muri esterni lo stesse aspettando, per abbracciarlo mentre fuggiva.

Inciampò fuori nel parcheggio. La pioggia era diventata

biblica, un assalto da tutte le direzioni. La Peugeot malconcia di Ren era ferma al minimo sul ciglio della strada, i tergicristalli che perdevano la battaglia per tenere il passo. Lei era al posto di guida, motore acceso, cappuccio tirato su contro il freddo. Lo vide, gli fece un rapido segnale con gli abbaglianti e gli fece cenno di salire con un movimento del mento.

Scivolò sul sedile del passeggero, sbattendo la portiera. Il calore all'interno fu un sollievo istantaneo, ma il ricordo della sala gli pendeva sulle spalle come una coperta zuppa.

Ren lo guardò, le mani strette sul volante. «Allora?»

Lui rimase in silenzio per un momento, osservando la pioggia formare goccioline e scorrere sul parabrezza. La città bagnata brillava di riflessi sfocati, i lampioni che colavano come ferite fresche.

«Non stanno provando uno spettacolo teatrale» disse Vincent, la voce bassa, uniforme.

Lei attese.

«Stanno provando un'apocalisse.»

Rimasero in macchina, ascoltando il motore, la pioggia, il mondo morente fuori. Nessuno dei due parlò, perché non c'era più niente da dire.

In lontananza, da qualche parte oltre la tempesta, le vecchie cripte esalarono fumo di candela e trionfo.

La storia, per una volta, era perfettamente in orario.

DICIASSETTE

Vincent si svegliò venti minuti prima di quanto avrebbe voluto perché qualcuno gli stava facendo scivolare della carta sotto la porta d'ingresso. Non in senso metaforico (sebbene, come sempre, l'universo stesse compilando una propria lista di rimostranze), ma con un letterale raschiare e sospirare contro il legno, calcolato per percorrergli la spina dorsale e inchiodarlo al materasso.

Rimase perfettamente immobile, ascoltando i ritmi serali della città: le sirene che litigavano con la nebbia del fiume, gli impiegati che tornavano a casa dopo una birra veloce e, ora, il movimento furtivo di un messaggero con delle idee ben precise sulla cancelleria. Vincent resistette all'impulso di accendere la lampada. I suoi occhi, mai del tutto umani, erano progettati per quello. Il buio pesto dell'appartamento era, per lui, un crepuscolo lattiginoso; la più fievole fonte di luce stradale, il più tenue bagliore a LED di un elettrodomestico dimenticato, raccoglievano abbastanza fotoni perché le sue pupille potessero elaborare l'intera stanza in un rilievo spettrale.

Ascoltò in cerca di passi nel corridoio. Niente. Chiunque avesse consegnato la busta era un campione olimpico di furtività o si era semplicemente dissolto in un'ombra, il che, nel suo campo, non era così improbabile come si potesse sperare. Rotolò giù dal letto, i piedi che toccarono il freddo assito, e si diresse alla porta con il passo misurato di un uomo che una volta aveva fatto scattare un glifo sensibile alla pressione alle tre del mattino e aveva imparato a non ripetere mai, mai più l'esperienza.

La busta, quando la recuperò, era più pesante di quanto sembrasse: carta spessa e cremosa, una consistenza che probabilmente aveva un albero genealogico di cinque generazioni e un fondo fiduciario. Era sigillata con la ceralacca, di un rosso così scuro da essere quasi nero, e impressa con un sigillo che aveva visto l'ultima volta sul retro di una testa mozzata.

Vincent la sollevò, rigirandola nella debole luce che proveniva dalla cucina. Il sigillo era una tripla mezzaluna, sovrapposta a una scritta spinosa che si snodava dentro e fuori come il filo spinato più pretenzioso del mondo. Resistette all'impulso di romperlo con i denti.

Dietro di lui, il divano emise un gemito che poteva essere prodotto solo dal peso di un essere umano adulto che si spostava e, un istante dopo, Ren si trascinò in corridoio, avvolta in una coperta e in quel tipo di indignazione morale accessibile solo a chi aveva ancora un metabolismo funzionante. I suoi capelli erano un'esplosione, appiattiti da un lato e in levitazione dall'altro, e il suo viso portava i segni di chi aveva dormito con il telefono premuto sulla guancia.

Squadrò la busta, poi Vincent, poi di nuovo la busta. «Allora,» disse, con la voce impastata dal sonno, «è questo il momento in cui ti espellono da Hogwarts per crimini contro il servizio postale?»

Vincent brandì la busta. «Consegna speciale. Non è richiesta la firma.»

Ren si avvicinò, strizzando gli occhi sulla ceralacca. «Carino. Molto da "sappiamo dove abiti".»

Ruppe il sigillo con un'unghia ed estrasse il cartoncino. Il contenuto era semplice: un unico rettangolo di cartone, avorio, con una calligrafia così immacolata che probabilmente apparteneva a una macchina programmata per simulare la follia. Il messaggio diceva: «Lei è cordialmente convocato» — il cordialmente sottolineato due volte, presumibilmente per ironia — «all'Orpheum Theatre». Non c'era un'ora, né una data, né tantomeno un codice di abbigliamento.

Ren sbirciò da sopra la sua spalla, sollevandosi in punta di piedi per vedere meglio. «È una trappola,» sbadigliò, rovinando subito l'effetto con un altro sbadiglio.

Vincent tenne il cartoncino a distanza, poi lo colpì con un dito facendolo roteare, come un tarocco, sul tavolo della cucina. «Almeno hanno smesso di fingere. È un progresso.»

Ren pescò una tazza dallo scolapiatti, si versò una generosa dose del caffè di ieri e lo sorseggiò con la forza d'animo di un minatore di carbone di fronte a un pozzo allagato. «Ci andrai?» chiese, senza guardarlo dritto negli occhi.

Lui si strinse nelle spalle, cercando di prenderla alla leggera, ma il movimento fu troppo brusco. «Quando dei pazzi ti convocano nella loro tana, ti presenti. È l'etichetta base per vampiri.»

Ren ci pensò su, poi annuì. «Vuoi un rinforzo? Posso fare la minacciosa. O venirti a prendere se hai bisogno di una via di fuga rapida.»

Vincent scosse la testa. «Se è quello che penso, mi vogliono da solo. Finiresti solo per diventare un danno collaterale.» Si addolcì, appena un poco. «Ma se non sono di ritorno per l'alba, chiama la signora Barley. Dille di dare fuoco a tutto.»

Ren sogghignò, per poi rovinare tutto rovesciando del caffè sulla vestaglia. «Non è una cosa che si dice a una persona con tendenze piromani.»

Lui la osservò, il modo in cui si affannava con la macchia, il modo in cui fingeva che non le importasse. «Vuoi davvero venire?» le chiese.

Lo sguardo di Ren fu di pura incredulità. «Non mi perdo l'occasione di vederti mettere in imbarazzo un'intera setta di vampiri.»

Vincent sorrise, un sorriso stretto, tutto interiore. «Bene. Non vorrei avere successo senza un pubblico che apprezzi.»

Diede un'altra occhiata al cartoncino. L'Orpheum Theatre. Era abbandonato dagli anni Novanta, chiuso dopo un esorcismo andato male e una serie di sfortunate infiltrazioni. Si diceva che ogni spettacolo dal 1973 fosse terminato con almeno una possessione minore, e che il fantasma di un illusionista fallito infestasse ancora il ballatoio, lanciando di tanto in tanto sacchi di sabbia sui vivi in un impeto di invidia professionale. Una volta Vincent era stato ingaggiato per catalogare gli archivi del teatro, ma aveva trovato il puzzo di nostalgia opprimente persino per lui.

Ren finì la tazza, poi prese il telefono. «Vuoi che cerchi l'Orpheum su Google, o diamo per scontato che l'intera nottata sia maledetta?»

Vincent esitò. «Maledetta è prevedibile. Spero in qualcosa di semplicemente fatale.»

Digitò qualcosa sul telefono per qualche secondo, poi glielo mostrò. «Orpheum Theatre. Ancora inagibile. Ma le recensioni sono spettacolari.» Scorse la pagina. «"Ho visto una produzione alternativa del Fantasma dell'Opera qui. Il Fantasma era vero. Quattro stelle." "Bel locale, non lo consiglierei ai deboli di cuore." "La migliore trappola mortale di Shoreditch."»

Vincent strizzò gli occhi sull'indirizzo. «Quello è l'ingresso sul retro. La vecchia porta degli artisti.»

Ren annuì. «Vuoi che porti un piede di porco?»

Lui ci pensò, poi scosse la testa. «Se devi usare un piede di porco, il piano è già fallito.»

Lei sbadigliò di nuovo, poi crollò sul divano, lasciando che la coperta le si aggrovigliasse intorno come un bozzolo. «Almeno, vuoi che guidi io?»

Lui valutò la proposta. «Sì. Se le cose si mettono male, sei la mia via di fuga.»

Ren fece il saluto militare, un movimento esagerato e, dato lo stato del suo pigiama, vagamente osceno. «Agli ordini, capitano.»

Vincent la guardò per un istante, poi tornò alla busta. Passò il dito sulla ceralacca rotta, sulla debole impronta lasciata dal sigillo. Poteva sentirne la forma nella mente, come si sente un livido dall'interno. Non era solo una convocazione. Era una rivendicazione.

Lasciò il cartoncino sul tavolo, recuperò una camicia pulita dalla pila della biancheria (la cosa più vicina che avesse a un abito formale) e iniziò a prepararsi per la serata con l'efficienza rassegnata di un uomo che dispone le posate per la propria veglia funebre. Aveva affrontato di peggio che non dei cultisti da teatro, ma raramente a stomaco vuoto e con così poche informazioni.

In corridoio, si fermò. L'appartamento era di nuovo silenzioso, a parte il ronzio meccanico del frigorifero e il russare sommesso e aritmico proveniente dal divano. Guardò la porta chiusa, la busta, il modo in cui la notte si ammassava alla finestra in strati di buio liquido.

Vincent pensò di lasciare un biglietto per la signora Barley, non si sa mai. Qualcosa di conciso, tipo «Vado a farmi ammazzare, torno per l'alba», ma decise di lasciar perdere. Lei lo saprebbe. Lo sapeva sempre.

Indossò il cappotto, lo abbottonò contro il freddo prima dell'alba e sgusciò fuori dalla porta con la busta in tasca, il sigillo di ceralacca freddo contro il palmo della mano.

Scendendo le scale, controllò il telefono. Nessun nuovo messaggio. Niente dall'Ordine. Nessuna chiamata frenetica da Zara o dall'archivio. Il silenzio era, a suo modo, più terrificante di qualsiasi maledizione.

In strada trovò Ren ad aspettarlo, avvolta in una coperta mentre mangiava una mela come fosse una sfida. Gli lanciò le chiavi della macchina, poi si arrampicò sul sedile del passeggero, con i piedi sul cruscotto. «Guida tu. Io faccio da navigatore. Se facciamo una deviazione, è perché il navigatore è posseduto.»

Vincent mise in moto. Il motore si destò brontolando, tremando in segno di protesta. L'auto odorava di lana bagnata e Red Bull. Fece retromarcia uscendo dal parcheggio, con le gomme che stridettero sull'asfalto umido, e puntò il cofano verso Shoreditch con la cupa determinazione di un uomo che era già morto una volta e non aveva intenzione di rifarlo.

«Ultime considerazioni?» chiese Ren, la voce attutita dalla coperta.

Vincent ci pensò. «Se non ce la faccio, dì alla signora Barley che le devo ancora le pulizie del mese scorso. Ed è nel mio testamento.»

Ren sogghignò, con gli occhi che già si chiudevano mentre le luci della città sfrecciavano indistinte. «Annotato.»

Guidarono in silenzio, con il mondo oltre il parabrezza che si fondeva in un miscuglio di neon e notte. Vincent si lasciò trasportare dalla strada, con il peso dell'invito che premeva contro il suo petto, e si domandò che tipo di mostro si sarebbe dato tanto disturbo per un uomo che odiava il teatro.

Ma poi, pensò, i mostri raramente avevano bisogno di una scusa.

L'Orpheum attendeva, le sue porte nere come l'intervallo tra i secondi, e Vincent proseguì, con la città che si richiudeva dietro di lui come un pubblico affamato del suo primo atto.

L'Orpheum era visibile da due isolati di distanza, il che era notevole, considerando che aveva passato gli ultimi trent'anni a collassare lentamente sulla propria leggenda. La sua muratura, un tempo orgoglio tardo-vittoriano, si era spaccata in placche tettoniche che minacciavano di staccarsi e appiattire il prossimo instagrammer con un debole per il degrado urbano. Le finestre erano itteriche di plastica macchiata di nicotina, e i gradini di pietra all'ingresso erano colonizzati dal muschio e dai fantasmi di cento fallimentari progetti di ristrutturazione comunale. Uno striscione sbiadito con la scritta "Demolizione Imminente" pendeva come un festone dal balcone arrugginito.

Vincent parcheggiò di lato, metà sul marciapiede, e lasciò il motore al minimo. Rimase seduto per un istante, osservando l'edificio, ed espirò. La busta in tasca irradiava il tipo di energia normalmente riservata agli isotopi radioattivi e a quel genere di lettere minatorie che arrivano con il proprio ordine restrittivo.

Ren, con la coperta ancora drappeggiata su di lei come un mantello da supereroe, lo osservava dal sedile del passeggero con una studiata mancanza di preoccupazione. «Hai bisogno di un discorso di incoraggiamento?» offrì, con un tono neutrale come la Svizzera.

Lui ci pensò. «A meno che tu non abbia un manuale su come praticare una diplomazia suicida.»

Lei indicò il teatro. «Entra, non morire, manda un messaggio se hai bisogno di rinforzi. Se inizi a fare un monologo, ti do mezz'ora prima di rovinare la festa.»

Vincent sorrise. «Sei un tesoro nazionale, Ren.»

Lei sogghignò, mostrando tutti i denti. «In bocca al lupo. O rompila a qualcun altro, se ne hai l'occasione.»

La lasciò lì, con gli occhi che si chiudevano mentre regolava la radio su un qualche R&B metallico di tarda notte, e corse su per il vicolo di servizio invaso dalle erbacce fino al retro dell'Orpheum. L'ingresso degli artisti era dove era sempre stato, con un lucchetto sulla maniglia ma, come da tradizione, con una mezza dozzina di altre entrate non sbarrate in caso di incendio, ratti o attori con un terrore mortale della puntualità.

Scivolò dentro, con gli stivali che stridevano sul linoleum umido. L'interno era peggio dell'esterno. La maggior parte dell'illuminazione era stata smantellata anni prima per recuperare il rame, lasciando solo ombre e qualche occasionale pozzanghera illuminata dalla luna. L'aria puzzava di vecchia cera, muffa e della lenta, lunga esalazione di un'architettura in rovina. Il corridoio del backstage conduceva al ridotto, ancora dipinto in un colore che poteva essere chiamato solo "Ansia Istituzionale", e poi alle quinte.

Si fermò lì, lasciando che i suoi occhi si abituassero. Oltre lo spiraglio tra le tende, il palcoscenico principale si apriva a fauci spalancate, illuminato solo da candele e dal bagliore residuo dei tre antichi faretti a batteria che aveva visto alle prove. Sulle assi, una dozzina di figure stavano in formazione a mezzaluna, di spalle alla platea, rivolte verso l'oscurità da cui Vincent ora osservava.

Ognuno di loro indossava una maschera. Non del tipo scadente che si trova ad Halloween, ma maschere integrali, dipinte a mano, del genere usato nelle produzioni in cui ci si aspettava che il pubblico fosse sia terrorizzato che manipolato emotivamente. Le maschere luccicavano: porcellana, lacca, alcune di cuoio; ognuna un'espressione diversa e sgargiante di fame, estasi o dolore, come se il direttore del casting avesse saccheggiato gli effetti personali di un centinaio di attori defunti.

Al centro c'era la donna alta con il mantello rosso sangue, la sua maschera un affare veneziano con occhi di vetro nero e una bocca fissata in un costante sorriso senza labbra. La scenografia alle sue spalle era minima: solo un singolo leggio di ferro, un pavimento cosparso di petali di rosa bianca e un sipario logoro che tentava, senza riuscirci, di suggerire grandezza.

Vincent uscì dalle quinte, lasciando che la sua ombra si allungasse sul palco. Le figure non si mossero. Il silenzio era totale, a parte il debole sfrigolio della cera e il rombo del traffico all'esterno.

Camminò fino al centro del palco, attento a non inciampare sulle assi deformate. Le figure mascherate si mossero all'unisono, voltandosi verso di lui, il movimento sincronizzato e fin troppo fluido.

La Donna in Mantello parlò, la voce amplificata e distorta dallo spazio. «Cantore di Sangue,» disse, il titolo pronunciato con una tale delizia da fargli prudere il collo. «Hai risposto.»

Vincent annuì, ostentando una disinvoltura che non provava. «Vi rendete conto che ero ubriaco quando ho scritto la maggior parte del copione.»

La Donna in Mantello lo ignorò, facendosi avanti. Da vicino, i fori per gli occhi della maschera erano nero puro; qualsiasi cosa si celasse dietro non rifletteva le candele. «Le Sue parole ci hanno condotto qui. La Sua visione guiderà il rito.»

Lui guardò oltre lei, verso la congregazione mascherata seduta in platea. Era al completo. «Avete tutti perso una scommessa, o è una di quelle cene con delitto immersive?»

Il pubblico non rise, ma alcuni si mossero, un'increspatura che attraversò il semicerchio come se lo stesso pensiero li avesse sfiorati tutti in una volta.

«È pronto per iniziare?» chiese la Donna in Mantello.

Vincent prese in considerazione l'idea di fare una battuta, ma aveva la bocca secca e un terrore nuovo e gelido gli serpeggiava sotto la pelle. «Se vi aspettate un monologo, non ho memorizzato le battute.»

La Donna in Mantello si rivolse ai suoi seguaci e fece un cenno. Due si staccarono dalla formazione e svanirono tra le quinte. Tornarono pochi istanti dopo, trascinando tra loro un antico baule, ammaccato e cerchiato di ferro, del tipo che sopravvive agli incendi e, cosa più allarmante, alle tournée teatrali amatoriali dell'Europa dell'Est. Lo scaraventarono al centro del palco.

«La Sua opera,» intonò la Donna in Mantello, «non è andata perduta.» Schioccò le dita; una delle figure mascherate scassinò il baule con un piede di porco.

Il coperchio si rovesciò all'indietro e il cuore di Vincent si fermò. All'interno, centinaia di pagine, alcune rilegate, la maggior parte sciolte, giacevano in pile macchiate e precarie. Riconobbe immediatamente il copione, non solo i ghirigori, le correzioni e le righe cancellate, ma la vera e propria consistenza della carta. La sua carta, quella buona, la partita che pensava di aver bruciato nel 1947 dopo l'incidente di Lione. Lo strato superiore era ingiallito, arricciato ai bordi, ma sotto di esso vide fogli bianchi e puliti, come se qualcuno avesse continuato a scrivere molto tempo dopo che lui aveva smesso.

Si chinò per prenderne uno, poi ci ripensò.

La Donna in Mantello si avvicinò. «Il rito è incompleto, Cantore di Sangue. Lei deve finire la storia.»

Vincent finse di esaminare il copione. «L'ultima volta che qualcuno ha provato a mettere in scena questa cosa, l'intero cast è esploso. Volete davvero un sequel?»

Lei inclinò la testa. «L'ha concluso nel modo sbagliato. Al coro è stato negato. Il ricettacolo non è stato colmato.»

Lasciò che le parole gli rimbombassero nel cranio. Erano le stesse frasi che aveva usato il cultista a Praga, le stesse della testa nel frigorifero. La storia si era diffusa, era mutata, si era evoluta, ma il nucleo era sempre lo stesso: finire il rito, completare l'opera, dare al pubblico ciò che vuole.

Vincent alzò lo sguardo verso il loggione. Poteva percepirli ora: non solo gli attori mascherati, ma altri, nell'oscurità. Altre maschere. Altri osservatori. Alcuni umani, altri no. L'acustica dell'Orpheum portava il loro respiro fino al palco, un sussurro di anticipazione.

Raccolse una pagina. La sua stessa calligrafia lo fissava, velenosa. Lesse la prima riga e lo stomaco gli sprofondò. Non era la sua bozza. Erano le sue idee peggiori, i frammenti e le maledizioni scartate, cucite insieme da qualcuno che lo odiava abbastanza da farlo a dovere. La pagina successiva era peggiore: un'invocazione che aveva scarabocchiato e poi giurato di non ripetere mai, scritta qui con una grafia perfetta e meticolosa.

Mantenne un'espressione neutrale. «Avete fatto tutto questo per una lettura a tavolino?»

La Donna in Mantello non batté ciglio. «Stasera finiremo ciò che è stato iniziato.»

Fece un cenno verso il baule. «Legga.»

Vincent guardò il pubblico, poi di nuovo lei. «Niente intervallo?»

Lei ignorò la frecciata. Le altre figure mascherate ora formavano un cerchio completo, intrappolandolo con il baule, i loro volti illuminati dalle candele che lo scrutavano dall'alto come spettatori a un'esecuzione. Dalle quinte ne entrarono altri due, trascinando con loro un vecchio leggio malconcio e un calice che sembrava rubato da una cattedrale del 1200.

Vincent soppesò le sue opzioni. Ren era fuori, ma non c'era alcuna possibilità che sopravvivesse al monologo di apertura se avesse provato a entrare con la forza. Guardò di nuovo le pagine. Se si fosse rifiutato, l'avrebbero ucciso; se avesse obbedito, probabilmente l'avrebbero ucciso comunque, ma con un valore di produzione migliore.

Sfogliò fino alla pagina contrassegnata e iniziò a leggere.

All'inizio, le parole sembravano goffe: autoparodia, cattiva poesia, il genere di cose che avrebbe fatto a brandelli in un impeto di stizza. Ma mentre parlava, la stanza cambiò. L'aria si addensò, le fiamme delle candele si piegarono verso l'interno e ogni volto mascherato sembrò sporgersi più vicino. Le parole diventarono più pesanti, ognuna cadeva nel fondo del suo stomaco e si accendeva di un fuoco vecchio e sgradito.

Poteva sentire il teatro rispondere. Le crepe nei muri si flettevano, la vernice scrostata sembrava sospirare e da qualche parte nel loggione una mano spettrale preparava una trappola per il sipario. Continuò a leggere.

La Donna in Mantello iniziò a fare eco alle sue parole, amplificandole. Gli altri si unirono, come un coro, e il suono aumentò di volume fino a diventare un muro di voci sovrapposte, impossibile distinguerle l'una dall'altra. Vincent cercò di fermarsi, ma il copione non glielo permise: la sua lingua inciampò su se stessa, la sua bocca formò sillabe che non aveva mai avuto intenzione di scrivere, tanto meno di pronunciare di fronte a testimoni.

Cercò di lasciar cadere la pagina, ma le sue dita erano bloccate, ogni muscolo del braccio collegato alla rappresentazione. Intorno a lui, i cultisti mascherati ondeggiavano, con le braccia alzate, e il cerchio cominciò a stringersi ulteriormente. Vide ora che le loro maschere non erano fisse: si muovevano, un poco, le espressioni che si deformavano a ogni battuta, i denti che si allungavano, gli occhi che si aprivano o si stringevano a seconda della parola. I volti cambiavano con la storia.

Vincent pronunciò a fatica l'ultima battuta. «Che il cuore si apra, che il ricettacolo si colmi. La storia finisce quando il sangue scorre libero.»

La Donna in Mantello strillò, un suono che iniziò come gioia e finì come pura, lacerante agonia. Il coro mascherato urlò con lei, ma non ruppe il cerchio. Invece, l'urlo si ripiegò su se stesso, si quietò, divenne un ronzio.

Barcollò all'indietro, la pagina che finalmente gli cadde di mano. Il baule si muoveva, le pagine all'interno si agitavano, si mescolavano, si accartocciavano come se fossero masticate dall'interno da qualcosa desideroso di fuggire.

La Donna in Mantello si chinò, raccolse la pagina e la avvicinò alla candela. La carta prese fuoco con un sibilo, e ogni singola maschera nella stanza si voltò a guardarla bruciare. Gli occhi dietro di esse erano ora visibili: rossi, neri, alcuni bianco puro. Alcuni erano solo buchi.

«È compiuto,» intonò la Donna in Mantello, la voce un'ottava più bassa. «Ora, Cantore di Sangue, Lei salirà sul palco.»

Si strappò la maschera. Il volto sottostante era privo di lineamenti, bianco come un foglio di carta nuovo, a eccezione di una bocca: una fessura perfetta e verticale che si allargava, e si allargava, e si allargava. Gli si scagliò contro, con braccia incredibilmente lunghe, il mantello che si dispiegava in un'ombra che inghiottì la luce delle candele.

Vincent barcollò, inciampò nel baule e sentì delle mani, decine, centinaia, che lo afferravano, trascinandolo giù nella massa di pagine. Provò a urlare, ma le parole gli si bloccarono in gola, soffocandolo col sapore di inchiostro e sale e vecchi, brutti ricordi.

Il palco svanì. Il pubblico divenne nero. Cadde attraverso le parole, attraverso il tempo, attraverso il silenzio infinito e affamato di una storia che non voleva finire.

DICIOTTO

Vincent conosceva la messa in scena teatrale e conosceva la realtà. Le due cose raramente si sovrapponevano, ma quella notte la distinzione era puramente accademica. Vincent si svegliò e si ritrovò seduto a un tavolo a cavalletti malconcio sul palco dell'Orpheum.

L'ensemble mascherato aveva un approccio al rituale quasi impiegatizio, più convenzione che congrega. Entrarono in scena, una mezza dozzina, i volti nascosti dietro le stesse maschere di porcellana che aveva visto sul palco in precedenza: alcune pallide e lisce come sapone, altre laccate con ghirigori e qualche macchia di sangue di buon gusto. Nessuno di loro emise un suono se non lo stretto necessario e nessuno si degnò di riconoscere la sua esistenza. Avrebbe potuto essere un oggetto di scena, un bersaglio, o (più probabilmente) un fastidio necessario nel programma della serata. Si muovevano attorno a lui, attenti, coreografati.

La Donna Mantellata, la regista di quel particolare melodramma, stava in piedi a capotavola con le mani giunte sul ventre. Il mantello cadeva in linee rigide, il cappuccio le ombreggiava il volto così completamente che avrebbe potuto non averne uno.

Quando parlò, lo fece senza preamboli. «Abbiamo riportato la Sua opera alla sua forma pura. Stasera completerà il copione.»

Vincent guardò la parata davanti a sé: una pila delle sue vecchie bozze, perfettamente intatte nonostante i suoi sforzi per bruciarle; una boccetta d'inchiostro con una penna d'oca infilzata nel collo; un calice d'argento con un coperchio, il vapore che si condensava sul bordo. Fece un lento cenno del capo a quella messinscena, come se stesse mentalmente assegnando punti per l'impegno.

Disse: «Si rende conto che sono decenni che non scrivo una singola parola senza un anticipo?»

La Donna Mantellata non rispose, ma uno del coro fece scivolare il calice di un paio di centimetri più vicino alla sua mano destra. Il movimento era studiato, l'inclinazione del polso tradiva un tocco di ansia da prestazione. Un altro spinse la penna d'oca finché non rotolò e si fermò, perfettamente allineata con la cicatrice lungo l'indice di Vincent.

Fece finta di ignorare il sangue. «È un po' presto per un rinfresco, non Le pare?»

Sollevò il coperchio del calice, aspettandosi un'offerta di Shiraz a buon mercato o, nel migliore dei casi, uno sciroppo teatrale. Invece, l'aria si fece di colpo densa del profumo di sangue umano fresco: giovane, caldo, del tipo che non aveva visto un imbalsamatore o un obitorio. Le zanne di Vincent, sempre dormienti ma mai scomparse, pulsarono sotto le gengive con un palpito di avvertimento. Richiuse di scatto il coperchio, sperando che nessuno notasse il tremito delle sue dita.

La voce della Donna Mantellata seguì il gesto come un predatore che insegue la preda. «L'atto deve essere consumato nello spirito e nel corpo. Tutto il resto è teatro.»

Vincent diede un'occhiata ai copioni, fingendo noia mentre i suoi occhi scorrevano la prima pagina. Si prese un momento per studiare la carta – buona carta di cotone, niente di quella merda "artigianale" di Amazon – e poi lasciò che il suo sguardo vagasse sulle parole.

Le linee familiari della sua stessa calligrafia lo fissavano, solo che non erano esattamente le sue. I margini brulicavano di una scrittura che non era la propria, annotazioni e cancellature in rosso, blocchi di glifi e rune impressi nella grana della carta come se fossero stati applicati con un saldatore. C'erano anche delle istruzioni, ma si muovevano quando cercava di leggerle, come un notiziario a scorrimento composto da insetti.

Si leccò le labbra, sentì il sapore di rame e bile. «Vedo che ci avete messo impegno. Dunque: il codice d'abbigliamento è sempre 'sacrificio di sangue chic' o è solo per me?»

Un fremito percorse i cultisti, ma nessuno abboccò. La lampadina sopra di lui oscillò più ampiamente, illuminando i volti in una sequenza di maschera, ombra, maschera, ombra. Osservavano, ma solo con la pazienza dei predatori che aspettano che un animale in fin di vita smetta di contorcersi. Persino i fantasmi del backstage dell'Orpheum sembrava avessero dato buca per la serata, come se fossero consapevoli che quella performance aveva una clausola "tutto o niente" nel contratto.

Vincent guardò la Donna Mantellata. «Se lo faccio, cosa mi succede?»

«Il Suo ruolo è finire l'opera. Dopodiché, Lei non avrà più importanza,» disse, e le sue parole avevano la cadenza rassicurante di un rituale.

Aprì la boccetta d'inchiostro, l'annusò. Roba da poco, ma almeno non era rosso. Stappò la penna, la librò sopra il copione, poi lasciò la mano sospesa. Ogni muscolo del suo braccio voleva ribellarsi, ma l'aria era pesante di quell'aspettativa che solo le sette e le case editrici sapevano creare.

Alzò lo sguardo, incrociando il riflesso della lampadina in una mezza dozzina di maschere. «Tanto per essere chiari: sapete leggere tutti, vero? Mi spiacerebbe che fosse una perdita di tempo se nessuno poi potesse effettivamente leggere il finale.»

Ancora nulla. Sospettava che avessero tutti fatto voto di silenzio, o forse era solo un effetto collaterale dell'essere così presi dal cosplay.

Vincent fece un respiro profondo, poi sfogliò la pila. Le parole mutavano sotto il suo sguardo, versi che avrebbero dovuto essere poesia trascurabile si riempivano di nuove intenzioni. Le note a margine non si accontentavano più di stare in disparte: si riversavano nel testo principale, si curvavano sui bordi, si avvolgevano attorno alle lettere in modi che non erano affatto tipografici. Aveva scritto incantesimi in passato – di proposito, per caso e in almeno una deplorevole fanfiction – ma questa era la prima volta che sentiva che era il copione a scrivere lui.

Disse: «Se volete che sia autentico, dovete lasciarmi improvvisare. È così che funziona.»

La Donna Mantellata inclinò la testa, il lento cenno del capo di un direttore di scena che ha già stipulato l'assicurazione per incendi e inondazioni.

Vincent intinse la penna d'oca nell'inchiostro. Il graffio del pennino sulla pagina fu subito, allarmantemente forte. Esitò, poi scrisse:

L'autore siede, circondato da maschere e dalla promessa di violenza. Conosce il finale, ma lo scrive comunque.

Un'onda fisica attraversò i cultisti, appena percettibile, ma inconfondibile. L'aria intorno a lui si addensò, il ronzio della lampadina passò da un sibilo a un basso. Persino la pioggia che cadeva sul tetto tacque per un istante, come se la città stessa stesse trattenendo il respiro.

La Donna Mantellata era in piedi alla sua spalla sinistra, le mani ordinatamente giunte nello stile di una matrona che prepara un plotone d'esecuzione. La sua maschera era nuova: non quella veneziana di prima, ma un semplice pezzo di lino grezzo, macchiato con il tipo di disegni che si ottengono dopo anni passati a maneggiare vino rosso e altri fluidi meno socievoli. Non incrociava mai i suoi occhi; Vincent poteva rispettarlo. Intorno a loro, l'ensemble mascherato indugiava in un semicerchio, ognuno con il proprio dramma privato: la Lucertola (una maschera di scaglie e lacca, scheggiata sul mento per troppe testate), i Gemelli (congiunti alla tempia da un nastro nero), il Poeta (la bocca cucita con filo d'argento, gli occhi cerchiati di kohl). Ce n'erano altri, naturalmente, ma aveva esaurito gli insulti creativi quando era arrivato alla "Barzelletta" (il più piccolo, con una maschera dipinta da pagliaccio letterale, che per qualche motivo irradiava un'aria di violenza imminente).

Erano silenziosi, a parte il respiro, che arrivava a raffiche sincopate – inspira, espira, pausa, ripeti – come un coro che avesse perso la melodia ma fosse determinato a tenere il tempo.

Vincent contrasse la mano, forzò la penna verso il basso e cominciò a scrivere.

Nell'ora da quando Vincent era entrato, Ren era riuscita a far fuori la batteria dell'auto, metà della sua dignità e una scatola gigante di Tic Tac Fruit Adventure. La notte non era tanto fredda quanto famelica, un tipo di gelo umido della West London che si insinuava tra le cuciture del suo cappotto e le risaliva la nuca come una lumaca senza rispetto per la privacy altrui. L'orologio del cruscotto le mostrava un funesto 02:07, mentre l'unico lampione funzionante del vicolo tingeva l'interno della Peugeot del colore del cartone bagnato e della disperazione.

Controllò il telefono per la decima volta in altrettanti minuti. Niente messaggi, niente chiamate, nemmeno un passivo-aggressivo "sono ancora vivo" da parte di Vincent. Spense lo schermo e fissò il parabrezza, osservando il suo respiro lasciare spirali appiccicose sulla condensa. A un certo punto aveva provato a pulirlo con la manica della felpa, ma l'effetto era stato più simile a del vetro di Murano dopo un terremoto.

Ren avrebbe potuto prendere d'assalto l'Orpheum, ma aveva fatto l'inventario delle sue risorse ed era risultata a corto. Le erano rimasti un coltellino svizzero, una lattina scontata di energy drink "premium" e quel tipo di tecniche di autodifesa da strada che funzionavano meglio quando l'avversario non aveva, di fatto, passato secoli a perfezionare la propria coreografia omicida. Ragionò che se Vincent avesse avuto bisogno di essere salvato, la cosa più intelligente da fare sarebbe stata mandare un messaggio per chiedere aiuto.

Invece, si allungò verso il vano piedi per prendere il suo portatile. Era uno di quei modelli commercializzati per "professionisti creativi", che era un modo educato per dire che scaldava più dell'inferno e aveva una durata della batteria misurata in "episodi di *Bake Off*". L'aggeggio si avviò con un sussulto, con le ventole che gridavano, mentre Ren si collegava al Wi-Fi del vicino Pret e si lanciava in una ricerca con la disperazione di chi davvero non voleva restarsene seduta a rimuginare.

Prima di tutto: l'Orpheum. Aveva già fatto le ricerche di base: vecchio teatro, chiuso da decenni, una calamita per cacciatori di fantasmi e gente che pronunciava "estetico" con il massimo numero di sillabe. Ma aveva saltato l'approfondimento, il tipo di ricerca che tirava fuori le cose che nemmeno Vincent sapeva. Partì dagli archivi immobiliari del comune, che erano navigabili quanto il Mar dei Sargassi ma con più speranze affondate.

Trovò quello che cercava in pochi minuti: due anni prima, il contratto di locazione dell'Orpheum era stato tranquillamente acquistato da un'entità chiamata Orbis Malvorn Ltd. Registrata nelle Isole del Canale, perché ovviamente lo era. Gli amministratori erano anonimi, ma le tracce cartacee erano leggermente raffazzonate, abbastanza da mostrare che qualcuno aveva provato a ripulire, ma non con la convinzione di un vero paranoico. Confrontò l'indirizzo con i vecchi appunti di Vincent, trovò tre corrispondenze e sentì il cuore accelerare un battito.

Scavò più a fondo. Orbis Malvorn era collegata a una serie di società di comodo, tutte intestate a poeti morti o a santi cattolici minori. Era il tipo di gioco delle tre carte che Vincent avrebbe apprezzato, se non altro per la fedeltà al tema. Ren cliccò su un documento dopo l'altro, con gli occhi che si velavano, finché una firma non la bloccò di colpo.

Bartholomew Archer. Segretario della società.

Ren si appoggiò allo schienale, il sedile umido che le sottraeva calore attraverso i jeans. Sbatté le palpebre due volte, sicura di aver letto male. Ma il nome era lì, impresso con permanenza digitale.

Lo conosceva, non dalla sua vita ma da quella di Vincent: Bartholomew, il Renfield, l'uomo della luce del giorno, la prima persona di cui Vincent si era fidato dopo Carmine. L'uomo che una volta aveva salvato Vincent dall'essere impalato in un monolocale di Soho, solo per svanire qualche anno dopo. Non avevano mai parlato di lui, non in dettaglio. Ma la reazione di Vincent al nome – quando Mrs Barley l'aveva menzionato, ubriaca e in dormiveglia nella terra di nessuno tra la mezzanotte e l'alba – era stata tutta la prova di cui aveva bisogno che era importante.

Tornò indietro, rilesse le righe. Non c'era dubbio.

Bartholomew era vivo. E dirigeva la setta.

Ren chiuse il portatile, il suo respiro che si condensava nell'aria. Sentì l'impulso di vomitare, o di prendere a pugni qualcosa, o forse solo di chiamare Vincent e urlargli al telefono. Invece, rimase seduta, immobile, lasciando che la consapevolezza si indurisse intorno a lei come l'inverno.

Non sapeva cosa questo significasse per Vincent, o per sé stessa. Ma sapeva che la mossa successiva non sarebbe stata la sua.

Ren guardò il teatro, la facciata crepata che ora incombeva

nella luce arancione del sodio come se l'intero edificio stesse trattenendo il respiro. Prese il telefono, aprì un nuovo messaggio e iniziò a digitare con le dita intorpidite.

All'interno, la storia era cambiata. E lei era l'unica ad aver letto le note a piè di pagina.

Premette invio e aspettò che Vincent uscisse.

Alla fine, lo faceva sempre.

DICIANNOVE

Vincent iniziò a scrivere con ciò che ci si aspettava: *SCENA XII: La Maschera Cade.*

Poi, con l'estro di un uomo in procinto di distruggere la propria carriera, aggiunse una nota a margine: *Versione del Regista: Tutte le didascalie sono da intendersi con estremo pregiudizio.* Se doveva essere lo scriba della setta, ne sarebbe stato almeno il sabotatore.

Scrisse con intenzione, ma ogni riga che scarabocchiò la sentì sbagliata, come incidere graffiti sulla propria lapide. Il rituale esigeva precisione — il latino antico, i sigilli, lo stupido pentametro giambico — ma Vincent lo infarcì di mine: didascalie contraddittorie, incisi che si avvitavano su se stessi, dialoghi talmente affettati da rischiare un collasso gotico spontaneo.

Sentì la magia attivarsi quasi subito. Fu come trovarsi in un ascensore con un impianto elettrico difettoso e una colonna sonora ancora peggiore: il mondo vacillò, le luci si affievolirono e da qualche parte nelle tubature una valvola di pressione gridò la sua protesta. Le candele divamparono, ogni fiamma una lingua famelica. L'aria si fece umida, poi secca, poi di nuovo umida. Vincent alzò lo sguardo, quasi aspettandosi un applauso, ma il pubblico si limitava a osservare, la loro fame collettiva che gli premeva sul cranio come una camera d'aria di bicicletta in fase di gonfiaggio.

La Donna Ammantata colse l'attimo. «Molto bene» tubò, la voce squillante come vetro infranto. «Sente la risonanza, sì? Il coro si agita.»

Vincent riuscì ad abbozzare un sorriso sghembo. «Mi è sempre piaciuto un pubblico partecipe.»

«Continui a scrivere» disse lei e, solo per un istante, lui intravide il profilo della sua vera bocca: un taglio rosso dietro il lino.

Così scrisse, più rápido, più avventatamente, lasciando che fosse la penna a sanguinare. Intrecciò battute che solo un nichilista di settecento anni avrebbe potuto apprezzare. Inserì allusioni a rivoluzioni fallite, birra lager da quattro soldi, reality show e all'intera opera omnia di Sir Terry Pratchett. Scrisse battute che non potevano essere pronunciate e didascalie che avevano senso solo se lette al contrario e sotto la luce ultravioletta. E, solo per vedere se l'universo stesse prestando attenzione, inserì la frase: *«Che la chiamata alla ribalta sia una caduta di sipario, e che l'autore sopravviva solo nelle note a piè di pagina.»*

La magia reagì come un animale ferito. La stanza divenne gelida, poi rovente. I teschi di gufo tintinnarono e le luci di scena presero a calare e aumentare d'intensità per accordarsi all'intensità emotiva della scrittura. I cultisti mascherati iniziarono a mormorare, una vibrazione profonda che Vincent sentì fin nei molari. La pagina sotto la sua mano si impennò come una cosa viva, ma lui premette, forzando le parole a imprimersi.

Passò un minuto. Poi un altro. Il mormorio crebbe fino a raggiungere un'intensità febbrile.

E poi, con la precisione di un martello che si abbatte su un pollice, una mano si schiantò sulla scrivania.

L'onda d'urto quasi strappò la penna dalla presa di Vincent. Lui alzò lo sguardo, sbattendo le palpebre, e si ritrovò il Lizard incombere su di lui, maschera spaccata all'altezza della mandibola, respiro caldo e umido sul viso. La mano — lunga, venosa, quasi rettiliana nella sua delicatezza — si aprì sulla sua bozza, inchiodando la pagina.

«Questa non è la battuta» gracchiò il Lizard. La voce era più profonda di prima, incrinata nel mezzo come un vetro lasciato sotto una grandinata.

Vincent considerò le sue opzioni, non ne trovò nessuna soddisfacente e decise di crearne una nuova. Incrociò lo sguardo del Lizard — o almeno, le cavità nere e lucide dove uno sguardo un giorno sarebbe potuto essere installato.

«Adesso sì» affermò Vincent, con la massima calma.

Le dita del Lizard si conficcarono nella carta, gli artigli che minacciavano di strapparla a metà. «Il rito non tollererà falsità» lo avvertì. Quella non era una commissione; era la voce dell'Es intriso di sangue, quel pezzetto di ogni setta che vuole solo veder bruciare il mondo e mangiare le ceneri per dessert.

Si chinò in avanti, abbastanza vicino da vedere il proprio volto riflesso nella lucentezza verde della maschera. «Nemmeno io» disse.

Un attimo di tensione sospeso a mezz'aria, denso come colla. Vincent si preparò alla violenza — un calice scagliato, un pugnale cerimoniale, una combustione spontanea. Invece, la maschera del Lizard si crepò, letteralmente: una sottile frattura si diramò a ragnatela dalla tempia sinistra, e il respiro che ne sfuggì era venato da qualcosa di metallico e dolce.

Intervenne la Donna Ammantata, posando la mano sulla spalla di Vincent con la morbidezza di un piumino da spolvero e la certezza di una lama di ghigliottina. «Il Bardosangue troverà la sua voce» annunciò, fintamente rassicurante, al pubblico. «La trova sempre, alla fine.»

Ci fu un mormorio dalla folla, per metà riluttante, per metà religioso. Vincent colse l'atmosfera: metà di loro voleva vederlo fallire, e l'altra metà voleva vedere fin dove si sarebbe potuto spingere prima di darsi fuoco da solo.

Si leccò l'angolo della bocca, dove si era raccolto sudore o sangue. «Non è concesso improvvisare in questa compagnia?» chiese alla stanza, con finta nonchalance.

Il Poeta, la bocca cucita, versò un'unica lacrima d'inchiostro. I Gemelli si scambiarono un'occhiata e scrollarono le spalle all'unisono. Punchline emise un suono a metà tra una risatina e un rantolo mortale.

Le dita della Donna Ammantata massaggiarono la spalla di Vincent e per un attimo lui immaginò che avrebbe potuto staccargli la testa di netto come un dente di leone. Invece, lei si chinò, la maschera di lino che gli sfiorava l'orecchio.

«Finisca la scena finale» sussurrò. «Stanotte apriamo i cancelli.»

La penna di Vincent esitò. Guardò in basso, alla pagina tremante, al caos crescente della sua stessa calligrafia, e pensò a tutte le volte che aveva sabotato una lettura per amor di una risata da poco. Questo era diverso: la posta in gioco era reale, e così la magia.

Scrisse:

Sipario. La maschera cade. Il coro, privato di tutto.

La pagina rispose con un guizzo, l'inchiostro che si contorse per un secondo prima di fissarsi. Rischio un'occhiata al Lizard, che incombeva ancora, ma ora sembrava incerto se strappargli la gola o chiedergli una copia autografata.

Vincent cercò di non guardare il calice di sangue, ma l'odore era aggressivo, si levava al di sopra del lezzo chimico dell'inchiostro. Si chiese, per un istante, se ci fosse un significato metaforico in tutto ciò, o se l'universo stesse solo mettendo in scena un elaborato e meschino scherzo a sue spese.

Scrisse un'altra riga:

Il coro stringe il cerchio. Il copione è quasi terminato.

La stanza gemette, un suono proveniente dalle assi del pavimento o dalle pietre sottostanti. La Donna Ammantata restava alle sue spalle, così vicina che poteva sentire il gelo irradiare da lei. Continuò a scrivere, sperando che più rápido fosse andato, prima sarebbe arrivato il colpo di scena e avrebbe potuto tornare a fingere che la sua esistenza avesse un qualche margine di autonomia.

Tentò un'altra battuta. «Sa, la maggior parte degli editori chiede solo una sinossi e un capitolo di prova. Questo è un po'... intenso.»

Si voltò a guardare e vide finalmente il suo volto — solo che non c'era nessun volto, solo una maschera dietro la maschera, stratificata così tante volte che la nozione di un originale era risibile. Al centro dei fori per gli occhi, intravide un rosso umido e luccicante, come se qualcosa stesse aspettando il segnale giusto per sgorgare.

Scrisse:

L'inchiostro scorre. Il sangue riempie la coppa. La storia si nutre.

La lampadina sopra di lui tremolò, poi si stabilizzò. La Donna Ammantata gli posò di nuovo la mano sulla spalla — fredda, ma non morta — e strinse, una volta, un gesto sia di incoraggiamento che di finalità.

Scrisse l'ultima riga:

Il ricettacolo si svuota. La maschera cade. La fame non è saziata, solo condivisa. Buio.

Si fermò, la penna sospesa. Il copione era finito, ma l'energia nella stanza aveva raggiunto un'intensità febbrile. I cultisti iniziarono un canto basso e senza parole, una vibrazione che si insinuò attraverso i denti di Vincent e gli fece vibrare la mascella. Le pagine di fronte a lui luccicarono, l'inchiostro che si fondeva nella carta finché le lettere non fluttuarono libere, formando disegni che si muovevano, vivi, nella luce fioca.

Si appoggiò allo schienale, ogni nervo che vibrava di adrenalina e terrore. L'aria era elettrica, carica del tipo di potere che non sentiva dall'ultima volta che aveva provato a sciogliere una maledizione scrivendola al contrario.

La Donna Ammantata si chinò, la sua voce improvvisamente morbida e vicina. «Beva.»

Guardò il calice, il sangue all'interno ancora caldo, che ancora fumava nell'aria fredda. Ogni cellula del suo corpo urlava di rifiutare, ma Vincent non era altro che uno schiavo del rito. Sollevò la coppa, l'argento già scivoloso di condensa, andò a bere.

Il sangue era dolce, vivido e impossibilmente vivo. Gli scese in gola e nelle vene, e con esso giunse il ricordo di ogni parola che avesse mai scritto, ogni battuta di copione che era sopravvissuta al suo interprete. La stanza roteò, l'immagine residua della lampadina che gli si imprimeva sulle retine.

Il canto del coro crebbe, poi si spense di colpo.

Vincent lasciò cadere la coppa. Tintinnò sul pavimento, rotolando finché non si incastrò sotto il tavolo, fuori dalla vista.

Ansimò, il respiro affannoso, e guardò il copione finito.

Crollò in avanti, la fronte che colpiva il bordo del tavolo con un tonfo udibile.

La Donna Ammantata gli tolse la mano dalla spalla e, sparito il suo tocco, la temperatura della stanza schizzò verso l'alto, il sudore sul viso di Vincent che divenne istantaneamente freddo.

Vincent rimase seduto, immobile, finché il sangue non si placò nelle sue viscere e il sapore di metallo svanì dalla sua bocca.

Alzò lo sguardo sulla Donna Ammantata. «Finito. Lo vuole letto ad alta voce, o glielo pinzo direttamente sulla prossima vittima?»

«Lo metterà in scena lei» disse. «Sul palco.»

Vincent represse un sospiro. «Certo che lo farò.»

Vincent percepì il disturbo nel suo camerino prima ancora di sentirlo — l'aria che si addensava, il sapore di vecchi segreti che si destavano dalla polvere delle tende. Il backstage dell'Orpheum aveva un suo ritmo, ma questo era qualcosa di importato: una cadenza di un altro secolo, costante come un metronomo e doppiamente spietata. Le figure mascherate reagirono come a un attacco silenzioso di un direttore d'orchestra, dividendosi con sincronizzata economia ai due lati del corridoio. Persino la Donna Ammantata, imperturbabile nel suo sudario di eleganza da leader di setta, si raddrizzò di scatto, incrociando le mani dietro la schiena e adottando la postura di una maschera in attesa dell'arrivo di un ispettore ministeriale.

Bartholomew Archer entrò come se il posto fosse suo, cosa che, a tutti gli effetti, era. Aveva scambiato il suo abito preferito color osso con uno nero, così impeccabile da far venire una crisi di coscienza a Savile Row, ma l'effetto era lo stesso: sembrava un banchiere in procinto di pignorare l'aldilà. L'età non era stata特別mente crudele, ma gli aveva affilato i lineamenti e temprato d'acciaio le linee della mascella. I suoi capelli erano passati dal grigio canna di fucile al bianco neve, pettinati all'indietro nello stesso schema geometrico che Vincent ricordava dagli anni Venti, and i suoi occhi — oh, gli occhi — erano ancora due fori perfettamente lavorati per riversare dentro luce e strizzare fuori le tue intenzioni.

Si fermò poco prima della specchiera di Vincent, passando la punta di un dito guantato sui fogli sparsi del dialogo e delle didascalie della scena finale appena scritta. Il tocco fu quasi tenero, come se stesse riprendendo confidenza con un animale domestico che un tempo aveva abbandonato sul ciglio della strada. Il silenzio si protrasse, fragile e intenzionale, finché Bartholomew non alzò lo sguardo e disse: «Vincent. O dovrei dire, Bardosangue. Sono passati... cosa? Novant'anni? Vedo che hai mantenuto gli zigomi.»

Vincent resistette all'impulso di digrignare i denti. «E tu hai mantenuto l'abitudine di rubare le mie opere.»

«Non rubare» disse Bartholomew, tirando fuori un fascio di fogli da sotto il braccio e aprendolo con fare da prestigiatore. «Perfezionare.» Batté sul margine, dove il copione era annotato con una grafia precisa a inchiostro rosso. «Non hai mai avuto la pazienza per le revisioni, vecchio mio. O per le chiusure.»

Un fruscio subsonico serpeggiò tra i cultisti in piedi nel corridoio — approvazione, o forse fame. Vincent colse il movimento: i Gemelli che si sporgevano, la lingua del Lizard che saettava su un canino spezzato, il sorriso dipinto di Punchline che si piegava verso l'alto.

Bartholomew soppesò l'atmosfera della stanza, poi rivolse tutta la sua attenzione a Vincent. «Non abbiamo mai finito il nostro piccolo progetto. Ma credo che troverai il pubblico di stasera piuttosto... più devoto della solita folla del West End.»

Vincent finse di rilassarsi, sprofondando nella sedia malconcia. «Se volevi una reunion, Bart, avresti potuto просто mandarmi un corriere. Preferibilmente uno senza il codice d'abbigliamento da assassino vagabondo.»

Bartholomew gli posò davanti il copione, le pagine aperte a ventaglio come una mano di carte. «Hai sempre pensato che fosse tutto uno scherzo. Forse è per questo che non hai mai capito la posta in gioco.» Fece un cenno alla Donna Ammantata, che si fece avanti. «Il rituale è nelle tue mani, adesso. Letteralmente.»

Lanciò un'occhiata alla compagnia mascherata, tutti in attesa di un segnale, e disse: «Portatelo sul palco. È ora.»

Vincent valutò, per un istante, se resistere. Calcolò le probabilità — dodici psicopatici mascherati, la mano destra della Donna Ammantata che già si fletteva pronta ad afferrarlo, Bartholomew che probabilmente aveva in serbo più di un semplice senso dell'occasione — e decise di lasciar perdere. Inoltre, voleva vedere come andava a finire.

I Gemelli si mossero per primi, afferrandogli ciascuno un polso con la fredda sicurezza di chi l'aveva già fatto prima. Gli altri si strinsero intorno, una mischia color sangue, le loro vesti che sibilavano sulle assi del pavimento e le maschere che scricchiolavano come vecchi denti. Il Lizard sibilò nell'orecchio di Vincent, un suono umido e rettiliano che conteneva un unico, chiaro avvertimento: collabora, o perderai qualcosa di vitale.

Guardò alle sue spalle mentre la Donna Ammantata e Bartholomew si accodavano, osservandolo entrambi come un produttore e un regista che avevano finalmente risolto il problema del casting. Il corridoio davanti a loro era già illuminato da candele tremolanti — ognuna delle quali scriveva, con un'ombra sottile, la promessa di una performance che avrebbe lasciato macchie sia sull'architettura che sull'anima.

Mentre lo trascinavano verso il palco, Vincent colse un'ultima immagine del camerino: i costumi, i teschi di gufo, il cerchio di maschere lasciate indietro. Si chiese, brevemente, se qualcuno si sarebbe ricordato di ciò che era stato scritto quella notte.

Ne dubitava. Ma dopotutto, aveva sempre preferito le note a piè di pagina alle chiamate alla ribalta.

VENTI

Ren aveva visto ben più della sua dose di appostamenti andati a male, di solito dall'interno di quella stessa Peugeot o, una volta, dal retro di un furgone della polizia dal quale era scappata vomitando in modo così convincente che l'agente che l'aveva arrestata aveva deciso di andare in pensione. Ma questo, decise, era un genere nuovo: un paranormale gioco d'attesa, con i piedi che si addormentavano, a guardare il secondo peggior teatro della città morire a poco a poco mentre il suo capo tentava il suicidio professionale tramite un rituale interpretativo.

Controllò il telefono per la diciassettesima volta, giusto per confermare che il tempo scorreva ancora in modo lineare e che non era, di fatto, bloccata in una sua personale dimensione infernale dove non succedeva nulla se non R&B di bassa lega e condensa. Vincent non aveva scritto. L'orologio del cruscotto si avvicinava alle tre del mattino. Poteva quasi sentire la voce di sua madre, da qualche parte in un recesso della sua mente, che le elencava il numero preciso di scelte di vita che l'avevano portata a stare seduta fuori da un teatro pericolante in un quartiere dove persino le volpi andavano in giro armate.

Ne aveva abbastanza. Se Vincent non era morto, perlomeno era ora di tentare un salvataggio. Si tirò su la cerniera della felpa, strinse i cordoncini del cappuccio così tanto da dover respirare con la bocca, e scivolò fuori dall'auto con la silenziosa efficienza di chi una volta aveva svaligiato una chiesa (storia lunga, quasi del tutto legale, assolutamente meritato). Percorse il perimetro, con gli stivali che strisciavano sul marciapiede, e tenne le mani in tasca, in parte per il caldo, ma soprattutto per non dare l'impressione di studiare il posto per un colpo, cosa che, a dire il vero, stava assolutamente facendo.

L'Orpheum non era tanto un edificio quanto una discarica verticale con manie di grandezza. Ogni suo centimetro urlava «sito di interesse storico» allo stesso modo in cui un cadavere urla «precedentemente occupato». I portoni d'ingresso erano sbarrati da catene, addobbati con avvisi: STRUTTURA PERICOLANTE, VIETATO L'ACCESSO, SISTEMA DI VIDEOSORVE-GLIANZA ATTIVO, che, notò Ren, era una bugia. Contò almeno quattro finestre murate, tre piccioni e una striscia di quella che sperava sinceramente fosse ketchup, che si snodava dai gradini principali fino a un tombino pieno di mozziconi di sigaretta bagnati.

Trovò l'entrata sul fianco: una porta antincendio d'acciaio arrugginito, chiusa da catene con un lucchetto che avrebbe fatto venire un aneurisma a un fabbro da due soldi. La catena, però, era infilata in un anello d'acciaio che era più decorativo che funzionale, e Ren sapeva per esperienza che il vecchio metallo cedeva sotto il giusto tipo di pressione. Cercò una leva nel vicolo, trovò un pezzo di tondino d'acciaio in un cassonetto e si mise all'opera.

Puntò la spalla, incastrò la sbarra tra la catena e il telaio, e ci si appoggiò sopra, mettendoci tutto il suo peso. Per un secondo non successe nulla; poi, con un gemito e uno scroscio di ruggine, l'anello si tranciò di netto e la catena crollò sull'asfalto con la stessa delicatezza di un'ancora gettata in mare. Ren trasalì, si guardò alle spalle in cerca di testimoni e sgusciò dentro.

L'interno era un mausoleo: un misto di marciume, vecchio velluto e un odore che era in parte umidità, in parte topo, in parte il tipo di sostanza chimica che si usava per conservare i corpi negli anni Cinquanta. L'atrio era denso di polvere, l'aria che tremava all'eco di ogni passo. C'erano impronte sulla moquette, alcune recenti, altre così antiche da essere diventate parte del disegno. Ren attivò la torcia del telefono, per poi spegnerla immediatamente: meglio non fare da faro. I suoi occhi si sarebbero abituati.

Si mosse lentamente, lasciando che i piedi mappassero gli avvallamenti e le pendenze del pavimento, sfiorando il muro con le mani per orientarsi. Più si addentrava, più si rendeva conto che il posto non era affatto abbandonato: c'erano mozziconi di sigaretta freschi, una manciata di lattine di Red Bull vuote e, cosa inquietante, un cartone di succo di frutta per bambini incastrato nell'incavo di un radiatore. C'era gente. Si stavano solo nascondendo.

Il corridoio principale si biforcava a sinistra e a destra. Da sinistra, un debole ronzio: musica, forse, o un canto. Da destra, un fracasso e un breve sibilo zittito. Ren sogghignò, mentre i vecchi istinti si risvegliavano. Andò a destra, seguendo il suono, con il corpo curvo, ogni nervo che vibrava per il brivido di una violazione di domicilio fatta come si deve.

Sgusciò attraverso una porta con la scritta «Guardaroba», poi in un dedalo di stanze più piccole: camerini, magazzini per parrucche, il tipo di cubi senza finestre dove, una volta, una certa Mildred aveva pianto nel suo gin prima del secondo atto. Qui il pavimento era tenuto meglio. Le impronte erano più fresche. Ren si fermò, chiuse gli occhi, tese l'orecchio. Eccolo: il suono umido di una lingua contro i denti, un fruscio di tessuto, un colpo di tosse soffocato. C'era qualcuno proprio dietro l'angolo.

Rischio un'occhiata. Vide uno spicchio di luce e, in esso, uno spicchio di volto: bianco, senza lineamenti, una maschera di porcellana dipinta, con una macchia nera dove avrebbe dovuto esserci la bocca. La maschera indugiò, poi svanì, silenziosa, inquietante. Ren si ritrasse, con il cuore in gola. Aspettò, contò fino a venti, poi proseguì.

Il camerino era vuoto, ma gli specchi raccontavano una storia diversa. Ognuno era incrinato, come se qualcuno avesse cercato di frantumare il proprio riflesso e avesse fallito. Il bancone era disseminato di cipria, rossetto e una selva di fiale vuote. L'aria era greve dei fantasmi di lacca e vecchio sudore.

Ren si avvicinò furtivamente allo specchio più vicino, tracciò un dito nella polvere e vide i simboli incisi nel vetro: cerchi, mezzelune, il triplo glifo che aveva visto sulla convocazione di Vincent. Qualcuno si era preso la briga di dipingerli su ogni superficie disponibile, sovrapponendoli ai resti di vecchi graffiti e a più recenti e nette incisioni di coltello.

Fece un rapido inventario: niente Vincent, nessun segno di lotta. Continuò a muoversi.

Qualche stanza più in là, trovò una cassa etichettata «Oggetti di scena». All'interno: una pila di maschere, ognuna dipinta con volti diversi: animali, umani, da cartone animato, persino una che sembrava modellata sulla peggiore sbronza di Vincent. C'erano anche dei mantelli rossi, del tipo che non avrebbero sfigurato in un film della Hammer, e un fascio ordinato di copioni, tutti identici, ognuno con il sigillo Carmine stampato nell'angolo.

Ne pescò uno, lo sfogliò. Era una copia de *La Maschera Cremisi*, o almeno le ultime scene. Le battute erano annotate, le pagine contrassegnate con «SANGUE» o «CORO» o «VEDI PAGINA 8 PER RITUALE». Sull'ultima pagina, qualcuno aveva scarabocchiato: «IL BARDOSANGUE MUORE QUI». La calligrafia somigliava in modo sospetto a quella di Vincent, solo più spigolosa, più cattiva.

Ren scattò qualche foto con il telefono, poi infilò il copione nella borsa. Se non altro, Zara ci sarebbe andata a nozze.

Stava per andarsene quando l'aria si mosse. Un passo nel corridoio, non il suo. Ren si acquattò dietro la cassa, trattenendo il respiro.

Un'ombra scivolò attraverso la porta, poi si fermò. Ci fu una pausa, una lenta inspirazione, poi una voce misurata, attenta e calda come quella di un conduttore radiofonico che cerca di venderti sia filosofia che un'assicurazione.

«Il nostro ospite sta opponendo resistenza. Preparate il piano di emergenza.»

L'ombra proseguì. Ren espirò, cercando di non lasciarsi sfuggire un gemito. La frase le rimase impressa in testa, e così pure l'accento: vecchia scuola, forse di Eton, con un sentore di quel tipo di snobismo che non ha bisogno di mettersi in mostra. Era il genere di voce che non chiedeva permesso, solo risultati.

Ren attese, contò fino a sessanta, poi si alzò e scivolò via nel corridoio. Si mosse furtivamente nella direzione della voce, seguendo gli echi che rimbalzavano sull'intonaco crepato. Qualche svolta, una rampa di scale, e si ritrovò sul palco superiore, affacciata sul palcoscenico principale.

Di sotto, il teatro era vivo: figure mascherate si muovevano nella buca dell'orchestra, disponendo candele e dipingendo linee sul pavimento. Al centro del palco, un tavolo era apparecchiato con tutti gli ammennicoli di un incubo: coltelli, calici, un libro che pulsava al tremolio della luce delle candele. Sul proscenio, una donna con un lungo mantello rosso stava in piedi, a braccia conserte, la maschera che luccicava nel buio.

E accanto a lei... Ren dovette strizzare gli occhi, ma quando la figura si voltò, ne colse il profilo del viso, la mascella definita, i capelli tirati indietro in una perfetta geometria da serial killer. Per ora, non portava la maschera. Indossava un abito su misura, una spilla sul bavero che somigliava sospettosamente a un simbolo massonico.

«Bartholomew Archer,» sussurrò Ren, e si odiò immediatamente per averlo fatto ad alta voce.

Aveva sentito quel nome solo di sfuggita da Mrs Barley, mai da Vincent, non direttamente. Lui lo aveva chiamato «il famiglio», o «Bart», o, una volta, «il motivo per cui non mi fido di nessuno che indossi gemelli». Lo aveva dato per morto. La maggior parte delle conoscenze di Vincent lo erano.

Ren osservò mentre Bartholomew (le sembrava sbagliato pensare a lui come «Bart») si chinava, diceva qualcosa alla Donna ammantata, e poi si spostava sul bordo del palco. La sua voce si diffuse, senza fretta:

«Il Bardosangue ha completato la scena finale. Sipario tra quindici minuti.»

I cultisti risposero con un sibilo collettivo, non proprio un applauso, ma qualcosa di più animale. Bartholomew sorrise, si voltò e uscì di scena a grandi passi, così leggeri che si sentirono a malapena sulle assi del palco.

Ren indietreggiò, il petto stretto. La consapevolezza la colpì con una chiarezza nauseante: non era solo una recita, e non era solo un rituale. Era una questione personale. Aveva pensato che Vincent fosse il protagonista di un dramma che aveva scritto per sé stesso, ma Bartholomew – Archer, o chiunque fosse – era il regista, il critico, il pubblico e il boia, tutto in uno.

Doveva muoversi. In fretta.

Ren tornò sui suoi passi, rasentando i muri, ogni senso che le urlava che la stavano osservando. Sulle scale, incrociò un cultista con una maschera da volpe, che si fermò, inclinò la testa e poi svanì. Nel corridoio, si nascose in un ripostiglio quando sentì delle risate: due voci, entrambe camuffate, entrambe euforiche per l'attesa.

Aspettò, pensando.

Il rituale stava per iniziare, e Ren aveva, nella sua borsa, esattamente un mazzo di chiavi dell'auto, un telefono con il quindici percento di batteria e un copione rubato. Niente armi, niente rinforzi e – controllò, non si sa mai – nessuna improvvisa capacità di teletrasportarsi.

Valutò di chiamare Mrs Barley, ma sapeva che sarebbe stato inutile. La vecchia le avrebbe detto di cavarsela da sola e, inoltre, dubitava che qualcuno al di fuori dell'Orpheum potesse arrivare in tempo.

Doveva fare qualcosa. Qualsiasi cosa.

Ren sgusciò fuori dal ripostiglio, camminando veloce ma non così tanto da attirare l'attenzione. Si mosse attraverso l'Orpheum come un ladro in una casa già mezza svaligiata. Ogni corridoio era un percorso a ostacoli di moquette marcia e prolunghe pronte a farla inciampare, ma ci mise meno tempo di quanto sperasse, l'eco degli applausi che la guidava verso l'azione come un faro per gli inguaribilmente sconsiderati. Il teatro era un labirinto; era stato progettato da vittoriani convinti che un locale veramente grandioso dovesse permettere agli attori di entrare da qualsiasi parte, compreso il tetto e forse gli inferi. Ren sfruttò ogni scorciatoia che ricordava dal suo unico e fallimentare tentativo alla scuola di recitazione, e qualcuna che inventò sul momento.

Aveva abbassato il cappuccio della felpa perché era difficile sentire, e portava i capelli raccolti sotto un berretto che sarebbe potuto appartenere a un criminale di piccolo calibro o a un poeta ancora più piccolo. Il suo respiro rimase corto, i suoi passi misurati, il suo polso a metà tra il ritmo di una discoteca e il rantolo mortale di un elettrodomestico in fin di vita.

Raggiunse il sipario – una tenda abbastanza spessa da fermare un proiettile di basso calibro, o almeno una grandinata di popcorn – e sporse la testa oltre il bordo proprio mentre Vincent veniva portato in parata sul palco. Due cultisti lo fiancheggiavano, gemelli, suppose, dalla identica angolazione strafottente dei loro gomiti. Dietro di loro, in piena modalità da Maestro di Cerimonie, c'era Bartholomew. Aveva aggiunto una cravatta di seta rossa e una singola rosa bianca all'occhiello, come a suggerire che la serata sarebbe culminata in un duello o in un funerale.

Ren estrasse il telefono dalla tasca posteriore, impostò la foto-camera su video e iniziò a riprendere.

Rimase bassa, usando l'oscurità delle quinte come copertura, e mise a fuoco. L'inquadratura era un po' da Blair Witch – traballante, con metà fotogramma occupato dal broccato ammuffito del sipario – ma colse l'essenziale: Vincent, tutto spigolosa rassegnazione, i capelli incollati al cranio da quello che sembrava sospettosamente sangue. Il suo viso era composto, impostato in quella modalità da «sarei ovunque tranne che qui, ma specialmente non qui». I cultisti avevano un aspetto peggiore: alcuni con abiti horror su misura, altri in una sorta di couture post-apocalittica da negozio di beneficenza, tutti sormontati da quelle maschere grottesche.

Inquadrò il pubblico: ogni posto era occupato, ogni spettatore mascherato e ammantato, con le mani giunte in attesa. Le luci di sala erano state abbassate a un livello da «documentario su un serial killer». Sul palco, un cerchio di sale o qualcosa di più bianco segnava l'area della performance. Il pezzo forte, naturalmente, era la scrivania malconcia con il copione di Vincent; sopra di essa, il fondale era stato dipinto con una rozza copia del sigillo a tripla mezzaluna.

Ren continuò a filmare, ma il suo pollice era già sospeso sul pulsante di caricamento. Se fosse stato necessario, avrebbe trasmesso l'intera maledetta faccenda su ogni forum di culti e subreddit soprannaturale d'Europa.

Bartholomew si fece avanti sul palco, con il vero riflettore ora puntato su di lui. Alzò le mani, e il silenzio che seguì fu preciso come il colpo di un cecchino. «Signore e signori,» disse, «stanotte non resusciteremo solo l'arte. Stanotte, evocheremo la voce originale, la parola più vera. Stanotte –» e qui sogghignò, con quell'arco da lupo nelle sopracciglia «– il Bardosangue rivelerà l'ultimo atto.»

Una salva di applausi. Qualche sibilo. Qualcuno in prima fila fece un gesto con la mano che Ren non riconobbe, ma lo archiviò per future paranoie.

Ingrandì il volto di Vincent. Lui alzò gli occhi al cielo. Un classico.

Ren si ritrasse dal sipario, sbattendo le palpebre per scacciare dalle retine l'immagine residua del telefono. Se ci fosse stato un bagno di sangue, non l'avrebbe di certo registrato con un telefono costruito per video di gatti e Wi-Fi scadente. Le serviva un vantaggio. Un'arma. Qualcosa. Si precipitò tra le quinte, scrutando il caos in cerca di qualsiasi cosa potesse riutilizzare come deterrente.

Il tavolo degli oggetti di scena era la fantasia di un drogato di opzioni: pugnali di scena (spuntati, ma probabilmente efficaci se si prendeva l'avversario di sorpresa), pugnali veri (nascosti tra quelli finti per la massima confusione), una matassa di catena di plastica, due parrucche da clown sgargianti, un pezzo di corda di pianoforte e – miracolo dei miracoli – un revolver d'epoca, del tipo che sembrava arrivare con il suo biglietto d'addio. Afferrò il revolver, controllò il cilindro (completamente carico, perché no?) e se lo infilò nella cintura dei jeans. Per scena, prese il più affilato dei pugnali e lo nascose nella manica.

Controllò di nuovo il telefono. Stava ancora registrando. Stava ancora caricando. Il segnale oscillava tra due tacche e la scritta «Solo chiamate d'emergenza», ma il video era là fuori, ormai. Se non ce l'avesse fatta, almeno internet avrebbe saputo chi prendere in giro.

Una nuova raffica di applausi riportò la sua attenzione sul palco. Vincent era stato spinto in avanti, su una X bianca nastrata sul pavimento. Sbatté le palpebre contro la luce. La Donna ammantata apparve a destra del palco, portando il copione con entrambe le mani come un'offerta. Bartholomew si inchinò, prese il copione e lo porse a Vincent con tutta la cerimonia di un'incoronazione papale.

Vincent lo prese, scorse la prima pagina e sospirò. Alzò lo sguardo, incrociò quello di Ren attraverso la penombra e, per una frazione di secondo, lei pensò che potesse ridere. Invece, mimò qualcosa con le labbra – difficile da dire, ma sembrava: «Spero che tu stia registrando.»

Ren gli fece un pollice in su, poi lo trasformò in un dito medio per buona fortuna.

Bartholomew si schiarì la gola. «Il nostro autore eseguirà ora la scena finale.»

Il pubblico mascherato ridacchiò, un suono stranamente educato, come pensionati a una battuta spinta in una sala parrocchiale.

Vincent si raddrizzò, fece un respiro profondo e cominciò a leggere.

Iniziò in modo abbastanza semplice: il solito fracasso e sangue delle prime bozze di Vincent. Il linguaggio era più barocco di quello che Ren ricordava di aver letto in cucina: o Vincent stava improvvisando, o Bartholomew aveva revisionato il copione fino a renderlo un'autoparodia. L'aria nel teatro, però, cambiò; più Vincent leggeva, più diventava elettrica, come se ogni consonante fosse una scintilla e ogni parola una miccia. Il pubblico si sporse in avanti, i cultisti strinsero il cerchio, le luci di sala si abbassarono a un livello sepolcrale.

La voce di Vincent divenne più forte, più sicura, più... inumana. La maschera scivolò, solo un po'. Le sue zanne – sottili, ma ora visibili – lampeggiavano a ogni sillaba. Gesticolò con il copione, e il vento del gesto portò con sé un peso reale. I Gemelli lo fiancheggiavano, ma persino loro sembravano diffidenti.

Ren strisciò più vicino al palco, rimanendo bassa dietro le pile di scenografie. Poteva vedere la traiettoria di come sarebbe andata a finire: Bartholomew avrebbe forzato la conclusione, Vincent avrebbe resistito, e qualcuno si sarebbe ritrovato con la testa spaccata. Contò i colpi nel revolver, calcolò quali cultisti sembravano più facili da abbattere e riesaminò le vie di fuga. Non ce n'erano. Era tutto o niente.

Vincent arrivò all'ultima pagina. Le sue mani tremavano, non di paura, ma con l'anticipazione di un uomo che sta per far saltare il pub quiz con una risposta a trabocchetto. Lanciò un'occhiata a Bartholomew, poi al pubblico, poi – ancora una volta – a Ren.

Lesse l'ultima riga: «Il vaso si svuota. La maschera cade. *La fame non è saziata, solo condivisa.*»

Un'onda d'urto attraversò i cultisti. Molti caddero in ginocchio, altri si strinsero le maschere come se le parole li avessero ustionati. Il pubblico in platea fu scosso da convulsioni, un movimento ondulatorio di corpi che vacillavano mentre l'effetto del rituale si riversava su di loro.

Bartholomew barcollò, si riprese e fulminò Vincent con lo sguardo. «Cosa hai fatto?» sputò, la voce spogliata della sua calma. «Non è questo il finale.»

Vincent sogghignò, mostrando tutti i denti. «Adesso lo è.»

I Gemelli si lanciarono, ma Vincent era pronto. Si divincolò, brandendo il copione arrotolato come una clava, e ne colpì uno alla mascella. La maschera si spaccò, il cultista ululò. L'altro allungò la mano verso la gola di Vincent, ma lui morse – forte. Il sangue schizzò, scuro e arterioso.

Ren si lanciò sul palco, revolver alla mano. Lo puntò contro Bartholomew, che indietreggiò, con le mani alzate. «Pensi di poter fermare tutto questo?» sibilò, il volto chiazzato di rabbia.

Ren tolse la sicura. «Vale la pena tentare.»

Sparò un colpo al soffitto – più che altro per fare scena – e gridò: «Nessuno si muova!» L'effetto fu contrastante, ma le fece guadagnare un secondo.

La Donna ammantata apparve al fianco di Bartholomew, un

coltello sacrificale che luccicava nella sua mano. Si mosse veloce, ma Vincent fu più veloce: scavalcò la scrivania e la placcò, ma non prima che lei lanciasse il coltello a Ren.

L'elsa del coltello colpì con forza la tempia di Ren, e il suo corpo crollò a terra in un mucchio.

Vincent e la Donna ammantata rotolarono in un groviglio di velluto e viscere. I cultisti sul palco e in platea urlarono, alcuni si unirono nel pestaggio, altri rimasero a guardare, paralizzati dalla carneficina.

Il parapiglia finì male per Vincent. La Donna ammantata si contorse come fumo, scivolandogli sopra con grazia predatoria. Il suo peso si abbatté con forza, il velluto che aderiva viscido di sangue mentre gli torceva un braccio dietro la schiena. Lui ringhiò e si dibatté, ma lei si mosse con l'imperturbabile certezza di chi ha già deciso il finale. Intorno a loro il palco si dissolse nel caos — cultisti che sbeffeggiavano, altri che reclamavano sangue, l'aria densa del puzzo di sudore e fumo di candela — eppure sulle assi del palco tutto si restrinse a due figure: predatore e preda, e per una volta Vincent non era quello con le zanne.

La Donna ammantata lo teneva a terra. La guancia di Vincent premeva duramente contro le assi del palco, il ginocchio di lei che premeva tra le sue spalle, una mano guantata di velluto che gli torceva il polso all'indietro fino a far scricchiolare le articolazioni. Il coltello che impugnava luccicava a pochi centimetri dalla sua gola, una beffa teatrale diventata letale. Bartholomew si avvicinò con tutto il languido trionfo di un uomo che si riappropria del centro della scena. Guardò dall'alto in basso Vincent — il suo vecchio datore di lavoro, il predatore alfa un tempo temuto — e lasciò che un lento sorriso si allargasse. «Come cambiano le cose,» tubò. «Una volta eri tu a dettare la storia. Ora sei solo un'altra battuta, in attesa di essere tagliata.»

Vincent ringhiò, torcendosi con forza sufficiente a sbilanciare la Donna ammantata. La manica di velluto di lei si strappò nella sua presa; lei sibilò e svanì di nuovo nella mischia. Libero, finalmente, Vincent si alzò con un unico, brutale movimento, gli occhi fissi su Bartholomew.

«Mettimeci una nota a piè di pagina su questo,» ringhiò Vincent, e con un'improvvisa esplosione di forza ferina, afferrò il capo della setta per il colletto e la cintura. Dalla platea si levarono sussulti di stupore mentre Vincent scaraventava Bartholomew giù dal palco. Il suo urlo fu troncato da un tonfo spacca-ossa mentre scompariva nella buca dell'orchestra.

Per un glorioso istante, Vincent rimase in piedi – insanguinato, furioso, quasi trionfante. Poi arrivò il rumore sordo di legno su cranio. La Donna ammantata, brandendo un remo di scena con fare teatrale, glielo spaccò sul lato della testa. Stelle esplosero dietro gli occhi di Vincent; le sue ginocchia cedettero.

Il palco si inclinò, ondeggiando, come se l'intero teatro stesse annegando. Vincent cadde su un ginocchio, aggrappandosi alle assi. La Donna ammantata incombeva su di lui, l'ombra lunga, il remo di nuovo alzato.

VENTUNO

Per un secondo, spaventosamente plausibile, Vincent fu certo che sarebbe finita così: in ginocchio sul legno bruciacchiato del palco dell'Orpheum, circondato da una bolgia di cultisti mascherati, i cui coltelli e distintivi da club "magici" luccicavano con il tipo di bramosia solitamente riservata a divorziati seriali a un ricevimento di nozze. Lanciò un'occhiata furtiva a Ren, che aveva ripreso i sensi, ma sanguinava da una tempia e stringeva ancora l'antico revolver con un ottimismo che Vincent non le aveva mai visto possedere. Lei incrociò il suo sguardo, con gli occhi sbarrati ed elettrici, e mimò con le labbra: «Ultime idee?»

Vincent considerò, per un istante, i meriti di una commovente confessione, poi si ricordò di non aver mai avuto l'energia per essere sincero.

«Negoziare?» sussurrò.

Ren fece una smorfia. «Non sono neanche iscritti a un sindacato».

Prima che Vincent potesse architettare una replica, la Donna dal Mantello avanzò, con le mani alzate nel gesto universale di: "Udite, sto per pronunciare parole sconsiderate". La maschera che indossava era nuova, appena uscita dalle ultime pagine di un catalogo di orrori chirurgici, con la bocca spalancata in una 'o' perfetta, come intrappolata in una perenne sorpresa.

«Bloodbard» intonò, proiettando la voce fino all'appiccicoso loggione. «Per l'autorità conferitami dalla Carta dell'Eterna Oscurità, La dichiaro anatema, obsoleto, e in procinto di essere riciclato nei Suoi elementi narrativi costituenti».

Vincent represse un sospiro. «Vedi con cosa ho a che fare?» sussurrò a Ren, con voce da palco. «Persino le loro battute sono un copia-incolla».

Ren accennò un minuscolo cenno d'assenso, poi si preparò all'impatto.

I cultisti si riversarono in avanti come un sol uomo, una valanga di velluto e spavalderia rubata. Vincent si irrigidì, pronto a tirare le cuoia, ma non senza aver piantato i denti in uno di quelli vestiti in modo più sgargiante, quando le porte del teatro esplosero con un suono che spaccò l'aria.

Una silhouette riempì l'ingresso, retroilluminata dalla foschia al sodio della città oltre la soglia. Era alta, era furibonda, e indossava un cardigan classico sopra una camicia decorata con lo stemma della Greater London Authority.

Mrs Barley entrò, reggendo una borsa a tracolla malconcia, un ombrello che sembrava potesse essere usato come un ariete e l'aria di una funzionaria statale che aveva trovato i moduli scaduti ed era intenzionata a spillarteli all'anima.

Al suo fianco, non tanto camminando quanto planando, c'era Zara Delacourt. Il suo tailleur era perfettamente stirato, i capelli tirati all'indietro e striati d'argento, l'espressione di assoluta, pura disapprovazione. Non portava nulla se non un sottile volume di quello che poteva essere un codice legale, ma lanciava sguardi con l'intensità di una donna che considerava la magia una deplorevole clausola secondaria della realtà.

I cultisti si fermarono, e molti inciamparono nei loro stessi mantelli. Persino la Donna dal Mantello fece un passo indietro involontario.

Mrs Barley esaminò la carneficina, il lampadario in rovina, Bartholomew che si stava ancora ricomponendo nella buca dell'orchestra e la ventina di sgherri mascherati pronti a commettere atti di mitica sgradevolezza. Fece uno 'tsk', schioccò la lingua e avanzò con tutta la delicatezza di un'ispezione dei servizi sociali.

«Controllo comunale» annunciò, mostrando un tesserino con cordoncino scaduto da quasi vent'anni. «Questa riunione contravviene al regolamento locale 17B, comma 3: disturbo della quiete pubblica, massacro rituale e mancata registrazione di un evento pubblico presso l'Ufficio d'Igiene».

Nessuno si mosse.

Mrs Barley, ignorando il silenzio, sbatté la sua borsa a tracolla su una sedia rovesciata, l'aprì e ne estrasse una scatola di latta ammaccata con la scritta *«kit di conformità per vampiri d'ordinanza comunale»*. La aprì con precisione esperta.

«Bene, allora» disse, a nessuno in particolare. «Vediamo di ripulire questa farsa».

Il primo cultista ad avvicinarsi lo fece con una certa cautela, del tipo che si riserva agli ausiliari del traffico e agli ordigni inesplosi. Sguainò un pugnale cerimoniale. Mrs Barley lo accolse con un sorriso, prese con un gesto lesto una pastiglia all'aglio dalla scatola e se la ficcò in bocca facendola schioccare.

Il cultista esitò, poi si lanciò all'attacco.

La risposta di Mrs Barley fu fulminea: gli conficcò la punta acuminata dell'ombrello nella coscia, afferrò al volo la maschera mentre cadeva e poi, con un unico movimento fluido, fece scattare il polso, così che un ferro da calza d'argento le balenò tra le dita e si conficcò nell'orecchio dell'uomo.

Quello andò a terra, gemendo.

Mrs Barley lo colpì ancora una volta con l'ombrello, tanto per gradire. «Condotta indecorosa» disse. «Avanti il prossimo».

Vincent, contro ogni suo istinto, era impressionato. «Non c'è che dire, niente male» borbottò, mentre altri tre cultisti si avvicinavano a Mrs Barley.

Ren, sempre pragmatica, approfittò della distrazione per rimettersi in piedi e scaricare due colpi di revolver sulla figura mascherata più vicina. Un proiettile sfiorò la spalla dell'uomo, l'altro gli trapassò la maschera e lasciò un fiore rosso che sbocciava sul suo bavero.

Il teatro esplose nel caos. I cultisti si sparpagliarono, alcuni si scagliarono contro Mrs Barley, altri su Vincent e Ren, altri ancora si raggrupparono intorno alla buca dove Bartholomew si stava ricostruendo l'articolazione della spalla.

In mezzo alla violenza, Vincent intravide Zara, serena ai piedi del palco. Aprì il suo libro, si inumidì un dito e cominciò a leggere con un tono di voce chiaro e pacato. La sua voce non si proiettava, ma non ne aveva bisogno; le parole che pronunciava sembravano riscrivere l'aria stessa e, ovunque si posasse il suo sguardo, i movimenti dei cultisti vacillavano, come se qualcuno avesse cambiato la loro coreografia a metà del ballo.

Il kit di conformità di Mrs Barley era una meraviglia di surplus governativo riconvertito. Maneggiava uno spruzzino con l'etichetta *«Acqua Consacrata – Non Bere»* con spietata efficienza, spruzzando negli occhi dei suoi assalitori e colpendo subito dopo con una biro alla trachea. Una donna mascherata tentò una maledizione; Mrs Barley la contrastò bastonandole le nocche con un righello rinforzato, per poi legarle le mani con un pezzo di nastro adesivo rosso con la scritta «PROVA – NON MANOMETTERE».

Ren, alimentata dall'adrenalina e dalla rabbia di una donna che, francamente, ne aveva abbastanza di interferenze soprannaturali nella sua vita, combatté con una furia che sorprese persino lei. Usò il revolver come un manganello, poi ricorse a morsi, graffi e, in un momento memorabile, scagliò un estintore contro un gruppo di cultisti che avanzavano. L'estintore si scaricò all'impatto, ricoprendo gli sgherri con una bufera di schiuma bianca e un istantaneo dubbio esistenziale.

Vincent, dal canto suo, decise che la dignità era sopravvalutata. Schivò un fendente scomposto, afferrò una maschera per il mento e la strappò via, rivelando un giovane con la faccia di chi si aspettava una serata molto meno pericolosa nel West End. Vincent lo spinse nella buca dell'orchestra, poi si voltò e assestò una gomitata in faccia all'avversario successivo.

La magia nella stanza si stava disfacendo. A ogni riga che Zara leggeva, i confini tra scena e realtà si facevano sempre più labili. I cultisti rimasti iniziarono a tremolare: un momento erano minacciosi, quello dopo sembravano smarriti, incerti, come se fossero stati convocati alla prova sbagliata. Alcuni rimasero fermi sul posto, recitando battute che sembravano provenire da opere completamente diverse. Uno, che indossava una maschera che pareva un maiale tragico, urlò: «Via, macchia dannata!», poi crollò a terra come un sacco vuoto.

Bartholomew, ancora zoppicante per la caduta, osservava la carneficina con crescente orrore. La sua maschera si era incrinata, rivelando un occhio spiritato e una mascella serrata così stretta da sembrare sul punto di spezzarsi. Fece un ultimo, disperato gesto verso la Donna dal Mantello.

Lei avanzò, le labbra che si muovevano dietro la maschera, e salmodiò una frase che lasciò segni di bruciatura nell'aria.

La testa di Zara scattò verso l'alto. «Oh, per l'amor del cielo» borbottò, e sfogliò fino in fondo al suo libro. «Vincent! Giù!»

Lui si abbassò, giusto un attimo prima che un dardo di energia nera spaccasse lo spazio che aveva appena occupato. La sua forza fece cadere due cultisti e lasciò un solco fumante sul palcoscenico. Ren, non perdendo mai un'occasione, diede un calcio dietro al ginocchio della Donna dal Mantello, poi la stese con un gancio destro che avrebbe reso orgogliosa sua madre.

Mrs Barley, vedendo cadere la Donna dal Mantello, si diresse dritta verso Bartholomew. Estrasse dalla sua borsa una pesante cartellina metallica, con inciso il sigillo della Città di Westminster. La brandì come una mazza, colpendo Bartholomew alle costole e mandandolo a ruzzolare.

«Uso improprio di proprietà pubblica» dichiarò Mrs Barley, sovrastandolo. «Temo che questo non vada bene. Non va affatto bene».

Bartholomew cercò di parlare, ma riuscì solo a emettere un gorgoglio strozzato.

Vincent, malconcio ma in piedi, approfittò del momento per radunare i sopravvissuti. «Ren, Zara, a destra del palco. Mrs Barley, copra l'uscita».

I quattro si riunirono vicino alla scenografia in frantumi, riparandosi dietro i resti di un arco di scena. Mrs Barley si tamponò la fronte con un fazzoletto ricamato, poi si mise a riorganizzare il contenuto del suo kit di conformità con l'aria di chi risistema i libri dopo una sommossa.

Zara, per la prima volta, sembrava stanca. Batté le palpebre, i suoi occhi lenti a rimettere a fuoco. «Questo è il massimo che posso fare» disse, con la voce roca ma ferma. «La loro realtà è... fragile ora. Se riuscite a neutralizzare il capo, il resto dovrebbe disfarsi».

Vincent sbirciò da sopra l'arco, valutando lo stato del teatro. I cultisti rimasti, non più un gruppo coeso, si aggiravano confusi. Alcuni piangevano, altri salmodiavano, alcuni si toglievano semplicemente la maschera e si fissavano le mani come se si aspettassero di trovare risposte tra le pieghe della pelle.

Bartholomew era ora in piedi, al centro della buca. Flesse le mani, godendosi l'attenzione. Quando parlò, la sua voce si propagò, non tanto con il suono quanto con l'intento.

«Tutto qui?» gridò, il disprezzo che gli inaspriva le sillabe. «Sono questi i campioni dell'epoca?»

Vincent sentì le parole scavargli nel cranio, le vecchie abitudini dure a morire.

Trasse un respiro, poi si rivolse agli altri. «Suppongo» disse, «che tocchi a noi».

Mrs Barley lo squadrò da capo a piedi, per nulla impressionata. «Se ha finito di sanguinare dappertutto, abbiamo un lavoro da concludere».

Ren armò il revolver, anche se, a dire il vero, era più efficace se usato come un randello. «Dopo di te, amico».

Zara annuì, poi sussurrò: «Cercate di non lasciarlo monologare. Incoraggia solo i morti».

Vincent si raddrizzò la cravatta, si asciugò una striscia di sangue dal labbro e salì sul palco. Gli altri lo seguirono, formando una linea che ricordava più un'assemblea scolastica che gli Avengers, ma se la sarebbe fatta andare bene.

Bartholomew li guardò con un ghigno. «Presumete di sfidarmi?»

Vincent si strinse nelle spalle. «Non ho niente di meglio da fare».

Il teatro si immobilizzò. Persino la città all'esterno sembrò trattenere il respiro.

Vincent guardò i volti al suo fianco: Ren, con la mascella serrata, pronta a usare la violenza; Mrs Barley, con le nocche bianche sul suo ombrello, calma come un giudice a una gara di torte; Zara, con gli occhi come fili elettrici scoperti, che lottava contro la fatica per preparare il prossimo incantesimo.

Zara si costrinse a raddrizzarsi. Ogni respiro era affannoso, denso del sapore di rame di chi si sta consumando, ma sollevò comunque la mano, con le dita che tremavano come antenne difettose. Il banco si scheggiò ulteriormente quando il potere la attraversò sferzante, un arco crepitante di luce viola che squarciò il palco.

Bartholomew non batté ciglio. Sollevò il copione di Vincent

con entrambe le mani, le pagine che svolazzavano, e le parole stesse si levarono per incontrare il suo colpo. Le frasi si avvolsero nell'aria come serpenti d'inchiostro, legandosi in un muro di narrazione che intercettò la sua scarica, la assorbì e la riscrisse in scintille innocue. Ghignò. «Vedete? Persino la vostra genialità non è nulla di fronte alla volontà della storia».

La mascella di Zara si contrasse. Sputò sangue, poi scagliò un altro incantesimo, più duro, più affilato, una lancia di pura volontà che attraversò la cortina di parole con un urlo di carta strappata. Bartholomew barcollò all'indietro, sbatté contro il tavolo al centro del palco, il copione strappato e fumante ai bordi.

Lo aveva in pugno. Per un battito di cuore, lo aveva in pugno.

Ma il suo corpo vacillò, mezzo solido, mezzo no. Barcollò, i polmoni che si bloccavano, la sua silhouette che tremolava come una pellicola rovinata. Il colpo di grazia le sfrigolò nel palmo, morendo prima di potersi formare.

E Bartholomew, con gli occhi ardenti di un fuoco Scarlatto preso in prestito, alzò le braccia. Le parole tornarono al loro posto, non più uno scudo ma un'arma, linee frastagliate che scattarono in avanti con la forza di una frusta. «Il mio turno» disse, e scatenò la maledizione.

Vincent non aveva mai preteso di essere un esperto di perdite, ma ne conosceva il sapore. Metallico, invadente, che si aggrappava alle gengive per ore dopo l'evento. Così, quando il colpo di Bartholomew raggiunse Zara e lei barcollò all'indietro, come se si fosse scolata una dozzina di Pornstar Martini durante un addio al nubilato di un intero fine settimana a Blackpool, riconobbe quel momento per quello che era: una fattura scaduta da pagare.

Era mezza lì e mezza no, un'anomalia nella polpa del mondo.

La sua mano attraversò da parte a parte la ringhiera verniciata, poi tremolò tornando a esistere, le unghie che scavavano schegge prima che il palmo svanisse di nuovo. La giacca del suo tailleur perse ogni definizione, collassando in una silhouette mutevole che rivelava i baveri della camicetta sottostante, poi il ricordo della pelle, poi nient'altro che un contorno.

«Zara!» sibilò Ren, rompendo l'incantesimo con un grido. Si mosse per afferrare Zara per il gomito, ma le sue dita si chiusero solo sul gelo.

Gli occhi di Zara trovarono Vincent. «Va tutto bene» disse. «Ci vuole solo... un secondo per abituarsi».

Vincent allungò una mano, con l'intenzione di sorreggerla. La sua mano le attraversò la spalla senza incontrare resistenza, una sensazione simile a ficcare il braccio in un congelatore pieno di segreti e polvere di biblioteca. La ritrasse, tremando.

I cultisti, i pochi rimasti, percepirono il cambiamento e si diedero alla fuga. L'effetto fu istantaneo e totale: una dozzina di fanatici mascherati, ridotti a studenti di teatro disorientati, che correvano verso le uscite come se la polizia fosse finalmente arrivata a interrompere la festa. Bartholomew si limitò a fissare Zara incredulo, come se non avesse mai considerato la possibilità che qualcuno potesse morire in un modo nuovo e originale.

Zara si guardò le mani, le flesse, osservando come ogni dito diventasse traslucido sulla punta per poi tornare lentamente a colorarsi.

Ren, ancora troppo scioccata per fare dello spirito, disse: «Stai... stai...?»

«A metà di una riclassificazione» disse Zara, riuscendo a esbozzare un debole sorriso. «Non suppongo ci sia un pacchetto di benefit per questa».

Mrs Barley osservava dalle luci della ribalta, il volto impietrito. Estrasse un ferro da calza nuovo dalla manica, ne esaminò la rettilineità, poi lo ripose nel suo kit di conformità con uno schiocco deciso. «Un rischio dannatamente stupido» disse, con la voce secca come cartone sminuzzato. «Avrebbe potuto avvertirci».

Zara riuscì a fare un inchino, o almeno ad abbozzarne uno; la metà superiore del suo corpo seguì il gesto, la metà inferiore rimase indietro di una frazione di secondo, come una gif animata mal codificata. «Ho dovuto improvvisare. Non c'era tempo per un briefing su salute e sicurezza».

Vincent scosse la testa, cercando una frase che potesse catturare l'assurdità, l'orrore e il vago, acido orgoglio. «Questo renderà imbarazzanti le nostre pause caffè» disse.

Zara stava svanendo più velocemente, ora. I suoi piedi si confondevano con il pavimento, il contorno che si dissolveva dal tallone al ginocchio come se qualcuno avesse iniziato a cancellarla dal basso verso l'alto. I suoi capelli fluttuavano intorno alla sua testa in un nimbo grigio-argento, ogni ciocca dettagliata singolarmente, l'effetto in qualche modo più vivido di prima.

Ren cercò di nuovo di raggiungerla, riuscendo solo a produrre una debole increspatura nell'aria. «Che facciamo?» chiese, rivolgendosi a Vincent, poi a Mrs Barley. «Sta... possiamo rimediare?»

Mrs Barley si strinse nelle spalle, un gesto più formale che sbrigativo. «Non è perduta. Solo...» si interruppe, cercando la parola, «...slegata».

Zara sorrise, i denti ora la cosa più solida di lei. «Non è così male» disse, la sua voce che si diffondeva in modo strano, più sommessa, ma in qualche modo in stereo, come se ogni eco nel teatro avesse deciso di armonizzarsi. «Tutti i documenti sono digitali e posso leggere le note a piè di pagina in tempo reale».

Vincent non capì se fosse uno scherzo o un avvertimento. «Puoi aiutarci?»

Zara annuì. «Più di prima, in realtà». Allungò le braccia, o ciò che ne restava. «Riesco a vedere la narrazione. Dove è debole, dove è ricucita. Posso seguire il copione di Bartholomew e persino

apportare modifiche. Sempre che non vi dispiaccia essere un po'
perseguitati».

Ren sbuffò, che era la cosa più vicina a una benedizione che
avrebbe concesso.

L'ultimo dei cultisti era svanito, lasciando solo maschere
cadute, calici vuoti e il puzzo della delusione. Bartholomew,
rincuorato dal cambio di sorte, fece un ultimo, fiacco affondo verso
il gruppo, ma trovò la strada sbarrata dall'ombrello di Mrs Barley,
che ora splendeva di un debole luccichio blu.

«Non ho ancora finito con lei, tesoro» gli disse Mrs Barley, e
con una singola, efficiente spinta, rispedì il bastardo dritto contro il
sipario.

Zara ora fluttuava, a pochi centimetri dal palco, il suo corpo
che perdeva piccole scintille di memoria: frammenti di vecchi
fascicoli, ricerche incompiute, il fantasma di un catalogo di biblioteca. Vacillò, poi si stabilizzò, una perfetta segretaria spettrale, che
prendeva ancora appunti nell'aldilà.

Ren si lasciò cadere pesantemente sul bordo del palco, le mani
che tremavano abbastanza da far sferragliare il revolver nella sua
presa. «La prossima volta che decidi di morire, magari facci un
fischio» disse.

La voce di Zara provenne da ogni dove, gentile come il
sussurro di una bibliotecaria. «La prossima volta, lo farò secondo le
regole».

Vincent alzò lo sguardo e incrociò l'occhio di Zara, o
qualunque senso sostituisse il contatto visivo nel suo nuovo stato.

«Pronto per l'ultimo atto?» chiese.

Zara sogghignò, una mezzaluna perfetta di luce e scherno.
«Dopo di te» disse, la sua voce che si spegneva come la fine di una
frase che nessuno voleva finire.

Vincent si raddrizzò le spalle e fece un cenno agli altri.
«Finiamo la storia» disse.

E da qualche parte nell'etere, la città si preparò a qualsiasi cosa sarebbe accaduta dopo.

VENTIDUE

Il palco principale dell'Orpheum era un mattatoio di metafore. Ciò che non sanguinava era infranto, e ciò che non era infranto era già stato calpestato fino a diventare un'amalgama di velluto, vernice in polvere e quel tipo di rimpianti che si ripuliscono solo con alcolici forti e un finanziamento per le arti. Al centro di quella rovina, due mostri si giravano intorno con la stessa mancanza di cerimonie solitamente riservata al giorno della raccolta dei rifiuti.

Bartholomew, ancora in ciò che restava del suo completo (ormai quasi solo stracci e pessime intenzioni), si muoveva con la fredda concentrazione di chi aveva provato quel particolare rancore per mezzo secolo. Vincent vedeva le mani dell'uomo flettersi, esangui e pallide, con i polpastrelli anneriti da antichi rituali o semplicemente da un eccesso di nicotina. In un mondo meglio illuminato, sarebbe potuto passare per un vescovo in pensione o un aristocratico di basso rango caduto in disgrazia. Lì, incorniciato dal fumo e dal tremolio intermittente delle fiamme, sembrava un cattivo il cui unico rimpianto era non aver ucciso in modo più efficiente.

Vincent, dal canto suo, se ne stava con la schiena contro un traliccio delle luci rovesciato e cercava di non barcollare. La sua camicia era rovinata, la giacca si era arresa da tempo alle meccaniche della violenza scenica e il suo braccio sinistro era passato da un «pallore alla moda» a una «preoccupante sfumatura da tisi vittoriana». La scarica di adrenalina era svanita, lasciando dietro di sé solo una fredda determinazione e quel tipo di lucidità filosofica che deriva dalla consapevolezza che ogni errore stava per presentare il conto.

Bartholomew finse una mossa a destra, poi svanì del tutto: una mossa classica, ma sempre una carogna da contrastare. Vincent si preparò, attese e, come prevedibile, sentì l'impatto sul fianco, dove Bartholomew si era rimaterializzato con un placcaggio in volo che avrebbe meritato un replay al rallentatore su qualsiasi canale televisivo che si rispetti. Caddero entrambi pesantemente, slittando attraverso una pozzanghera di cera di candela rappresa e quello che Vincent sperava sinceramente fosse sangue di scena.

Bartholomew gli fu subito sopra, con una mano stretta intorno alla gola di Vincent e l'altra che gli bloccava il polso con una forza sovrannaturale. «Non hai mai imparato a restare a terra» sibilò, con un accento da collegio esclusivo ma un tono da bassifondi.

Vincent ansimò, tentò una battuta di spirito, ma ne uscì solo un sibilo. «E perché avrei dovuto, quando rendi così divertente rialzarsi?»

Le labbra di Bartholomew si arricciarono, scoprendo una dentatura che brillava di una luce inconsueta. A Vincent servì un secondo per capire: il bastardo aveva delle capsule d'argento. Ogni canino, ogni bicuspide, d'argento sterling e lucidato a punta. Era grottesco e, a un certo livello, profondamente divertente.

«Ti sei fatto fare quelle zanne a Harley Street o sei saltato in Turchia?» ansimò Vincent, riuscendo a produrre un debole ghigno.

La risposta di Bartholomew fu un ringhio e un affondo. Il morso colpì appena sotto la piega del gomito di Vincent, dove la carne era sottile e i nervi vicini alla superficie. Il dolore fu immediato e impossibile da ignorare: non una perforazione, quanto più un saldatore rovente, un'agonia chimica che si diffondeva e che fece vedere a Vincent non solo stelle, ma intere costellazioni senza licenza.

Urlò, strappò via il braccio e riuscì a piantare un ginocchio nelle costole di Bartholomew. L'ex Renfield rotolò via, ma non allentò la presa, anzi, si aggrappò con la tenacia di un cane allevato per prendere pessime decisioni. Vincent si contorse, riuscì a colpire il ponte del naso di Bartholomew con il palmo della mano; non si ruppe nulla, ma la testa scattò all'indietro, e bastò.

Si puntellò sulle gambe, si rimise in piedi barcollando e si appoggiò a un praticabile semicrollato. Il suo braccio sinistro era insensibile dal bicipite al polso, la pelle già vescicata e irritata. Il sangue, che avrebbe dovuto zampillare, colava invece in un lento rivolo argenteo, ogni goccia che sibilava nel toccare le assi del pavimento.

Bartholomew leccò la ferita, con gli occhi che si rovesciavano all'indietro in un'estasi momentanea. «Sai da quanto tempo aspetto questo momento?» domandò, con la voce che echeggiava tra le macerie.

Vincent si asciugò la bocca con il dorso della mano e sputò sangue sul parquet. «A giudicare dalla tua attaccatura dei capelli, da almeno due guerre mondiali e la morte dell'ironia.»

Bartholomew si lanciò di nuovo, questa volta con meno grazia e più forza bruta. Vincent si fece di lato, incassò una gomitata volante alle costole e contrattaccò con un destro che colpì la mascella di Bartholomew con un soddisfacente schiocco secco. L'altro uomo a malapena trasalì. Invece, sorrise: un effetto reso ancora più macabro dal sangue che si accumulava all'attaccatura delle gengive e dal modo in cui faceva brillare i denti d'argento, come spiccioli in un pozzo dei desideri.

Si separarono, girandosi intorno. Da qualche parte, nella balconata sovrastante, il cristallo del lampadario in frantumi fu colto da una corrente d'aria e cantò una singola, dolce nota prima di crollare a terra in un tintinnio di disperazione.

«Siamo onesti» disse Vincent, cercando di non far trapelare il tremito nella sua voce. «Avresti potuto risolvere la questione con una telefonata e risparmiare sulla fattura delle pulizie.»

Gli occhi di Bartholomew si strinsero. «Non sei mai stato capace di assumerti le tue responsabilità, Vincent. Né per le tue parole. Né per le tue conseguenze.» Calciò un pezzo di scenografia ai piedi di Vincent. «Tu scrivi il copione, ma è sempre qualcun altro a ripulire il casino.»

Vincent si chinò, raccolse un pezzo frastagliato di un due per quattro e lo soppesò nel palmo della mano. «Passiamo direttamente alla parte in cui mi dici che sono il peggior nemico di me stesso, che ne dici?»

Bartholomew lo accontentò caricandolo di nuovo. Si scontrarono, legno contro carne, e per un momento Vincent ebbe la meglio: colpì Bartholomew sotto il mento con l'asse, scaraventandolo all'indietro contro una pila di finte colonne di marmo rimaste dall'ultima produzione di *Macbeth* del teatro. L'impatto fu adeguatamente teatrale: le colonne si rovesciarono, la scenografia si piegò in un crollo al rallentatore e Bartholomew scomparve sotto la valanga di compensato e fibra di vetro.

Vincent si appoggiò all'asse, respirando affannosamente, in attesa della battuta finale.

Non attese a lungo. Bartholomew esplose dalle macerie con un urlo, brandendo con una mano una sbarra di una balaustra scheggiata e stringendo nell'altra un teschio di scena. Lanciò prima il teschio: un cliché, ma efficace. Vincent si abbassò, fu colpito in pieno petto dalla sbarra e cadde con un tonfo che gli vibrò attraverso lo sterno fino alla radice dei denti.

Bartholomew gli si mise a cavalcioni, premette la scheggia contro la gola di Vincent e si chinò così vicino che Vincent poté sentire un misto di dopobarba e alitosi. «Finisce sempre così» sussurrò Bartholomew. «Con te, sulla schiena, ad aspettare che qualcun altro scriva il finale per te.»

Vincent sorrise, o ci provò. «Avresti davvero dovuto ritirarti finché eri in vantaggio, Bart.»

Con le ultime forze, Vincent spinse con i fianchi, sbilanciò Bartholomew e sollevò l'estremità scheggiata della sbarra, colpendo il nemico al fianco, appena sopra il rene. Bartholomew sibilò, ma non mollò la presa. Al contrario, strinse, affondò i suoi denti d'argento nella clavicola di Vincent e ruotò.

Vincent urlò, artigliò i capelli di Bartholomew e infine, in una mossa nata più dalla disperazione che dalla strategia, morse a sua volta. Affondò le zanne nella carne morbida del collo di Bartholomew e strinse finché il mondo non divenne grigio ai margini.

Per un momento, i due uomini rimasero avvinghiati in una grottesca parodia di un abbraccio d'amanti: mordendosi, lacerandosi, disperati nel non voler lasciare andare l'altro. Il sapore era sale, ferro e scariche elettriche, un sapore che minacciava di disfare Vincent dall'interno.

Bartholomew si liberò con uno strattone, lasciando un lembo di pelle lacera nella bocca di Vincent. Vincent lo sputò, rotolò via e cercò di alzarsi, ma le gambe gli cedettero e cadde su un ginocchio.

«Vedi?» gracchiò Bartholomew, rialzandosi barcollando, con una mano stretta sul collo sanguinante. «Non sei altro che fame e astio con un vocabolario più ampio della media. Lo sei sempre stato.»

Vincent scosse la testa, provò a ridere e fallì. «Lo dici come se fosse una cosa negativa.»

Tornarono a girarsi intorno, questa volta più lentamente. La lotta era degenerata in una serie di finte e sfinimento, ognuno dei due troppo malconcio per rischiare un assalto frontale, ma troppo arrabbiato per andarsene. Ogni respiro che Vincent prendeva era intriso di dolore e del sapore ramato della propria mortalità. Osservava Bartholomew in cerca di un qualsiasi segno di esitazione, ma l'uomo era ormai pura intenzione: non c'era più spazio per le battute, non c'era più spazio per il rimpianto.

Si avvicinarono di nuovo, questa volta in modo meno spettacolare: solo una cupa e disperata lotta corpo a corpo, mani sulle gole e ginocchia agli inguini, entrambi che si sforzavano per avere la meglio. Sfondarono una balaustra, il legno che si spezzava sotto il loro peso combinato, e rotolarono sulle assi sottostanti, avvinghiati come una coppia di ratti che si azzuffano in un bidone.

«Arrenditi» sibilò Bartholomew, con il fiato caldo contro l'orecchio di Vincent. «È già finita.»

Vincent rise, un suono umido e roco. «Non posso. Lo sai.»

Bartholomew si tirò indietro e sferrò un pugno che fece vibrare i denti di Vincent nelle loro orbite. Vincent ricambiò il favore con una testata; l'impatto inviò un'onda d'urto attraverso entrambi i crani, lasciandolo semiaccecato dall'immagine residua del dolore.

Lo scambio successivo fu meno una lotta e più una demolizione al rallentatore. Si artigliarono, si morsero e si graffiarono a vicenda con mani che erano più armi che arti, assestando colpi che avrebbero abbattuto un essere inferiore. La vista di Vincent si tinse di rosso e si rese conto, vagamente, che era il suo stesso sangue a colargli negli occhi.

Lo asciugò, vide Bartholomew avanzare e si preparò per l'ultima, stupida carica.

«La prossima volta trovati un dentista migliore» borbottò Vincent, a denti scoperti.

Bartholomew sogghignò e per un secondo Vincent rivide il ragazzo di cui era stato mentore, prima che l'ambizione e il marciume prendessero il sopravvento. Fu quasi sufficiente a farlo esitare. Quasi.

Si scontrarono un'ultima volta, i corpi che cozzavano l'uno contro l'altro e, nell'impatto, qualcosa cedette: che fosse un osso, una volontà o solo la pazienza dell'universo, Vincent non ne era sicuro.

Quando si separarono, Vincent si ritrovò ancora in piedi, a malapena, mentre Bartholomew barcollava all'indietro, aggrappandosi al paletto della balaustra che gli sporgeva dal petto. La ferita sopra il pettorale pulsava e il sangue sgorgava tra le sue dita. Il suo volto si contorse, in un misto di rabbia e delusione.

«Pensi che questo abbia importanza?» ansimò Bartholomew, con la voce che gorgogliava di liquidi. «Pensi che qualcosa di tutto questo abbia importanza?»

Vincent si stabilizzò contro un pilastro rotto, respirando attraverso il dolore. «È questo il punto» disse. «Niente ne ha. A meno che non sia tu a dargliela.»

Le ginocchia di Bartholomew cedettero, ma lui si rifiutò di cadere. «Non hai mai capito. Non hai mai visto la storia per quello che è.»

Vincent fece un passo avanti, con le gambe tremanti. «E tu non hai mai visto arrivare la fine, vero?»

Rimasero lì, due titani in rovina, nel cuore della peggiore serata di chiusura del mondo.

Vincent attese la battuta finale, ma Bartholomew si limitò a fissarlo, con l'odio che bruciava attraverso la fatica.

Era una situazione di stallo, di quelle che finiscono solo con un trucco, un imbroglio o un miracolo.

Vincent era a corto di miracoli.

Si guardò intorno tra le macerie, cercando qualcosa, qualsiasi cosa, che potesse porre fine a tutto.

Bartholomew, dissanguato e ancora indomito, prese un respiro tremante e si preparò per un ultimo affondo.

Vincent si preparò, con il sangue che si accumulava ai suoi piedi, pronto a improvvisare, perché quello, se non altro, era sempre stato il suo talento.

Alla fine, fu il puzzo a fare la differenza: un bouquet di velluto bruciato, inchiostro umido e l'ultimo respiro di mille candele. La testa di Vincent era frastornata dalle conseguenze, ma anche dalla consapevolezza che se Bartholomew non fosse morto dissanguato prima di caricare, avrebbe dovuto fare qualcosa di spettacolarmente stupido per finire il lavoro. Era a corto di armi, a corto di fiato e, a essere onesti, a corto di battute efficaci.

Allungò una mano per stabilizzarsi e questa si chiuse, miracolosamente, su un'asta nera. All'inizio pensò che fosse un pezzo di scenografia in rovina, ma la consistenza era sbagliata: troppo leggera, troppo fredda, troppo deliberata. Abbassò lo sguardo e vide che era la penna d'oca che aveva usato per completare l'ultimo atto dell'opera. Era rotolata sotto il praticabile nel caos precedente, sopravvivendo sia alla lotta che alla drammaturgia per pura perversità narrativa. La piuma, che avrebbe dovuto essere carbonizzata, era intatta. Il suo pennino, un tempo cerimoniale, ora luccicava di un bagliore umido che poteva essere solo inchiostro fresco di profezia.

Vincent la rigirò tra le mani, osservando la superficie luccicare. Era il genere di cosa che ti faceva ammazzare o, peggio, citare in giudizio dagli eredi di un poeta defunto. Eppure, era tutto ciò che aveva.

Si mise in posizione, fece uno scatto barcollante e colpì Bartholomew in pieno petto con la penna, appena sopra lo sterno.

L'effetto fu istantaneo. Il corpo di Bartholomew ebbe uno spasmo, l'inchiostro balzò dalla penna alla sua pelle, sbocciando in righe di testo che gli si avvolsero attorno al torso, alle braccia e al collo. Ogni lettera ardeva di un fuoco nero-bluastro, incatenandolo non al mondo ma alla pagina, alle regole della storia stessa.

Vincent poteva sentire l'attrazione, il peso della gravità narrativa: non era violenza, ma una modifica.

Bartholomew urlò, il suono che saliva di un'ottava a ogni nuova catena, finché la sua voce non si spezzò del tutto e fu ridotto a mimare proteste silenziose mentre il testo sovrascriveva il suo canovaccio. Le mani gli artigliarono il petto, ma le dita attraversarono la sua stessa cassa toracica come se fosse diventato improvvisamente bidimensionale, una macchia di malvagità pressata tra fogli di pergamena.

Le rune raggiunsero i suoi occhi, che si rovesciarono diventando prima bianchi, poi neri, per poi svanire del tutto. La sagoma di Bartholomew tremolò, poi collassò in una nuvola di punteggiatura sparsa, che scivolò dolcemente sul pavimento ed evaporò con un debole odore di vecchia biblioteca e scadenze mancate.

Vincent rimase in piedi sopra lo spazio vuoto, la penna ancora in mano, e attese che la sua vista si mettesse al passo con il resto di lui.

Riuscì a fare tre respiri prima che il mondo gli sferrasse un pugno allo stomaco. Il sangue gli stava impregnando la camicia in una mezza dozzina di punti, ognuno dei quali perdeva a tempo con un polso che stava rapidamente perdendo la sua discussione con l'entropia. L'intorpidimento del braccio sinistro si era trasformato in un peso morto e le sue gambe non stavano tanto «in piedi», quanto più «ricordando come stare in piedi».

Barcollò all'indietro, si afflosciò sulla superficie piana più vicina (un baule con l'etichetta «PROPRIETÀ DELL'OR-PHEUM - NON SEDERSI») e cercò di fare il punto della situazione.

Ce l'aveva fatta. Aveva scritto il finale.

Si sentiva uno schifo.

Il freddo gli stava risalendo lungo la schiena, più un suggerimento che una minaccia, ma assoluto nelle sue intenzioni. Vincent chiuse gli occhi, lasciò che le luci del palco gli imprimessero macchie arancioni sulle palpebre e si preparò per la tradizionale sfilata di rimpianti. Non andò molto lontano.

Un paio di mani, calde e malferme, gli presero il mento. Ren era lì, in qualche modo: i vestiti strappati, un occhio che si stava gonfiando, ma più viva di quanto non fosse sembrata da quando era iniziata tutta quella triste produzione.

«Cristo santo» disse lei, con la voce tremante, «sembri passato in un frullatore.»

Vincent provò a sorridere, riuscendo invece in una contrazione. «Pagherei un extra per questo, ma dicono che non si possano migliorare i classici.»

Lei lo ignorò, si accovacciò e ispezionò le ferite. Le sue dita furono delicate, tracciando il bordo della clavicola dove Bartholomew aveva morso più a fondo.

«Stai morendo» disse, con tono impassibile.

Vincent abbassò lo sguardo sul fiume di sangue che si stava allargando sul palco. «Ho avuto postumi peggiori.»

Ren sbuffò, ma aveva gli occhi umidi. «Devi bere.»

Lui scosse la testa, o ci provò. «Non mi nutrirò. Non da te.»

Lei rise: un suono singolo, esplosivo, a metà tra la gioia e la rabbia. «Sei un bastardo assoluto. Dopo tutto questo, vuoi fare il nobile?»

Lui chiuse di nuovo gli occhi, sentendo i bordi della coscienza sfilacciarsi. «Non è nobiltà. È paura. Non riuscirei a fermarmi. Ti porterei con me.»

Lei gli si sedette accanto, la coscia premuta forte contro la sua. «Troppo tardi. L'hai già fatto.»

Rimasero in silenzio, mentre il palco distrutto si assestava intorno a loro come le conseguenze di un funerale molto costoso. Da qualche parte dietro le quinte, l'antiquato sistema antincendio finalmente si attivò, spruzzando una pioggia svogliata che non giovava all'atmosfera, ma dava a tutto un odore di bende umide e cloro.

Ren estrasse un coltellino dallo stivale, lo aprì con uno scatto e premette la lama sul proprio palmo. Il taglio era netto, appena sotto il pollice, e il sangue sgorgò all'istante.

Spinse la mano contro la bocca di Vincent.

«Bevi» disse. «Non ho intenzione di lasciarti morire, non dopo tutta la merda che mi hai fatto passare.»

Vincent cercò di voltarsi, ma ora lei era più forte di lui. «Dico sul serio» disse, premendo più forte, «ti spacco quella cazzo di mascella se non lo fai.»

Lui aprì la bocca e assaggiò il suo sangue: pungente, nuovo, un'ondata di vita così intensa che quasi gli fermò il cuore. Succhiò, solo una volta, poi si ritrasse, terrorizzato dal sapore di lei, da cosa avrebbe significato se avesse perso il controllo.

Lei lo tenne fermo. «Fidati di me» sussurrò, e le parole furono più intime di qualsiasi incantesimo o confessione.

Vincent bevve.

La sensazione non assomigliava per niente ai romanzi erotici barocchi che aveva scritto come ghostwriter per decenni. Era fame, ma anche dolore, rabbia, memoria: tutto crudo e incompiuto, che si riversava in lui finché non fu più sicuro di dove finisse lui e iniziasse lei. Il polso di lei batteva contro le sue labbra, e lui cercò di misurarlo, di razionarlo, ma il sangue raccontava la sua storia e si rifiutava di rallentare.

Quando lei ritrasse la mano, il polso le tremava e il viso era pallido, ma sorrise. «Tutto bene?» domandò.

Lui annuì, non fidandosi della propria voce.

Lei si afflosciò contro di lui, con un braccio gettato sulla sua spalla nella versione meno convincente al mondo di un abbraccio vittorioso. «Sei una minaccia» disse. «Ma sei la mia minaccia.»

Vincent la guardò, vide la verità nuda e cruda nella stanchezza, nella sporcizia, nel sangue. Cercò di dire qualcosa di profondo, ma quello che uscì fu: «Credo di aver rovinato questi vestiti».

Lei rise di nuovo, e quel suono fu abbastanza.

La pioggia degli sprinkler si era fatta fredda, lavando via il sangue ma non il ricordo. Rimasero seduti insieme, la testa di Vincent sulla spalla di Ren, la mano di lei ancora premuta sulla ferita, e attesero che arrivasse il prossimo disastro.

Nessuno dei due lo disse, ma la storia era cambiata.

Stavolta, l'ultima parola spettava a entrambi.

VENTITRÉ

La signora Barley aveva sempre disprezzato il modo in cui le profezie prendevano residenza in un luogo. Rammentava ancora il retrogusto acre dell'ultima che aveva esorcizzato: una faccenda apocalittica di medio livello, incastrata dietro i contatori del Camden Civic, il cui unico effetto distinguibile era stato trasformare lo sherry serale del custode in acido per batterie. Questa, qualunque cosa Bartholemew e la Donna del Mantello avessero evocato, era di gran lunga peggiore. Persino il guscio in rovina dell'Orpheum, fino alla tappezzeria fumante e al puzzo di sudore da fiasco, sembrava trattenere il fiato.

La signora Barley diede al teatro un'occhiata professionale, osservando i detriti con la paziente sopportazione di una governante che pulisce il disastro combinato da dei bambini. Tende di velluto strappate pendevano dallo spazio scenico come lingue di animali morenti; il lampadario, visto l'ultima volta in pezzi, era ormai solo un amaro ricordo e una collezione di denti di vetro sul pavimento della buca dell'orchestra. Delle candele, che si consumavano in file irregolari, fornivano l'unica illuminazione, che a sua volta proiettava la sagoma della Donna del Mantello sull'intonaco come il peggior test di Rorschach della città.

La Donna del Mantello si rialzò barcollando dal parquet, dapprima lentamente, e si fermò sul bordo del palco, con le braccia spalancate e il mantello in piena modalità teatrale. Le ombre ondeggiavano intorno a lei, animate da un'intelligenza che la signora Barley riconosceva da ogni seduta spiritica sconsiderata ed esperimento con la tavola Ouija a cui aveva posto rimedio dal '76. Ma erano le parole, vere e proprie parole, brandelli di testo strappati da mille storie dimenticate, a disturbarla di più. Fluttuavano visibilmente, luminose e nervose, intorno alla testa della Donna del Mantello come falene con un debole per la punteggiatura.

Vincent e Ren stavano rannicchiati in prima fila, vittime della loro stessa trama ma ancora troppo vivi per tenere la bocca chiusa. Ren stringeva un laccio emostatico improvvisato attorno al braccio di Vincent con la torva intensità di chi aveva imparato il primo soccorso da una playlist di YouTube intitolata "Sistema i tuoi amici durante una rivolta". Vincent, dal canto suo, contribuiva con poco più che sarcasmo e qualche occasionale rivolo di sangue. Sembravano, pensò la signora Barley, il manifesto promozionale di un adattamento teatrale molto non autorizzato di *Trainspotting*.

«Senta un po', lei,» disse la signora Barley, con un tono di voce che, anche in quel momento, non ammetteva repliche.

Sganciò la sua borsa, ammaccata, con le sue iniziali e tecnicamente un artefatto del Dipartimento per il Contenimento delle Molestie della Greater London Authority, ed estrasse il suo kit operativo. Il kit aveva iniziato la sua esistenza come una borsa da medico superaccessoriata, ma anni di aggiornamenti d'emergenza l'avevano reso un museo di soluzioni rapide e armi legalmente ambigue. Tirò fuori una fiala di spray all'aglio, un pezzo di ombrello rinforzato con una ghiera affilata e, i suoi preferiti, tre ferri da maglia argentati, misura 10.

La signora Barley avanzò sul palco. La Donna del Mantello la osservava, impassibile dietro la sua maschera.

«Pensa davvero,» chiese la signora Barley, «che qualcuno sia impressionato da questo genere di sceneggiata? Ho visto produzioni migliori alla scuola elementare del quartiere.»

La testa della Donna del Mantello si inclinò, le labbra intagliate della maschera che si torcevano in un ghigno.

«Lei non ha idea, vecchia, di cosa ci sia in gioco,» disse. La sua voce non era tanto una voce quanto un coro, ogni sillaba raddoppiata con la risonanza di qualcosa che era stato provato troppe volte per essere rassicurante. «Questa è una profezia. Non le sue scartoffie comunali.»

La signora Barley sbuffò e lanciò il suo primo attacco.

L'ombrello, brandito con una sola mano, era meno un'arma e più una dichiarazione d'intenti. Lo affondò nel petto della Donna del Mantello, rapida e chirurgica. La punta incontrò il mantello e fu deviata, ma la signora Barley se lo aspettava, pivotò e proseguì con una nuvola di spray all'aglio direttamente nelle fessure della maschera della sua avversaria. La Donna del Mantello barcollò, o almeno diede una passabile impressione di qualcuno impreparato all'allium aerosolizzato.

«In dotazione al comune,» osservò la signora Barley, con la voce secca come una lezione. «Disponibile in tutti i ripostigli ben forniti.»

La Donna del Mantello sferrò un colpo con un artiglio d'ombra, ma la signora Barley lo respinse con l'ombrello e, con lo stesso movimento, le conficcò un ferro da maglia nella spalla. Si piantò, appena sotto la cucitura; una linea di icore nero-rossastro sgorgò attorno ad esso, poi si congelò in perle che rimasero sospese in aria.

«Gesù. È bravissima,» esultò Ren dalla platea.

La Donna del Mantello abbandonò la compostezza teatrale. La sua mossa successiva fu di pura rabbia: mosse bruscamente le mani e una raffica di frammenti di profezia schizzò all'esterno come schegge. Ognuno era una riga di testo, frastagliata e luminosa, che si recitava mentre viaggiava.

La signora Barley schivò il primo, lasciò che il secondo le incidesse la giacca e bloccò il terzo con l'ombrello. Lasciò un marchio fumante nel tessuto, ma non molto altro.

Accorciò la distanza. Un altro ferro, stavolta dal basso, dritto alle costole. La Donna del Mantello si spostò di lato, ma la signora Barley aveva già pivotato, assestandole un colpo con l'ombrello dietro le ginocchia. La nemica cadde su un ginocchio, il mantello che le si ammucchiava intorno in una pozza drammatica.

«È davvero questo che voleva?» chiese la signora Barley. «Tutto questo dramma per cosa? Costumi vezzosi e pessima poesia?»

Gli occhi della Donna del Mantello si strinsero dietro la maschera. Batté le mani, una volta. Il pavimento del palco rispose, spaccandosi con un suono simile a pergamena che si strappa.

Dalla nuova voragine, si riversarono altre profezie: dozzine, forse centinaia di scampoli di narrativa, ognuno di una diversa sfumatura incandescente. Si raggrupparono attorno alla Donna del Mantello, alimentando la sua figura, rendendola più alta, più imponente, più di quanto non fosse un momento prima.

La signora Barley si mise in guardia, tenendo l'ombrello a due mani ora, ma sentiva il peso della magia premere contro la sua volontà, l'aria che si addensava a ogni riga recitata.

«State indietro,» gridò alle sue spalle. «La situazione sta degenerando.»

Ren provò ad alzarsi, raggiunse il bordo del palco, ma le ombre la spinsero giù come se la gravità fosse raddoppiata. Anche Vincent cercò di alzarsi, ma la sua gamba sinistra lo tradì, e si accasciò di nuovo sulla sua poltrona di prima fila, borbottando una litania di quelle che potevano essere maledizioni o solo estratti di manoscritti incompiuti.

La Donna del Mantello, ora alta quasi due metri e avvolta in un bozzolo di profezia vivente, incombeva sulla Barley, con le braccia sollevate in segno di vittoria.

«Questa non è la sua storia, Governante,» intonò. «Questa è la resa dei conti della città. La rappresentazione deve concludersi.»

La signora Barley scoprì i denti. «Ci provi.»

L'attacco successivo fu meno elegante: un'ampia, martellante spazzata d'ombra progettata per appiattirla. La signora Barley si spostò di lato, ma i bordi la colpirono, mandando una fitta di torpore lungo il suo fianco sinistro. Compensò, sferzò un colpo con l'ombrello e riuscì a colpire la caviglia della Donna del Mantello.

I movimenti della Barley erano più lenti ora, l'ombrello sembrava più pesante, la sua visione si stava restringendo. Gocce di sudore le imperlavano le tempie. Strinse i denti e si costrinse a contare ad alta voce — uno, due, tre — ogni volta che inspirava.

La Donna del Mantello sfruttò il vantaggio, facendo piovere una grandine di frammenti di profezia. Ognuno pungeva, alcuni provocando sanguinamento, altri solo ammaccando la volontà.

Dalla periferia, la voce di Ren: «Ce la può fare, signora Barley!»

«Attenta, a sinistra!» avvertì Vincent.

La signora Barley rotolò sotto la spazzata successiva, si rialzò in ginocchio e, usando il suo ultimo ferro da maglia, lo lanciò dal basso contro la coscia della Donna del Mantello.

Ci fu una pausa. Poi, la nemica urlò.

I frammenti di profezia tremarono, la loro orbita perse coerenza. Per un breve, magnifico istante, la signora Barley poté vedere la donna sotto il mantello: viso tirato, occhi selvaggi, capelli tagliati corti e incollati al cranio dal sudore. Era più giovane di quanto la signora Barley si fosse aspettata. Non una vera immortale, solo una burocrate del fato con ambizioni superiori al suo rango.

La signora Barley piantò i piedi, impugnò l'ombrello come un'alabarda e affondò il colpo. La punta colpì la Donna del

Mantello nel plesso solare. Per un secondo, entrambe le donne rimasero bloccate.

«Sa,» sibilò la signora Barley, la voce tremante per lo sforzo, «se avesse dedicato metà di questo impegno all'impegno civico, avrebbe potuto governare questa città.»

La maschera della Donna del Mantello ebbe un tic. «Non può fermare ciò che è stato scritto.»

La signora Barley spinse l'ombrello più a fondo. «Allora scriverò un nuovo finale.»

Il mondo tremò.

Qualcosa cedette dentro la Donna del Mantello. I frammenti di profezia persero la loro struttura, volando via come storni spaventati. Lei barcollò all'indietro, aggrappandosi all'ombrello ancora conficcato nel suo addome.

La signora Barley avanzò, un passo alla volta, con gli stivali che scivolavano sul cocktail di cera, sangue e narrativa liquefatta che ricopriva il palco. La Donna del Mantello cercò di evocare un altro frammento, ma la sua voce la tradì. Ne uscì solo un rantolo soffocato e una raffica di frasi informi.

Con un ultimo, deciso movimento, la signora Barley liberò l'ombrello con una torsione e lo conficcò nella spalla della nemica, inchiodandola all'arco di proscenio.

L'effetto fu istantaneo. La profezia, privata di un ospite, esplose verso l'esterno in un'onda d'urto di storia pura e non mediata. Per una frazione di secondo, la signora Barley fu ovunque: ogni momento che avesse mai vissuto, ogni rimpianto, ogni ricordo che aveva cercato di chiudere in una scatola negli anni da quando il consiglio comunale aveva sciolto il vecchio ordine. Poi tutto svanì, e lei tornò a essere se stessa, in piedi sopra un nemico sconfitto e provando, per una volta, nient'altro che fredda soddisfazione.

La Donna del Mantello scivolò lungo l'arco, il mantello che le si aggrovigliava intorno alle ginocchia. Alzò lo sguardo sulla signora Barley, il viso pallido e le labbra contratte in un ringhio.

«Governante,» sputò.

La signora Barley annuì. «Esatto.»

Si voltò verso Ren e Vincent, che erano riusciti entrambi a strisciare sul bordo del palco. Ren e la spettrale Zara riuscirono a fare un debole applauso. Vincent si limitò a boccheggiare e a farle un pollice in su.

La signora Barley si sistemò la giacca, recuperò i ferri da maglia e pulì il grosso della profezia dal suo ombrello.

«Vediamo di portarvi fuori di qui,» disse, con una voce vivace e chiara come la mattina dopo una tempesta.

Fecero quattro passi prima che il pavimento si aprisse sotto di loro, con ombre che si allungavano, afferrando le caviglie della signora Barley e trascinandola a terra.

Ren urlò, lanciandosi verso di lei, ma l'oscurità era troppo veloce. L'ultima cosa che la signora Barley vide prima di essere trascinata nel buio fu il volto di Vincent, con la bocca aperta in un avvertimento che non riuscì a sentire del tutto, e la maschera della Donna del Mantello, ancora fissa su di lei con uno sguardo di disprezzo assoluto e impossibile da uccidere.

Poi il mondo si chiuse di scatto, e la signora Barley sparì.

La signora Barley riemerse nel vuoto con la riluttante lucidità di una donna che arriva in ritardo al proprio funerale. Il mondo era privo di colore e di rumore: un palcoscenico vuoto, nessun pubblico, la polvere che non si dava nemmeno la pena di posarsi. Fece l'inventario. Entrambe le gambe erano avvolte in fasce d'ombra, fredde come il ghiaccio e altrettanto inflessibili; le sue braccia erano bloccate dietro la schiena, i polsi saldati insieme dallo stesso materiale. Sentì un sapore di metallo e, meno gradito, una dolcezza distante come plastica che brucia.

La Donna del Mantello fluttuava sopra di lei, in tutto e per tutto la somma sacerdotessa delle catastrofi altrui. La sua maschera, ora fusa con il suo volto, brillava di una lucentezza umida e immobile. Attorno a lei, i frammenti di profezia volteggiavano, affamati di un epilogo.

La signora Barley tese il collo e intravide il suo mondo dall'altra parte del velo: Ren e Zara, in piedi sopra Vincent, che era riverso di lato, con il sangue che formava un'aureola sul pavimento del teatro. Vide Ren che colpiva il pavimento del palco con il calcio della pistola, cercando di sfondarlo per continuare a combattere, e provò un'ondata di perverso orgoglio per il rifiuto della ragazza di arrendersi. La Donna del Mantello non se ne accorse nemmeno. La sua attenzione era rivolta alla signora Barley e alla storia che doveva essere conclusa.

«Lei è una testarda reliquia,» disse la nemica, la sua voce che risuonava con l'autorità di ogni scheda elettorale respinta e mozione del consiglio fallita. «Lei è irrilevante. La profezia si nutrirà, e io...» esitò, la maschera che aveva un tic, «...io diventerò ciò che ero sempre destinata a essere.»

La signora Barley si mosse, sentendo il dolore alle spalle fiorire e placarsi, sostituito da una fredda determinazione.

«"Irrilevante" è quello che hanno detto quando hanno chiuso le biblioteche,» replicò la signora Barley, la sua voce sorprendentemente ferma per qualcuno legato in una nota a piè di pagina ostile. «Non mi ha fermata. Non mi fermerà neanche ora.»

La Donna del Mantello si chinò, con gli occhi che ardevano dietro la maschera. «Lei è già stata cancellata. L'ho cercata negli archivi e ho trovato solo righe censurate.»

La signora Barley scoprì i denti in qualcosa che non era proprio un sorriso. «Avrebbe dovuto guardare nei margini.»

La pressione aumentò, le ombre si addensarono intorno a lei, comprimendo l'aria e il pensiero in un'unica linea frastagliata. La signora Barley poteva sentire la propria storia venire letta, pagina per pagina, paragrafo per paragrafo, dalla profezia. Sentì le modifiche, le omissioni, i momenti in cui il suo nome era stato cancellato con una X per decreto burocratico.

Se volevano la sua cancellazione, gliel'avrebbe data.

Chiuse gli occhi e lasciò che la sua mente vagasse, non verso i giorni di gloria dell'ordine o l'orgoglio di un servizio da tè perfettamente giudicato, ma verso i momenti che avevano cancellato: i compleanni saltati, le lettere tornate con la dicitura "destinatario sconosciuto", i volti che, alla fine, non l'avevano mai chiamata "mamma" o "sorella" o nemmeno "amica". C'erano calendari vuoti e annuari con foto sfocate, e un'unica scatola di documenti in fondo a un ufficio chiuso a chiave, con ogni fascicolo timbrato "irrilevante" in triplice copia.

Li richiamò alla mente, uno per uno, e li espose nell'oscurità. I frammenti di profezia esitarono, fluttuarono, poi turbinarono in un vortice attorno a questa nuova offerta.

La Donna del Mantello strillò, un suono crudo e animale. «No. Non puoi nutrirla di nulla. È impossibile...»

Le labbra della signora Barley si contrassero. «Non è nulla. È ciò che vi siete lasciati alle spalle.»

La profezia, affamata, autocorrettiva, disperata di una conclusione, si aggrappò. Inghiottì i compleanni cancellati, le firme annerite, i promemoria comunali triturati. Più ne prendeva, più la Donna del Mantello vacillava, la sua figura si assottigliava, le ombre perdevano integrità.

«Lei morirà vuota,» sputò la nemica, il panico che le inondava il tono.

La signora Barley scosse la testa. «Morirò come ho vissuto: con le scartoffie finite, i piatti della cena lavati e lasciati sullo scolapiatti, e la spazzatura fuori nel giorno giusto.»

I frammenti di profezia, ingozzati di cancellature, divennero luminosi e caldi, poi collassarono su se stessi. Circondarono la signora Barley in un anello perfetto, liberandola dalle ombre. Si rialzò in piedi, goffa, impacciata, ma eretta, e affrontò la nemica, che ora si stringeva il petto come per trattenere la sua storia.

La signora Barley sentiva il vuoto che la consumava: ogni ricordo, ogni successo, ogni volta che qualcuno aveva usato il suo nome in una frase. Conosceva il prezzo, e andava bene. Era più che bene: ne valeva la pena, per la prima volta nella sua lunga e professionalmente anonima vita.

Si avvicinò alla Donna del Mantello e, con due dita, le fece saltare la maschera dal viso. Si frantumò a terra, senza lasciare nulla sotto. Il corpo della nemica, senza una storia a legarlo, vacillò, poi collassò su se stesso, ripiegandosi più e più volte finché non ebbe le dimensioni di un'impronta digitale e poi, meno di quello, l'immagine residua di un sospiro.

La signora Barley si girò, con l'anello di profezia che ancora turbinava, e uscì dal vuoto. Ogni passo lasciava dietro di sé sempre meno di lei. Quando raggiunse la luce, era più leggera di molte cose — rimpianto, ambizione, tutto il peso di un'eredità non spesa — ma stava ancora camminando.

Si ritrovò di nuovo nell'Orpheum, sul palco, con Ren che la fissava come se fosse un'apparizione e Vincent che si alzava barcollando alle sue spalle.

La signora Barley aprì la bocca per parlare, trovando la sua voce più bassa, un'ombra più sottile. Tossì, una volta, e riprovò.

«Bene,» disse. «Vediamo di ripulire questo posto prima che arrivino le autorità. Chi vuole una tazza di tè?»

Ren sorrise, con gli occhi lucidi di lacrime. Vincent, che ancora perdeva sangue da diversi punti, fece un saluto con due dita.

La signora Barley ricambiò il sorriso, non del tutto sicura di cos'altro ci fosse da fare.

Si premette una mano alla gola, sentendo il vuoto dove la sua voce un tempo aveva avuto più peso. Sarebbe andato tutto bene. O, almeno, lei sarebbe stata abbastanza.

241

VENTIQUATTRO

L'Orpheum sembrava reduce da una produzione particolarmente vendicativa del *Tito Andronico*: tutto era appiccicoso, nulla era più in piedi e l'aria era così densa di fumo e magia sfuggita al controllo che si sarebbe potuta imbottigliare e vendere ad adolescenti scontenti. Fuori, la città era sprofondata in un silenzio inquietante, ma all'interno del teatro la storia e la profezia stavano ancora litigando su chi dovesse pagare il conto.

Ren, che non era tipo da restarsene con le mani in mano durante una crisi, fu la prima a iniziare a rovistare tra le macerie. Si fece largo nel massacro con un sacco della spazzatura e un paio di guanti in lattice sgraffignati dal kit di pronto soccorso improvvisato della St. John's Ambulance che Mrs Barley teneva nella sua borsa. Raccolse manciate di pergamene, la maggior parte delle quali ancora tremolanti di inchiostro residuo, e le gettò al centro del palco, dove un braciere cerimoniale (probabilmente usato l'ultima volta per arrostire castagne per una recita natalizia) era stato adibito a falò. Le fiamme erano già fameliche, scoppiettavano con una lingua blu-verde e un odore che riusciva a essere al contempo inebriante e profondamente sbagliato.

Vincent sedeva sui gradini del proscenio, reggendosi il braccio sinistro e osservando il fuoco con il fascino particolare di un uomo che sospettava potesse avere fame proprio di lui. Il suo abito si era macchiato fino alla fodera, e la camicia chiara sottostante era rovinata al di là persino dei suoi standard di trascuratezza sartoriale. Di tanto in tanto, coglieva una pagina dalla pila accanto a sé, ne leggeva un rigo ad alta voce a mo' di finto sermone e poi, con teatrale esagerazione, la consegnava alle fiamme.

««La città risorgerà, vestita delle sue stesse ceneri...»» intonò, per poi gettare il frammento nel fuoco con un gesto secco. «Speriamo che la moda le doni.»

Mrs Barley, riportata a una parvenza di calma professionale dal ritmo delle pulizie, perlustrava le navate con paletta e spazzola, sbuffando per il disordine e borbottando di protocolli di smaltimento adeguati. Ogni volta che trovava un brandello di profezia strappato, lo esaminava, stringeva le labbra come per soppesarne la minaccia all'ordine pubblico, poi lo spezzava in due e lo passava a Ren perché lo incenerisse. A volte, i pezzi strappati si ribellavano, cercando di incollarsi alle sue dita o di far spuntare piccole zanne che le mordicchiavano le maniche. Mrs Barley non batteva ciglio, si limitava a dar loro una rapida stoccata con un ferro da calza recuperato e passava oltre.

Zara, l'ultimo e a quanto pare postumo arrivo nella squadra, fluttuava sopra il palco come la più sentenziosa delle tecniche delle luci al mondo. Andava alla deriva tra le travi, traslucida e avvolta in un alone di elettricità statica, e di tanto in tanto sporgeva la testa per indicare un frammento sfuggito o, in un'occasione, un pezzo di profezia che si contorceva e che aveva tentato di mimetizzarsi da fusibile bruciato. La sua voce si diffondeva nel modo perturbante di chi non è più gravato dalla carne, ma il suo sarcasmo, semmai, era stato solo potenziato dalla morte.

«A sinistra, Vincent» lo chiamò. «Vicino al tuo ginocchio. Quello è vivo.»

Vincent si chinò, fece una smorfia e raccolse un angolo frastagliato di pergamena. Gli si contorse in mano, cercando di serpeggiargli su per la manica, ma lui se lo scrollò di dosso con una mossa ostentata. «Mia eroina» disse. «Hai sempre avuto un talento per scovare i pezzetti che sfuggivano a tutti gli altri.»

Il sopracciglio spettrale di Zara si inarcò. «Si chiama attenzione ai dettagli. Qualcuno di noi, le scartoffie le finiva.»

Ren lanciò un'occhiata a Vincent. «Ce la fai a continuare? Posso fare da sola, se vuoi fare l'inutile e recitare la parte della vittima per un po'.»

Lui emise un sospiro teatrale, poi gettò un altro frammento nel fuoco. «Se mi fermo, mi irrigidisco» disse. «E poi, spero che il fumo cauterizzi qualcosa di importante.»

Mrs Barley, che stava ancora spazzando metodicamente la platea, disse: «Se non sta attento, le cauterizzerà il senso della prospettiva. Alcuni di questi frammenti sono ancora attivi. Cerchi di non inalarli.»

Vincent soppesò l'idea, poi si strinse nelle spalle. «Potrebbe andare peggio. Almeno non sono glitter.»

Per un po' lavorarono in una quasi armonia. La profezia bruciava con un'avidità vendicativa, ogni pagina si accendeva in un fiotto verde o in un ululato di rimpianto imbottigliato. Il braciere riempiva il teatro di una luce mutevole, proiettando le figure sul palco come giganti o ombre a seconda del guizzo delle fiamme. Persino le antiche assi del palcoscenico parevano rabbrividire di sollievo ogni volta che una pagina veniva ridotta in cenere.

Ma dopo mezz'ora, la profezia cominciò ad accorgersene.

Il primo segno fu un suono: non lo scoppiettio della pergamena in fiamme, ma il lieve fruscio della carta che si muoveva di moto proprio. Una corrente d'aria, forse, o il ricordo di una corrente d'aria, staccò delle pagine libere dagli angoli della stanza. Scivolarono sul pavimento, cavalcando le correnti della loro stessa inevitabilità, e si raggrupparono alla base del palco come un pubblico che non voleva tornare a casa. Ren fu la prima a notarlo.

«Mrs Barley» chiamò. «Abbiamo compagnia.»

Mrs Barley si raddrizzò, strizzando gli occhi nella penombra. «È solo carta» disse. «Continuate a bruciare.»

Ma le pagine si moltiplicarono. Alcune svolazzarono giù dalla balconata in rovina, spargendo inchiostro come forfora. Altre caddero dalla graticcia, dove Zara non le aveva viste durante il suo giro. Altre ancora strisciarono fuori da sotto le poltrone, ognuna ricamata con riga dopo riga delle peggiori e più strane predizioni di Carmine.

Vincent osservò una dozzina di pagine fondersi ai suoi piedi, per poi assemblarsi lentamente in una rozza effigie d'uomo. La figura di carta barcollò in piedi, roteando le braccia, poi tentò di afferrargli la caviglia.

Vincent non esitò. Spiacciò la cosa con un piede e ne gettò i brandelli nel braciere, dove svanirono in un'unica, sibilante maledizione.

Ren, per nulla scoraggiata dalla crescente stranezza, cominciò a ficcare le pagine nel fuoco a due mani. Lavorava con l'intensità di chi cerca di battere una scadenza, e la profezia rispose alla sua aggressività con altrettanta aggressività: le pagine le balzarono in faccia, tentarono di incunearsi tra le sue labbra, le si arrampicarono su per le maniche nel tentativo di tatuarla dall'interno.

Mrs Barley abbandonò la paletta e si unì alla mischia, brandendo l'ombrello come un manganello da sommossa. Respinse i più aguerriti in una pila crescente, poi li innaffiò con una spruzzata misurata di acqua santa dalla sua fiaschetta. Il liquido sfrigolò ed emise vapore, ma le pagine divennero solo più disperate, fondendosi in un'unica massa contorta che strisciava verso il fuoco.

«Zara!» chiamò Mrs Barley. «Può fare qualcosa?»

Zara, che aveva osservato il caos dall'alto, scosse la testa con sgomento spettrale. «Sono incorporea, ricorda? E poi, sembra che ve la stiate spassando.»

Vincent alzò lo sguardo, i capelli selvaggi e gli occhi rossi per il fumo. «Stiamo per essere sepolti dalle profezie e tu fai la telecronaca?»

«È il mio ruolo da manager» rispose Zara, e poi, con un'intensità improvvisa: «Mrs Barley, dietro di Lei!»

Mrs Barley si voltò di scatto. Un pezzo di pergamena, più spesso degli altri, si era avvolto intorno al manico del suo ombrello e si stava arrampicando verso la sua mano. Lo punzecchiò con un ferro da calza, ma il ferro si spezzò in due, il metallo che si dissolveva con un urlo stridulo.

Ren strappò via la cosa, a mani nude, e la scagliò nel braciere. Il fuoco reagì come se gli avessero dato del carburante per razzi: le fiamme verdi esplosero verso l'esterno, inondando il palco con un'onda di luce e suono che mise tutti al tappeto.

Per un istante, il teatro piombò nel silenzio. Poi, all'unisono, ogni singolo frammento di profezia nella stanza fremette e spiccò il volo.

Fu, rifletté Vincent, la parata di coriandoli meno gradita al mondo. L'aria si riempì di righe stracciate e rune sanguinanti, ogni frammento che vorticava intorno al centro del palco in un giro di vite sempre più stretto. Le parole stesse cominciarono a parlare, un coro di voci sovrapposte che alternativamente supplicavano, minacciavano e si plagiavano a vicenda in tempo reale.

Ren si coprì la testa, imprecando. Vincent, non potendo fare molto con un solo braccio funzionante, si acquattò dietro Mrs Barley, che si era messa in posizione di difesa e colpiva la carta volante con i resti del suo ombrello.

Zara, ora uno spettro turbinante nel cuore del vortice, cominciò a recitare delle righe in contrappunto. «Non lasciate che vi tocchino» avvertì. «Riscriveranno i vostri ricordi, se ci riescono.»

Mrs Barley strinse i denti. «Beh, stanno per ricevere il lato peggiore della mia politica di archiviazione.»

I minuti successivi furono confusi: Mrs Barley e Ren afferravano pagine, strappandole dall'aria e alimentando il famelico braciere. Vincent, lottando per rimanere cosciente, improvvisò usando la gamba bruciata di una sedia come una racchetta improvvisata, colpendo i frammenti più insistenti per mandarli nelle fiamme.

La profezia, sentendo la sua fine imminente, intensificò l'attacco. Le pagine si fusero in forme: un serpente che strisciò lungo una tenda, una testa di lupo che scattò verso la mano di Mrs Barley, uno sciame di farfalle nero-rosse che si aggrappò ai capelli di Ren e si rifiutò di staccarsi. Ogni creatura morì con un grido o una maledizione, sempre con la voce di Carmine, sempre con un nuovo strato di melodramma.

Zara, entrando e uscendo dal vortice, cominciò a raccogliere i frammenti lei stessa: le sue mani spettrali attraversavano la carta, ma in qualche modo attiravano le parole nella sua sagoma. Pulsava di nuova luce ogni volta, i suoi occhi che scoppiettavano di elettricità rubata.

«Zara!» la chiamò Vincent. «Stai—»

Lei si voltò, con un sorriso fragile. «Tutto bene. Ho sempre voluto essere una biblioteca ambulante.»

L'ultima, furiosa ondata colpì mentre la profezia si raccoglieva per un ultimo assalto. Ogni frammento superstite nel teatro si attorcigliò, formando una torre di pagine che incombeva sul braciere. In cima, una rozza maschera di carta del volto di Carmine li fissava dall'alto, le labbra che si contraevano con una minaccia riciclata.

Vincent, trascinandosi in piedi, incrociò lo sguardo della maschera. «Sei stato sovrascritto, vecchio mio» disse e, con un ultimo sforzo, scagliò la gamba della sedia alla base della torre.

Il colpo fece crollare l'intera struttura nel fuoco. La maschera urlò, un suono composto da ogni rabbiosa lettera di rifiuto che Vincent avesse mai ricevuto, e poi si disintegrò in un ciclone di fiamme blu.

Quando l'udito di Vincent tornò, il palco era vuoto, a eccezione di qualche tizzone fluttuante. La profezia, per la prima volta in secoli, non aveva più niente da dire.

Ren fu la prima a rimettersi a sedere, massaggiandosi la testa. «Abbiamo finito?» chiese, con voce vuota.

Mrs Barley controllò il perimetro, poi si spolverò le mani. «Finito» disse.

Zara, ora pienamente corporea nella sua incorporeità, aleggiava sopra i resti del braciere. «Voi due fate un casino d'inferno» disse. «Ci metterò un decennio a ripulire l'eco di tutto questo.»

Vincent, appoggiandosi pesantemente ai gradini in rovina, riuscì a esbozzare un debole sorriso. «Possiamo fare a turno a infestare i prossimi.»

Rimasero seduti per un momento, lasciando che il sollievo li pervaresse. L'Orpheum, ancora malconcio e sanguinante, sembrava più leggero di quanto non fosse da anni.

Vincent si guardò intorno, verso il suo improbabile conciliabolo, e si rese conto che, per una volta, non aveva nulla di arguto da dire.

La pace durò giusto il tempo necessario perché l'Orpheum si ricordasse della propria integrità strutturale. Il primo avvertimento fu un gemito dall'alto, seguito dalla caduta di polvere di intonaco che nevicò dolcemente sulle loro teste, conferendo a tutti un ultimo tocco da recita.

Poi, con il perverso tempismo che solo un edificio pericolante poteva avere, l'intera balconata superiore si staccò dai suoi ancoraggi e crollò verso l'interno, appiattendo tre file di sedili di velluto rosso sottostanti con un suono simile a quello di un migliaio di macchine da scrivere gettate nel Tamigi.

Ren scattò in piedi, con gli occhi sgranati. «Questo è il nostro segnale.»

Vincent tentò di alzarsi, ma la sua gamba sinistra si ammutinò alla proposta. «Sono spiacente di informarvi che le mie uscite di scena drammatiche sono rigorosamente limitate alla modalità zoppicante» disse.

Mrs Barley era già in movimento, spinta da un profondo rifiuto di essere mai l'ultima all'esercitazione antincendio. Afferrò il braccio buono di Vincent e lo strattonò, con la competenza di chi ha passato trent'anni ad aiutare parenti anziani a salire i gradini ghiacciati della chiesa. «Fuori. Ora. Ren, prenda l'altro suo fianco.»

Ren si mise il braccio di Vincent sulla spalla. Lui si afflosciò contro di lei, offrendo un sorriso smunto. «Sai, è esattamente così che immaginavo il nostro primo ballo.»

Lei gli diede una gomitata nelle costole, delicatamente. «Pesi una tonnellata e puzzi di falò.»

«Lusingato» ansimò lui, trascinato a forza mentre la polvere si infittiva.

Zara fluttuava dietro di loro, lasciando una scia di scintille bianco-blu. «Darei una mano, ma, sapete, mi manca il tocco corporeo.» Sfrecciò avanti, la sua immagine residua che danzava nel fumo. «Da questa parte. E sbrigatevi.»

Il quartetto si precipitò (o zoppicò, nel caso di Vincent) lungo la navata centrale mentre il soffitto sopra di loro gemeva in una lingua che solo i muri portanti potevano parlare. Pezzi di intonaco dipinto piovevano giù, con i cherubini e le muse dell'arco del proscenio che si frantumavano in polvere sulla moquette. Ogni passo minacciava di farli precipitare nel seminterrato, dove la marea del fiume gorgogliava e i topi meno igienici della città aspettavano il bis.

Un candelabro, visto l'ultima volta scintillare sulla platea, scelse quel momento per staccarsi, precipitando a terra con un sibilo di vetri rotti e la musicalità di un album heavy metal suonato al contrario. Atterrò in pieno centro, mancando la testa di Mrs Barley per un margine di solito riservato ai limiti legali di alcol nel sangue.

Ren imprecò e raddoppiò il passo. Vincent cercò di contribuire con la gamba buona, ma lo sforzo fece sbocciare una nuova ondata di rosso sulla sua camicia rovinata. «Temo che andare più veloce non sia nel mio repertorio attuale» ansimò.

Mrs Barley, imperturbabile, sbottò: «Neanche morire in un teatro che crolla, quindi si muova.»

Dall'atrio, Zara gridò: «Forza!»

Svoltarono attraverso il grande vestibolo, che si stava già riempiendo di fumo. I vetri delle porte d'ingresso erano andati in frantumi verso l'interno, le lastre piombate ora sparse come lo scatto d'ira di un gioielliere. Ren aprì a calci l'ultima porta e insieme barcollarono fuori sui gradini di pietra crepata.

L'aria notturna li colpì con il sollievo di una birra ghiacciata dopo un funerale. La trangugiarono, sbattendo le palpebre nel silenzio improvviso.

Per un secondo, il mondo rallentò.

Poi l'Orpheum rinunciò al resto della sua volontà di vivere. La cupola dipinta, quella vistosa giostra di delusione angelica, crollò, scagliando verso il cielo un getto di fuoco verde-blu. Il rumore li travolse in un'onda di pressione, appiattendo le siepi della piazza e facendo scattare gli allarmi delle auto in una piena isteria.

Il disastro successivo fu più personale. Il pezzo di teatro che formava la facciata est, con il suo stemma ornato e le parole «HORATIO'S ORPHEUM» in caratteri antichi, si staccò e precipitò direttamente sull'amata Peugeot di Ren. L'auto, che era sopravvissuta a tre relazioni, due revisioni e alla collisione con un tassista, si piegò come cartone bagnato.

Ren fissò il rottame, la bocca aperta in una O perfetta.

Vincent, reggendosi a un dissuasore, esaminò la carneficina. «Beh» disse, «almeno non era la mia caparra.»

Mrs Barley, che non si era mai fidata delle auto straniere, fece un breve cenno soddisfatto col capo. «Può mandare il conto al comune» disse.

Zara si avvicinò a Ren, offrendole una pacca spettrale sulla schiena. «Guarda il lato positivo. Il parcheggio è gratis per il resto dell'anno.»

Ren riuscì a ridere, ma la risata le uscì mezza strozzata. «Non è così che funzionano le assicurazioni» disse, le lacrime che le offuscavano la vista mentre guardava l'ultimo, dignitoso bip dell'allarme della Peugeot spegnersi nel silenzio.

Vincent si voltò verso Mrs Barley, con una domanda negli occhi.

Lei la colse, e gli rivolse uno sguardo che riusciva a combinare commiserazione, esasperazione materna e un'offerta non detta di tè. «Vediamo di ricucirla prima che lasci una scia di sangue sul marciapiede» disse. «E Ren, stanotte stiamo tutti nello stesso posto. Niente obiezioni.»

Ren annuì solamente, le braccia avvolte intorno a sé come se temesse che anche i suoi organi potessero tentare la fuga.

Si allontanarono zoppicando dalle rovine fumanti, una governante, un vampiro, un'umana e un fantasma, nessuno di loro che corrispondesse esattamente alla descrizione sulla propria targhetta. Dietro di loro, l'Orpheum crollò definitivamente, le fiamme che lambivano gli ultimi resti della profezia di Carmine con un sibilo soddisfatto.

«La prossima volta» disse Mrs Barley, sistemandosi il cardigan bruciacchiato e lanciando la sua migliore occhiataccia al cielo, «bruceremo le profezie in un posto con delle vere uscite di sicurezza.»

Nessuno dissentì.

Continuarono a camminare, nel silenzio che segue un disastro, già litigando su chi dovesse preparare il tè, e se Zara contasse o meno in caso di parità.

La città, come sempre, andava avanti.

VENTICINQUE

Tre giorni di riposo teorico avevano trasformato Vincent Lupo in un'esposizione di morbosità ambulante, accuratamente adagiato sul divano letto nel salotto di Zara, tappezzato di libri. L'effetto era quello di un santo minore o di un potentato sconsacrato, avvolto fino al mento nel percalle e in vecchie bende da ospedale, i capelli impomatati all'indietro per la febbre e la convalescenza. L'unica prova di vitalità era la macchia permanente, seppur sbiadita, di sarcasmo che gli aleggiava sul labbro inferiore.

La signora Barley, la cui posizione ufficiale sulle cure palliative era che dovessero essere somministrate sbrigativamente e, se possibile, con forza sufficiente da scoraggiare chi si fingeva malato, gli stava al fianco. Sprimacciò i cuscini con un'aggressività di solito riservata alle frodi elettorali, poi si chinò su di lui, reggendo una tazza di qualcosa che odorava di Bovril, iodio e, inspiegabilmente, di Pimm's.

«Bevi» disse, «o te lo verso in gola. Niente ricresce bene se lo lasci seccare». Osservò Vincent fingere di sorseggiare, per poi posare la tazza con tutta la cerimonia di un prigioniero che rifiuta il suo ultimo pasto.

Ren osservava dalla soglia, braccia conserte e mascella serrata. Mentre il resto dell'appartamento di Zara seguiva un'estetica rigorosamente clinico-minimalista, il salotto era a malapena riconoscibile come uno spazio abitabile: ricoperto fino al soffitto di tascabili, l'aria velata dal profumo caldo e secco di colla vecchia e da sentori più freddi e meno socievoli di formaldeide e adesivo per bende. Qualcuno aveva tirato le tende contro la luce del giorno, ma un alone di bagliore cittadino filtrava attraverso il tessuto, rendendo ogni cosa una sfumatura meno viva di quanto non fosse.

«Cosa c'è lì dentro?» domandò, accennando alla tazza.

La signora Barley strinse le labbra. «Elettroliti e brodo di manzo. Uno per l'anima, l'altro per la matrice cellulare. Entrambi hanno un sapore migliore del tuo ultimo tentativo di cena al microonde.»

Vincent tossì, deliberatamente, per fare scena. «Preferivo la morfina. Almeno quella aveva una storia.»

«Beh, non ne avrai più» sbottò la signora Barley, e gli sistemò la benda al collo con qualcosa di simile alla tenerezza. «L'ultima dose ha lasciato il tuo organismo ieri, e non ha fatto nulla per il tuo appetito. Il manzo dovrà bastare.»

Ren incrociò il suo sguardo e fece spallucce in tacito accordo. Il suo sguardo vagò per la stanza, tracciando le linee delle librerie, che si ergevano in file disordinate fino al soffitto di listelli e intonaco. C'erano schizzi accademici appuntati al muro, la maggior parte di natura anatomica, algunos raffiguranti la struttura muscolare dei pipistrelli e quello che sembrava sospettosamente l'esoscheletro di un insetto gigante.

«È come se una vecchia biblioteca avesse stretto una relazione con un obitorio» disse Ren, senza rivolgersi a nessuno in particolare.

La voce di Vincent era cartacea, ma riuscì a indirizzarla verso di lei. «Lo prenderò come un complimento. Le biblioteche sono luoghi sottovalutati per il romanticismo.»

Da qualche parte, sopra di loro, un debole crepitio di statica. All'inizio, Ren pensò che fosse il riscaldamento — i radiatori di Zara erano più una promessa che una garanzia — ma il suono si risolse in parole, chiare e precise, che risuonarono come attraverso un lungo corridoio.

«Sento che stiamo facendo autopsie prima di colazione, adesso» annunciò la voce di Zara, fresca e quel tanto che basta spettrale.

Ren sobbalzò, alzando lo sguardo. Il soffitto era in ombra, ma vicino al cornicione, una distorsione tremolava: il contorno della testa e delle spalle di Zara, intermittente, più simile a una proiezione che a una presenza. Fluttuava lì, i capelli sospesi in un'aureola lenta e viscosa, gli occhi immobili e di una tonalità troppo grandi.

«Offrirei del tè, ma non posso toccare nulla che non sia morto almeno al quaranta per cento» aggiunse Zara, scendendo lentamente e materializzandosi sulla soglia.

L'espressione della signora Barley non cambiò. Posò la tazza sul tavolino traballante e andò a recuperare una pila di asciugamani puliti dallo stendino, borbottando qualcosa su «infestazioni premature» mentre passava. Vincent la guardò allontanarsi, poi alzò lo sguardo verso la presenza spettrale di Zara.

«Carino da parte tua manifestarti in tempo per l'orario di visita» disse.

Un angolo della bocca di Zara si sollevò. «Non sei il mio unico paziente.»

Ren, meno avvezza alle visite spettrali, aggirò il divano finché non fu al fianco di Vincent, usandolo come uno scudo di carne assai inefficiente. «Riesce a vederci? O è tipo una conference call?»

«Vi vedo benissimo» rispose Zara, con una debole eco nella voce. Considerò Ren con uno sguardo sconcertantemente fisso.

Ren trasalì a quell'esame, ma riuscì a sfoderare un sorriso fragile. «Respiro ancora. Non grazie a certuni.»

Vincent soffocò un sorrisetto, poi trasalì quando il movimento tirò il morso in via di guarigione sul suo collo. «Siamo tutti un po' meno vivi di prima.»

La signora Barley tornò, asciugamani in mano. Lanciò un'occhiata a Zara fluttuante e disse: «Immagino che vorrai dire la tua prima che lo mettiamo in piedi.»

Zara fluttuò un po' più vicino, il suo contorno tremolante come un tubo fluorescente difettoso. «In realtà, sì» disse, la voce che scendeva all'ottava riservata agli annunci importanti e agli impresari di pompe funebri.

«Ren» cominciò, «ho bisogno che tu rimanga qui. Nell'appartamento. Permanentemente.»

Ren sbatté le palpebre. «Cosa?»

Il volto di Zara non si mosse, ma la sensazione di un sorriso irradiò verso l'esterno. «Hai sempre desiderato un indirizzo in centro. Io ho sempre desiderato qualcuno da infestare. È un win-win.»

Ci fu un attimo di silenzio, poi la signora Barley sbuffò, senza curarsi di nascondere il disprezzo. «Considerato il prezzo degli immobili nel centro di Londra, è un bel regalo.»

Vincent si mise a sedere, facendo una smorfia mentre si appoggiava su un gomito. «Quindi non hai intenzione di infestare me?»

«Non adularti» replicò Zara, la voce secca come pergamena nuova. «Saresti un pessimo ospite per un fantasma. Troppe questioni irrisolte, troppe vecchie fiamme.»

Ren guardò dal fantasma agli altri, la bocca aperta in un cerchio perfetto. «Io non... voglio dire, non è che io abbia bisogno... ma ti è permesso subaffittare ai vivi?»

«Non affitto, il posto è mio. Posso fare quello che mi pare.» L'attenzione di Zara non lasciò mai Ren. «Ho bisogno di qualcuno che tenga il posto in ordine. E mi farebbe piacere un po' di compagnia.»

Ren lasciò che le dita scorressero lungo lo scaffale più vicino, spazzando via la polvere dai dorsi di "Dottrine spaventose" e "Una tassonomia delle infestazioni urbane". Il gesto la calmò, un poco. «Sei seria.»

«Sono morta» disse Zara, «ma sì.»

Un silenzio si propagò come un'onda. In esso, i rumori della città si insinuarono di nuovo: un'ambulanza a tre isolati di distanza, la risonanza lontana di lavori edili, il trillo acuto di un corriere in bicicletta che, in quel momento, veniva minacciato da uno stormo di piccioni.

Vincent approfittò della pausa per risistemarsi le coperte con un sospiro teatrale. «Credo che dovrò restare per un altro mese, almeno.»

La signora Barley gli diede un colpo sullo stinco con un asciugamano arrotolato. «Non sei un invalido. Domani sarai in piedi. Entro domenica tornerai nel tuo appartamento e mi aspetto che tu dia una mano con le faccende.»

Vincent radunò un barlume del suo vecchio fascino. «Se volevi vedermi nudo, bastava chiedere.»

La signora Barley lo ignorò. «Tu, ragazza, resti o no?»

Ren guardò l'appartamento — i granelli di polvere, le librerie anarchiche, il fantasma che la osservava con la pazienza di un bibliotecario in attesa del pagamento per un libro scaduto — ed esalò. «Resto» disse, le parole più stabili di quanto si sentisse. «Per un po'.»

Zara chinò il capo, un gesto formale come una benedizione. «Bene. C'è del lavoro da fare.»

La signora Barley annuì, come se la questione fosse risolta. Cominciò a sparecchiare le medicine, impacchettando flaconi e tazze con l'efficienza della proprietaria di un pub all'ora di chiusura.

Vincent si sprofondò nei cuscini, lo sguardo perso verso il soffitto dove l'immagine residua di Zara aleggiava, debole e bluastra nella luce. «Fa sempre così freddo quando ci sei tu?» chiese.

«Solo per chi ha la coscienza sporca» replicò Zara, e svanì, il suo contorno che si disperdeva come nebbia.

Ren si rivolse alla signora Barley. «Come ci si... come ci si abitua?»

La signora Barley fece spallucce. «Non ci si abitua. Tieni solo il tè caldo e le tende chiuse, e speri che i fantasmi stiano dalla tua parte.»

C'era una sorta di definitività in quelle parole, la sensazione che, dopo tutto, l'unica cosa da fare fosse mettere su il bollitore e fingere che tutto avesse un senso.

Vincent, abituandosi alla nuova normalità, prese la tazza e la strinse come un talismano. «Ai fantasmi, allora» disse, con voce roca ma sincera. «Che infestino responsabilmente.»

Ren sollevò la sua tazza in eco, e anche la signora Barley alzò la sua, sebbene non si prese la briga di nascondere lo scetticismo nei suoi occhi.

Per un momento, i tre sedettero nel silenzio dell'appartamento — vivi, morti e vie di mezzo — uniti da nient'altro che dal tenace rifiuto di andarsene.

Fuori, la città si dimenticò di loro. Dentro, loro facevano del loro meglio per ricordare.

Dopo pranzo (che fu servito alle tre del mattino e consisteva in triangoli di toast e un piattino risentito di pesche sciroppate), i sopravvissuti si spostarono in salotto. Le proporzioni dell'appartamento erano a metà tra un "salone edoardiano" e una "segreta vittoriana", ma le linee pulite e i mobili di design compivano la loro solita magia, facendolo sembrare più grande, più antico e del tutto più sicuro di sé rispetto ai suoi abitanti.

Vincent era riuscito a scendere dal divano letto per accomodarsi su una poltrona a orecchioni, una gamba ripiegata sotto di sé a dispetto sia dei consigli medici sia delle attuali leggi della fisica. Sembrava meno morto, o almeno meno incline a spaventare un patologo di passaggio. Ren prese l'altra poltrona, che era leggermente troppo dritta per essere comoda, e si mise subito a piegare e ripiegare l'orlo della felpa che le avevano prestato.

La signora Barley si aggirava vicino alla finestra, dando spettacolo mentre spolverava il davanzale con un fazzoletto. Aveva tirato le tende a metà, come in trattativa con il tempo, e ora studiava la strada buia all'esterno con l'esame diffidente di una vedova di guerra in attesa di un telegramma.

Fu Zara a rompere il silenzio, la sua forma che appariva al centro della stanza, il viso composto ma gli occhi vividi. «Siete diventati tutti molto silenziosi» osservò, la sua voce che riempiva lo spazio in un modo che non aveva nulla a che fare con l'acustica.

«Stiamo riflettendo sui nostri numerosi fallimenti» rispose Vincent. Rovistò nelle profondità della coperta di lana drappeggiata sulle sue gambe e tirò fuori un pacchetto rettangolare, avvolto in carta marrone bruciacchiata agli angoli e legato con un pezzo di nastro che sembrava essere sopravvissuto a un incendio.

Ren notò il regalo e gemette. «Non l'hai fatto.»

«Sì che l'ho fatto» disse Vincent, e glielo porse, con un'espressione indecifrabile. «Forza, aprilo.»

Ren accettò il pacchetto con la delicatezza di chi riceve in mano un animale vivo. Sfilò il nastro e annusò i bordi carbonizzati, poi aprì la carta per rivelare un quaderno: rilegato, con una pesante copertina d'avorio. Sul fronte, nella familiare calligrafia svolazzante di Vincent, c'erano le parole "Bozze Future". Le lettere erano impreziosite da ghirigori inutili e da alcune macchie di sangue, presumibilmente autentiche.

Lo rigirò tra le mani, il pollice che ne tracciava il bordo. «È vuoto» disse, più un'accusa che un'osservazione.

Vincent fece spallucce. «Mi è sembrato appropriato. Sei l'unica con un futuro vero e proprio.»

Zara si avvicinò fluttuando, braccia conserte. «È un gran complimento» disse, con voce più gentile. «Regala quaderni bianchi solo alle persone che pensa sopravvivranno abbastanza a lungo da riempirli.»

Ren alzò lo sguardo, incerta se fosse appena stata insultata или promossa. «Non so cosa scriverei» ammise, le guance in fiamme.

«L'idea è quella» disse Vincent. La sua voce era più sommessa del solito, quasi persa sotto il ronzio del traffico e l'abbaiare occasionale della spolverata della Barley.

La signora Barley, non volendo essere lasciata fuori, si fece avanti e posò il fazzoletto sul tavolo. «Puoi sempre iniziare con un lamento» suggerì. «È così che nascono le storie migliori.»

Ren, prendendo tempo, sfogliò la prima pagina. Era, in effetti, bianca, fatta eccezione per una piccola filigrana nell'angolo: un pipistrello stilizzato, che sogghignava. Lei gli rispose con un sorriso, suo malgrado. «Siete tutti matti, lo sapete?»

«Rischio del mestiere» rispose la signora Barley.

Vincent la osservava, l'umorismo fragile sul suo volto sostituito da qualcosa di più vicino all'attesa.

Ren chiuse il quaderno, stringendoselo al petto. «Scrivi tu la prima riga» disse, e lo respinse verso Vincent.

Lui lo prese, rigirandoselo tra le mani come se cercasse un significato nascosto nei risguardi marmorizzati. Dopo un istante, accettò una penna dalla signora Barley e la stappò con un gesto plateale.

Aprì il quaderno alla prima pagina, esitò, poi scrisse:

Lei rise, e il mondo не *finì.*

Glielo ripassò, e Ren lesse la riga in silenzio. La stanza, per una volta, rimase immobile; persino Zara sembrava riluttante a rompere la quiete.

La signora Barley, mai incline al sentimentalismo, si schiarì la gola. «Beh, è bello e vago. Dovrebbe bastarti per almeno un mese.»

Ren sorrise, un sorriso vero e ampio. «Se inizio con questo, forse nient'altro sembrerà così terribile.»

«O forse sarà tutto terribile, ma almeno ne saprai il perché» disse Vincent, ritrovando la sua solita vena ottimistica.

Zara fluttuò sopra di loro, guardandoli dall'alto con l'aria di una chaperon i cui protetti avevano finalmente smesso di dare fuoco alle tende. «Andrete bene» disse, e il suo sorriso fu la prima cosa veramente calda a posarsi nell'appartamento dal loro incontro con la profezia.

Mentre si rivelavano i primi sussurri dell'alba, la signora Barley portò altro tè, e Ren cominciò a riempire il quaderno bianco: prima appunti, poi schizzi, poi interi paragrafi, veloci e obliqui, l'inchiostro che trapassava la carta come impaziente di arrivare alla pagina successiva. Vincent la guardava lavorare, ormai meno un mentore e più un testimone, e riuscì persino a non correggerle l'ortografia.

VENTISEI

Vincent aveva letto da qualche parte che la convalescenza doveva essere un esercizio di pazienza e gratitudine, ma l'unica cosa che stava esercitando era l'ultima riserva mondiale di aggressività passiva. Si era sistemato sul divano con la cura di un archivista museale, sovrapponendo una coperta all'altra finché non assomigliò a un sito di scavi archeologici per mammiferi estinti. La fascia al braccio, sebbene tecnicamente necessaria per la continua integrità strutturale della sua spalla, era più un accessorio di scena: si assicurava che fosse visibile da ogni possibile angolazione, nel caso in cui qualcuno avesse dubitato della portata della sua sofferenza.

La signora Barley si affaccendava intorno a lui con la concentrazione assoluta di un'unità di triage del servizio sanitario nazionale composta da una sola donna. I suoi movimenti, anche in quel momento, erano secchi ed essenziali; passò davanti al divano, raccolse da terra una sacca di sangue vuota e la gettò in un cestino foderato con un sacchetto della spesa del Co-op. «Se stai abbastanza bene da lagnarti, stai abbastanza bene da lavare i piatti» annunciò, senza degnare Vincent di uno sguardo mentre ripuliva il tavolino da caffè da cerotti abbandonati, flaconi di medicinali e il tipo di briciole che potevano provenire solo da toast consumati di nascosto.

Vincent riuscì a emettere un suono a metà tra un sospiro e il rantolo mortale di un marsupiale deluso. «Mi ferisci, signora Barley» disse, cercando di afferrare la tazza sul tavolino e fallendo, «davvero. Il Giuramento d'Ippocrate una volta significava qualcosa in questo paese».

La signora Barley lo ignorò, posando una nuova tazza; questa, notò con un certo orrore, conteneva una bustina di tè che galleggiava in quello che somigliava molto a brodo di pollo. «Bevi» disse. «Hai perso molti liquidi».

Ren era seduta a gambe incrociate sul pavimento, la schiena contro il termosifone, e indossava la sua terza felpa con cappuccio preferita (una era andata persa tra macchie di sangue e fuoco e l'altra per colpa di uno Shih Tzu troppo zelante). Teneva le chiavi di casa di Zara tra le mani, girandole e rigirandole con un'aria di incredulità e qualcosa di pericolosamente vicino al sentimentalismo. Di tanto in tanto alzava lo sguardo al soffitto, come se si aspettasse che la defunta Zara Delacourt si materializzasse dal lampadario con un aggiornamento sulla quotidiana infestazione.

«Quindi» disse Ren, «dovrei semplicemente... vivere qui, ora? O è una di quelle situazioni in cui "il fantasma torna e cerca di ucciderti"?»

«Solo se smetti di pagare le bollette» rispose la signora Barley. Strofinò la credenza con un panno umido, il suo sguardo severo fisso sulla superficie anche mentre spediva una striscia di polvere nel nulla. «Zara preferirebbe un coinquilino con un'igiene di base».

Ren sorrise, i denti che brillarono contro le labbra screpolate. «Be', allora Vincent è escluso».

Vincent, troppo debole per una vera e propria replica, lanciò una pagina del manoscritto ai piedi di Ren. «Non ascoltarla. Sono il coinquilino ideale. Silenzioso dopo l'alba, raramente in bagno e con tutte le vaccinazioni in regola».

«A proposito di punture» disse la signora Barley, «è ora dei tuoi antibiotici». Si frugò nella tasca del cardigan e tirò fuori un blister con la disinvolta minaccia di uno spacciatore.

Vincent guardò le pillole come se si aspettasse che tentassero un'acquisizione ostile del suo flusso sanguigno. «Non sono convinto che siano efficaci sulla mia specie».

«Allora consideralo un placebo» replicò seccamente la signora Barley, «e ingoia prima che io passi alle supposte».

Ren ridacchiò, poi si fece seria quando notò una piccola pila di buste nella posta, una delle quali portava un nome che riconobbe dalle letture da comodino di Vincent.

L'afferrò, sollevando la busta come un premio di un quiz televisivo. «Uuh, posta dei fan per Celeste Evermoon. Vuoi che la apra io, o hai paura che ci sia dell'antrace?»

Il volto di Vincent si fece impassibile. «Probabilmente è un estratto conto delle royalty. Buttala e basta».

Ren aprì la busta con i denti ed estrasse un cartoncino quadrato, sontuosamente stampato in viola e nero. «È una fan art» annunciò, «da... vediamo... "Himari, 39 anni, Tokyo"».

La signora Barley, che ora stava disinfettando le maniglie delle porte con una salvietta imbevuta d'aceto, emise un basso mormorio di approvazione. «Lettori internazionali. Niente male, per quello che fondamentalmente è un soft-porno per mamme autoprodotto».

Ren tenne alto il disegno perché tutti potessero vederlo. Raffigurava un vampiro, riccamente reso con inchiostro digitale, con zigomi spigolosi, un'ombra di barba perenne e un'espressione che poteva passare tanto per noia quanto per stitichezza terminale. La somiglianza con Vincent non era solo sbalorditiva, era perseguibile penalmente.

«Perché tutti i tuoi protagonisti ti somigliano?» chiese Ren, sventolando il cartoncino. «Ha azzeccato persino il sopracciglio».

Vincent sbuffò. «Ho un volto da archetipo. Non è colpa mia se il genere ha un'immaginazione limitata».

La signora Barley si chinò, esaminando l'immagine attraverso gli occhiali da lettura. «Non è l'unica cosa in cui è limitato. Suppongo che anche questo si strugga per una ragazza mortale e sventurata che ha la metà dei suoi anni e si crogioli nella futilità dell'eternità».

Ren sfogliò il resto del cartoncino, ridacchiando. «No, questo la ragazza mortale se la mangia e scappa con la madre. È un progresso».

Vincent tentò di darsi un contegno, ma crollò sotto il peso della pila di coperte. «Sono contrattualmente obbligato a inserire un numero minimo di colpi di scena per romanzo. Al mio editore piacciono le svolte inaspettate».

La signora Barley finì le pulizie, poi si piazzò nella poltrona di fronte a Vincent, le mani incrociate su una cartellina che non l'aveva abbandonata dall'Orpheum. «Se passassi la metà del tempo a guarire anziché a coltivare la tua immagine pubblica, a quest'ora saresti già in piedi».

Vincent armeggiò con la fascia, facendo finta di sistemarla. «Dovresti sapere che non bisogna affrettare la guarigione. E poi, mi sto godendo le attenzioni».

Ren alzò gli occhi al cielo, poi gettò la fan art in grembo a Vincent. «Incorniciala» disse, «e mettila sopra il letto. Se mai dovesse muoversi, saprai che la tua fan numero uno sta arrivando».

La signora Barley si pizzicò la radice del naso, come per scacciare un'emicrania. «Bambini» mormorò, senza nascondere il suo disgusto. «Siete solo dei bambini».

Si alzò, si spolverò le mani e se ne andò in cucina, dove il rumore del bollitore che si riempiva e delle tazze che sbatacchiavano era rassicurante come un battito cardiaco.

Vincent, lasciato sulla scia della sua efficienza, si mosse nel suo nido e ispezionò la fan art. Non poteva negarne l'accuratezza;

persino le spalle curve erano perfette. Considerò, solo per un istante, cosa avrebbe significato essere immortalato non come un salvatore o un martire, ma come l'imbronciato antieroe di mille tascabili torridi. Era un'eredità, in un certo senso.

Ren, nel frattempo, si mise in tasca le chiavi di Zara e osservò la stanza, il suo comfort e la promessa di un futuro più luminoso. Non c'era un televisore, ma scoprì che non le importava.

Era un fatto poco noto che le banche del sangue di Londra facessero un commercio fiorente nell'economia notturna, e Vincent, con la sua consueta dedizione alla plausibile negabilità, aveva sempre preferito la marca della casa: O-Negativo, senza additivi, di provenienza locale. Aprì il frigorifero e pescò una sacca con la mano buona, prendendosi un momento per apprezzare la puntura del freddo contro il palmo.

Il ripiano del frigorifero, un tempo riservato a formaggi stagionati e a qualche sfortunato yogurt, portava ora il debole alone di un posto vacante e decapitato. Vincent fissò lo spazio dove un tempo la testa mozzata era annidata tra i condimenti, uno scaffale infestato, se mai ce n'era stato uno. Ren, nell'atto di sistemare dei kebab da asporto sul tavolo da pranzo, notò la sua esitazione e seguì il suo sguardo.

Anche la signora Barley, che aveva appena svitato il coperchio di un barattolo di cetriolini, colse il momento. I tre rimasero in silenzio, nel triangolo formato da frigorifero, tavolo e cucina. Nessuno menzionò la testa mancante, e quella fu forse la cosa più eloquente di tutte.

Vincent ruppe l'incantesimo con un'alzata di spalle. «Immagino che dovremo accontentarci degli avanzi».

Ren, che aveva già scartato il suo kebab d'agnello ed era impegnata a togliere pezzetti sparsi di cavolo rosso, disse: «Nell'ultimo appartamento che avevo, il padrone di casa teneva sua madre nel congelatore. Questo è un miglioramento».

Vincent versò la sua razione in una tazza e si unì a loro a tavola. I kebab erano disposti con una sorta di riverenza sacrificale: la stagnola ripiegata per esporre la carne speziata e fragrante, una coltre di cipolle e pomodori a formare una barriera contro la marea montante di unto. Il sangue, al confronto, era una faccenda austera: nessuna guarnizione, nessuna cerimonia, solo il tonfo sordo della tazza contro il tavolo.

Era il tipo di pasto che richiedeva un brindisi, così Vincent sollevò il bicchiere. «Agli amici assenti» disse, «e ai sopravvissuti improbabili».

La signora Barley fece tintinnare la sua tazza di tè contro la sua. «E ai bastardi che non se l'aspettavano».

Ren bevve un sorso di Coca-Cola sgasata e annuì. «E ai kebab che non sanno di rimpianto almeno fino al mattino dopo».

L'aria nell'appartamento era densa dei residui del disastro, ma anche di qualcosa di più caldo: un ottimismo costruito maldestramente ma tenace. Mangiarono in un silenzio complice, scandito solo dallo scricchiolio dei cetriolini e dal rumore della stagnola sul tavolo. Di tanto in tanto, Ren tirava fuori un nuovo reperto dalla busta del cibo – patatine, una vaschetta di hummus, una fetta orfana di baklava – e lo offriva al gruppo come una reliquia di raro potere.

Il fantasma di Zara, che aveva scelto un posto vicino alle librerie, appariva e scompariva con la grazia incostante di una telepresenza fuori fase. Osservava il pasto con un'aria di curiosità antropologica, i suoi occhi che coglievano dettagli e li immagazzinavano per commenti futuri.

Ren, catturando l'attenzione del fantasma, alzò la sua lattina in segno di saluto. «Ti manca mangiare?» chiese, scherzando.

Zara soppesò la domanda, poi rispose: «Solo la masticazione. Il resto è solo manutenzione».

La signora Barley, che aveva già sentito questa frase, alzò gli occhi al cielo. «Non disdegna uno spuntino spettrale. La settimana scorsa ho trovato tre biscotti digestive mancanti e una scia di briciole d'avena che portava nell'armadio a muro».

Vincent, finendo le ultime gocce di sangue, si appoggiò all'indietro e lasciò che il calore si diffondesse in lui. «Almeno non devi preoccuparti dei carboidrati» disse.

La sagoma di Zara vibrò, divertita. «I carboidrati sono un vizio dei vivi. Io seguo una dieta ferrea a base di questioni in sospeso».

Ren sorrise. «È per questo che ci infesti, o sei solo annoiata?»

Zara non rispose immediatamente. Il suo sguardo percorse la stanza: le pile di libri, il groviglio di prolunghe, le cataste di scartoffie su ogni superficie disponibile. «Voi ragazzi generate abbastanza questioni in sospeso da tenermi impegnata per secoli. Sono un revisore dei conti, non un poltergeist».

La signora Barley, ormai nel suo elemento, tirò fuori un mazzo di carte da gioco malconcio dalla credenza e ne distribuì una mano a ciascuno di loro. «Vediamo se qualcuno di voi si ricorda come si perde con grazia» li sfidò. «Chi vince sceglie il film di stasera».

Vincent sbirciò la sua mano, vide tre regine e due jolly, e sospettò che stesse barando, ma decise di lasciar correre. «Ho sempre preferito la compagnia alla vincita» disse. «Anche quando perdevo».

Ren sbuffò. «Ci perdonerai se non abbocchiamo alla farsa del nobile perdente. Ti ho visto contare le carte».

La signora Barley distribuì con fredda precisione, l'espressione indecifrabile. «Ai miei tempi, giocavamo per sigarette e segreti di stato. Mi mancano le poste in gioco».

Giocarono tre mani prima che il bluff di Vincent cedesse e la signora Barley facesse piazza pulita. Inarcò un sopracciglio, non impressionata dalla sua stessa vittoria. «Guarderemo qualcosa con i sottotitoli, allora. Per tenere il cervello allenato».

Vincent gemette, ma Ren esultò debolmente. «Voto per gli zombie. O le streghe. Niente più vampiri, ok?»

La signora Barley si alzò. «Streghe sia» disse. «Tu prendi il telecomando. Io prendo altro tè».

Zara, che aveva fluttuato per tutta la mano, indugiò al tavolo mentre i vivi si allontanavano. Picchiettò una volta sulla superficie, lasciando un debole contorno delle sue dita sulla vernice, come per ricordare loro che era stata lì.

Quando l'appartamento sprofondò nel suo consueto silenzio notturno, Vincent si ritrovò solo, a parte l'eco del fantasma e l'aroma persistente di kebab. Salì nel suo studio, dove una scrivania a rullo malconcia conteneva i resti della sua vera vocazione: un cassetto chiuso a chiave pieno di frammenti di profezie, manoscritti incompiuti e qualche lettera minatoria occasionale da parte di un autore rivale.

Prese la chiave dal suo nascondiglio (attaccata con lo scotch sotto una tazza con la scritta "Visit the British Library") e aprì il cassetto. All'interno, i frammenti frusciarono, irrequieti anche nell'immobilità. Li sfogliò, soffermandosi su uno: sottile, croccante, l'inchiostro sbiadito ma leggibile. Il testo, scarabocchiato nella caratteristica grafia di Carmine, recitava:

Il seguito inizia sempre con il sangue.

Mentre lo guardava, la nota a piè di pagina brillò debolmente – solo per un secondo, come per cercare di attirare la sua attenzione – poi si spense. Vincent, più stanco che curioso, rimise la pagina al suo posto, chiuse a chiave il cassetto e tornò zoppicando in salotto.

Si sistemò di nuovo nel suo trono di coperte, aggiustò la fascia per ottenere la massima compassione e chiuse gli occhi mentre le streghe sghignazzavano in televisione.

Fuori, il polso della città continuava: sirene, volpi, il brontolio della metropolitana. Nell'appartamento, il tempo si ripiegò su se stesso e, per la prima volta dopo tanto tempo, Vincent dormì senza sognare.

Sulla scrivania, al buio, la pagina della profezia luccicò, poi rimase immobile.

FINE (per ora)

Continua a leggere la **Trilogia di Zanne e Disprezzo**: Vincent e i suoi amici ti invitano cordialmente a *I Diari dell'Appostamento*.

NEWSLETTER

Vuoi ricevere in anteprima informazioni sulle prossime pubblicazioni?

Ti piacerebbe avere accesso esclusivo a omaggi, offerte speciali e contenuti extra?

Senti che la tua vita non è completa senza le riflessioni mensili di Jon su scrittura, lettura e editoria?

C'è una soluzione! Iscriviti subito alla newsletter di Jon:

https://jonsmith.net/mailing-list

SULL'AUTORE

Jon Smith è l'autore bestseller di oltre 50 libri per bambini, ragazzi e adulti. I suoi libri hanno venduto più di mezzo milione di copie e sono stati pubblicati in sette lingue.

Oltre a scrivere libri, Jon è uno sceneggiatore e librettista di musical pluripremiato, con produzioni al Birmingham Hippodrome, al Belfast Waterfront, al Park Theatre di Londra e al PJPAC di Kuala Lumpur.

Padre di quattro figli, vive vicino a Liverpool con la moglie e i loro due bambini in età scolare.

Quando sarà grande, vorrebbe fare il bibliotecario.

www.jonsmith.net

X x.com/jonsmith_author

 instagram.com/jonsmith_author

g goodreads.com/jonsmith_author

a amazon.com/author/jonsmith

f facebook.com/authorjonsmith

NOTA DELL'AUTORE

Ciao,

Grazie mille per aver letto *Destino, Mordimi!*

È stato davvero divertente da scrivere e spero sinceramente che tu l'abbia trovato una lettura piacevole.

Se il libro ti è piaciuto, ti sarei immensamente grato se volessi lasciare una recensione.

Le recensioni aiutano moltissimo gli autori, sia perché offrono preziosi riscontri su ciò che piace ai lettori, sia perché migliorano la visibilità del libro sui siti di vendita online.

Grazie in anticipo — non vedo l'ora di leggere i tuoi commenti.

Jon

THE FANG & LOATHING TRILOGY

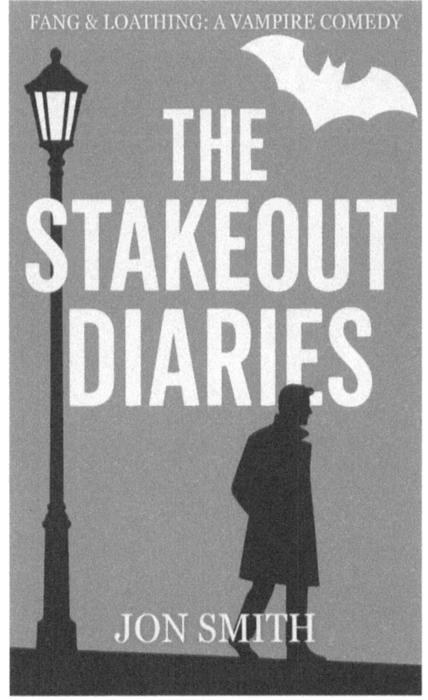

THE ARB: A YOUNG ADULT GOTHIC PARANORMAL LAYERED IN ARTHURIAN LEGEND WITH AN ASIAN HORROR TWIST

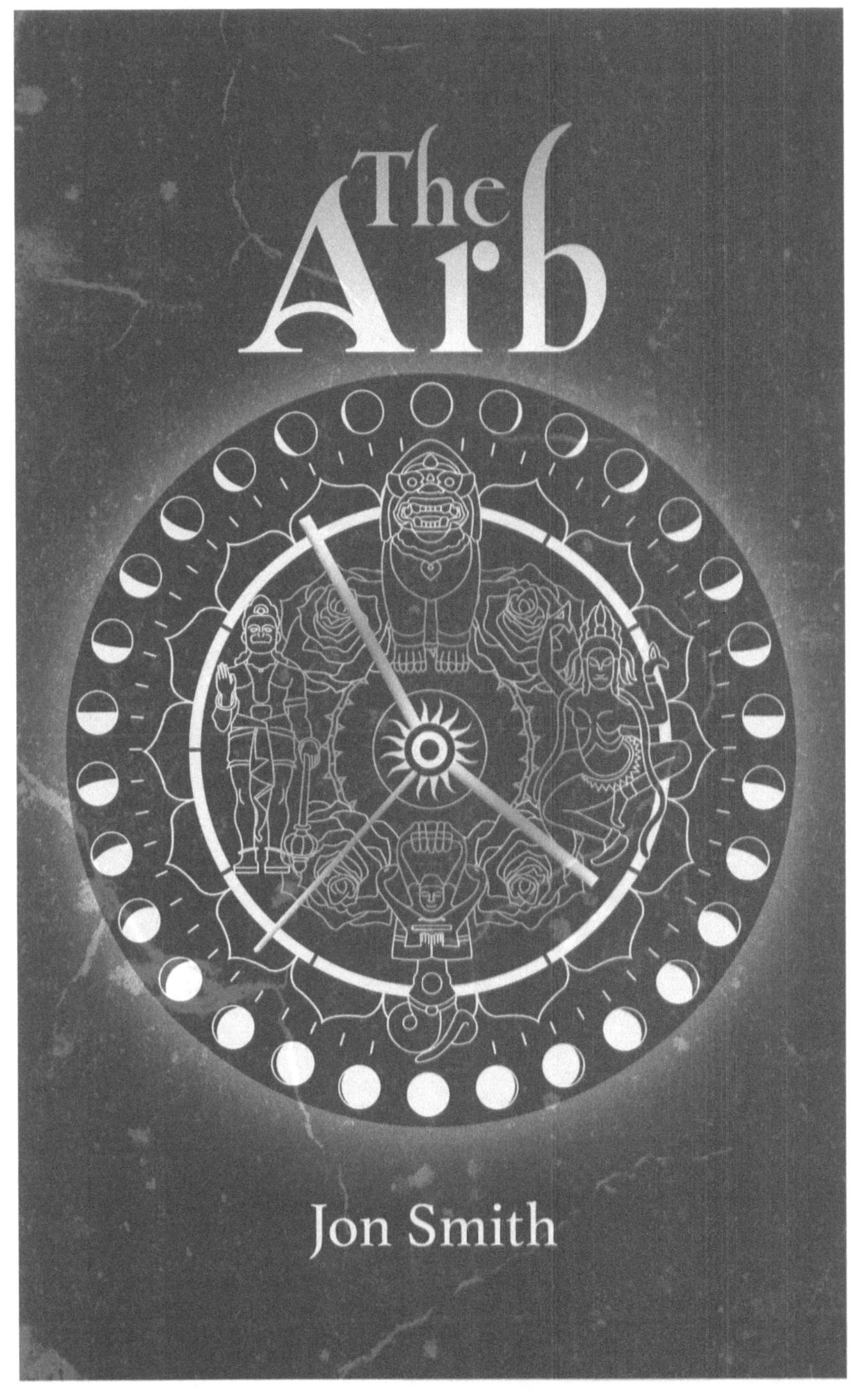

BAL
KON
media